# A NOITE DA BORBOLETA DOURADA

# TARIQ ALI

# A NOITE DA BORBOLETA DOURADA

tradução de
ROBERTO MUGGIATI

EDITORA RECORD
RIO DE JANEIRO • SÃO PAULO
2011

CIP-BRASIL. CATALOGAÇÃO-NA-FONTE
SINDICATO NACIONAL DOS EDITORES DE LIVROS, RJ

A389n

Ali, Tariq, 1943-
A noite da borboleta dourada / Tariq Ali; tradução de Roberto Muggiati. – Rio de Janeiro: Record, 2011.

Tradução de: Night of the golden butterfly
ISBN 978-85-01-09300-4

1. Civilização islâmica – Ficção. 2. Civilização moderna – Século XX – Ficção. 3. Ficção paquistanesa (Inglês). I. Muggiati, Roberto, 1937-. II. Título.

11-6650

CDD: 828.9954913
CDU: 821.111(549.1)-3

Título original em inglês:
NIGHT OF THE GOLDEN BUTTERFLY

Publicado originalmente por Verso, 2010



Texto revisado segundo o novo Acordo Ortográfico da Língua Portuguesa.



Impresso no Brasil

ISBN 978-85-01-09300-4

Seja um leitor preferencial Record.
Cadastre-se e receba informações sobre nossos lançamentos e nossas promoções.

CÓPIA NÃO AUTORIZADA É CRIME
ABDR
ASSOCIAÇÃO BRASILEIRA DE DIREITOS REPROGRÁFICOS
RESPEITE O DIREITO AUTORAL
EDITORA AFILIADA

Atendimento e venda direta ao leitor:
mdireto@record.com.br ou (21) 2585-2002.

Para Aisha,
que sugeriu este título 12 anos atrás
e hoje o considera inadequado

# Um

Quarenta e cinco anos atrás, quando morava em Lahore, eu tinha um amigo mais velho chamado Platão, e ele certa vez me fez um favor. Num impulso de generosidade típico dos jovens, prometi retribuir-lhe com juros caso — e quando — ele precisasse da minha ajuda. Platão ensinava matemática numa escola de elite, mas odiava alguns de seus alunos, aqueles que, dizia ele, estavam ali apenas para aprender a fina arte do deboche. Sendo Platão um panjabi, perguntou-me se eu pagaria o favor com juros compostos. Insensatamente, concordei.

Eu estava apaixonado, o que muito aborrecia Platão. A seus olhos, o amor era simplesmente uma desculpa para a luxúria juvenil e algo que, por sua própria natureza, jamais poderia ser eterno. Uma amizade casta era muito mais importante e poderia durar por toda uma vida. Eu não estava no clima para aquele tipo de filosofia, de forma que teria assinado qualquer pedaço de papel que ele tivesse colocado à minha frente.

Para um homem cujas opiniões eram geralmente fortes e claras, as aversões de Platão podiam ser irracionais, e a fronteira que separava sua ironia de seu ódio nunca era precisa. Ele podia, por exemplo, sentir-se profundamente ofendido por alunos que colocavam suas canetas-tinteiro no bolso da frente de suas camisas de náilon durante os meses de verão. Quando lhe perguntavam o porquê, nada respondia, mas, ao ser pressionado, balbuciava que, se eram aqueles os valores estéticos que possuíam na flor e no calor da juventude, temia pensar sobre que tipos de valores adotariam quando fossem mais velhos. Era sua inteligência — embora este exemplo não a represente muito bem — o que primeiro chamava atenção nele, muito antes de se tornar conhecido como pintor.

Certa vez, quando um amigo nosso recém-formado que fora recrutado pelo Ministério das Relações Exteriores sentou-se à nossa mesa, Platão logo o confrontou:

— Mudarei meu nome para Diógenes, para poder acender uma lanterna em plena luz do dia e sair em busca de funcionários públicos honestos.

Ninguém riu, e Platão, acostumado a ser o centro de todas as conversas, nos deixou por alguns instantes; o alvo de suas farpas perguntou como conseguíamos nos misturar com uma criatura tão abominável. Voltamo-nos contra ele: Como ousava falar assim, ainda mais depois de o havermos defendido? Além do quê, balbuciou meu amigo Zahid, Platão valia mais que dez diplomatas catamitos como ele. Mais alguns protestos em termos semelhantes e rapidamente elevaram os números a “pelo menos uma centena de diplomatas catamitos e petulantes como ele”. Aquilo bastou para que nos livrássemos do tal “ele”. Platão então retornou e ficou sentado pensativo pelo resto da tarde, espichando seu bigode negro em intervalos regulares, sempre um sinal de raiva.

A maneira de Platão falar de suas conquistas amorosas com amigos próximos nunca foi muito convincente. Sua sexualidade sempre permaneceu um mistério. Era um sujeito geralmente reservado e cheio de segredos, e ficava óbvio que possuía profundidades nas quais nós, uma geração mais jovem, nunca poderíamos pensar em penetrar. Ainda há muito sobre ele que desconheço, embora por quase uma década tenha sido provavelmente seu melhor amigo. Ah se os espelhos refletissem mais que uma imagem nítida e bem definida... Se pudéssemos também enxergar o caráter mais íntimo da pessoa que fita o próprio reflexo, o trabalho dos escritores e psicanalistas seria muito mais fácil, para não dizer redundante.

Platão nunca projetava qualquer imagem de extravagância e sempre se esforçava para evitar chamar atenção, mas o fazia de um modo que às vezes o colocava diretamente sob os holofotes. Nas ocasiões em que, de maneira verborrágica, um dos poetas urdu mais velhos e bastante respeitados que se reuniam regularmente na casa de chá Pak, na Rua da Alameda, ultrapassava os limites ao louvar a si próprio, Platão fazia graça do homem sem piedade, proferindo epítetos e provérbios panjabi que nos divertiam imensamente mas que deixavam os anciãos nervosos. Quando o poeta sob ataque subitamente ficava irritado e desdenhoso, acusando Platão de ser medíocre e de ter inveja daqueles que lhe eram superiores, ele então se mostrava extremamente animado e insistia em fazer um teste para que todos ali reunidos pudessem determinar quais dos poemas de seu oponente eram de segunda e terceira classe. Começava, então, a recitar versos bem obscuros, e de maneira odiosamente engraçada, até que o poeta e seus bajuladores iam embora, ao que Platão aplaudia efusivamente. Ele jamais acreditava que o poeta em questão fosse de fato ruim, nem mesmo por um instante, mas se irritava com o narcisismo e as sessões de admiração mútua que tomavam conta da casa de chá todos os dias. Odiava a falta de expressão que marcava o rosto dos bajuladores, a gritar "maravilha" para cada um dos versos recitados. Assim como muitos de nós, não compreendia devidamente o que alguns daqueles artistas tinham passado nas décadas anteriores. Uma série de decepções os havia desgastado, drenado suas forças, e alguns eram agora bambus envergados, desperdiçando suas energias em cafeterias e se comportando como animadores de torcida para aqueles que haviam conquistado reputação no mundo literário. Platão conhecia bem a experiência, mas seu âmago, uma barra de aço resistente, permanecera rígido, e isso o tornava intolerante em relação aos que eram menos fortes que ele.

O que levara Platão a exigir agora seu quinhão, e por que na forma de um romance baseado em sua vida? Pois foi isso o que aconteceu. Uma série de eventos desencadeou um telefonema em que me foi pedido que ligasse para ele em Karachi. Aquilo por si só já era estranho, uma vez que Platão sempre odiou a maior cidade de nossa Pátria, acusando-a destemperadamente de ser uma monstruosidade híbrida e sem caráter próprio. Quando nos falamos, ele não estava disposto a uma conversa longa, insistiu apenas em que antigas dívidas de honra deveriam ser pagas. Eu não tinha alternativa. Poderia, é claro, ter lhe dito para não me encher a paciência, o que lamento não ter feito. Não tanto por sua causa, mas por outros cujas histórias cruzavam com a dele. O mistério me incomodava. O que o teria atado com um nó tão apertado que a única forma de desatá-lo era reavivar uma dívida de que mal se lembrava? Seria um descontentamento em relação àquilo que não conseguira atingir ou simplesmente o tédio de realizar tamanho esforço artístico num país onde os caprichos do mercado de arte eram determinados pelo que aparecia na imprensa de Nova York ou Londres? Glórias lá fora, lucros em casa.

Muito antes de começar a embaraçosa tarefa de redigir seu romance, eu teria que pesquisar certos aspectos de sua vida, o que também não seria nada fácil. Platão mantinha muitos traços de sua vida escondidos, ou talvez os tivesse reprimido dentro de si. De qualquer modo, era como sofrer de catarata. Como poderia eu escrever sobre ele a menos que me deixasse descobrir seu passado dormente?

Amizades são ridiculamente instáveis. Fluem, transformam-se, acabam, enfiam-se na terra por longos períodos como toupeiras e são facilmente esquecidas, ainda mais se um amigo mudou de continente. Durante a vida, somos cercados por pessoas em aglomerações, algumas das quais se cristalizam em amigos momentâneos, mas que depois evaporam, somem sem deixar vestígios, sendo novamente encontradas apenas por acaso, nos lugares mais inesperados. Algumas amizades políticas ou de trabalho duram muito mais; outras poucas são para sempre.

Quando concordei em escrever sua história, Platão se mostrou entusiasmado e rugiu triunfantemente. Gargalhadas eram tão atípicas de sua figura que me senti um tanto receoso. Irritado por minha tentativa de descobrir a razão para aquele estranho pedido, ele então acrescentou outra cláusula. Eu agiria conforme seus pedidos, disso ele sabia, mas será que poderia fazê-lo sem recorrer aos artifícios espertinhos ou às frases rebuscadas considerados obrigatórios naqueles tempos? A narrativa deveria ser simples, sem enfeites ou muitas digressões. Concordei, mas avisei que não poderia escrever um livro que tratasse apenas dele. Platão seria a melhor pessoa para fazer aquilo, e poderia meramente ditar suas memórias se assim desejasse. Tampouco poderia eu simplesmente demonstrar seu desenvolvimento com base em de suas interações com outras pessoas. O período teria que ser evocado, a conjuntura social, escavada, e a introspecção, evitada. Lembrei-o de Heráclito: "Os que estão acordados têm um mundo em comum, mas aquele que dorme tem um mundo só seu."

Platão aceitou aquilo com graciosidade, mas não conseguiu resistir à ideia de compartilhar um pensamento para, suponho, me encorajar. Um revés, disse ele, poderia ser transformado em vitória por meio de uma obra de arte. Discordei veementemente. A consciência artística, mesmo em níveis elevados, jamais poderia reverter as realidades impostas à sociedade após uma derrota histórica. Sua voz foi aumentando de volume enquanto respondia citando nomes de pintores e poetas cujos trabalhos, em tempos ruins, haviam elevado as pessoas a alturas inimagináveis. De fato tinham feito isso, concordei, enriquecendo a vida cultural dos pobres e oprimidos ao oferecer-lhes um suporte cultural útil, mas aquilo não mudava coisa alguma. O mundo das artes visuais e o da literatura permaneciam sendo minúsculas ilhas. Os tubarões ainda tomavam conta dos oceanos. Ele ficou zangado. Trabalhava num tríptico que seria um chamado às armas. Provaria que eu estava errado. Seu trabalho iria incendiar a Pátria. Demonstrei ceticismo.

— Grande mestre Platão, suas visões atingirão a Pátria como relâmpagos vindos do céu.

— Conversar com você nesse estado de espírito é perda de tempo. Faça algo útil. Comece logo o livro. Vá agora, e quando a verdade não puder ser mostrada nua e crua, vista-a com humor e ironia. Pode fazer isso?

Vou tentar.

# Dois

Zahid caíra num sono leve, sonhava. Era o sonho do xixi, me diria depois, o sonho do alerta da bexiga cheia, que se mantivera basicamente o mesmo em toda a sua vida: água, sempre fluindo. Geralmente ele estava debaixo do chuveiro, mas às vezes era uma torneira aberta ou, em algumas raras ocasiões, um mar turbulento. Na escola, assim como nas montanhas onde nossas famílias passavam o verão, ele descrevia sua aflição com detalhes. Era, explicava, um sistema de alarme interno rudimentar porém eficiente. Se adiasse por muito tempo a ida ao banheiro, sua torneira começava a pingar. A mãe dele certa vez ofereceu uma explicação mais junguiana, mas deve ter sido algo pouco memorável, uma vez que uma semana depois nem ela se lembrava da própria teoria.

Zahid tinha certeza de que era único. Quando bebê, sua *amah* lhe havia ensinado pacientemente a largar as fraldas de musselina, treinando-o para fazer xixi ao abrir uma torneira e assobiar o hino nacional. Funcionou — as fraldas foram descartadas de vez quando tinha apenas 1 ano —, mas talvez aquilo houvesse deixado uma marca em sua psique. Frequentemente fazia piadas sobre como, louvado seja Alá, fora a água a entrar em seus sonhos, e não o hino nacional, embora, após uma breve discussão, tenhamos concordado em que teria sido melhor o contrário. Afinal, após ver um filme ou ouvir uma transmissão radiofônica, ele podia sempre encontrar um urinol. Seria muito melhor que molhar a cama.

Mais tarde, quando já havia se tornado um renomado cirurgião cardiovascular nos Estados Unidos, tratando de pessoas importantes, Zahid descobriu que seu sonho não era tão estranho quanto acreditara. Tal revelação se mostrou uma decepção. Ele costumava brincar que era o fim de todas as ilusões. Foi então que decidiu, apesar dos conselhos em contrário de seu filho, investir parte de suas economias em bancos e em propriedades localizadas em partes inconvenientes do planeta: Marbella e Miami, Bermuda e Nice, assim como — e, neste caso, mais pelos bons e velhos tempos — um refúgio nas montanhas do Vale de Kaghan, lamentavelmente destruído pelo terremoto de 2004. Descobri tudo isso depois. Ouvira falar, é claro, que ele se tornara republicano e que havia liderado a equipe médica que operara Dick Cheney em 1999, salvando sua vida, mas não sabia que tinha se mudado de Washington para Londres após os atentados de 11 de setembro nem que se encontrava agora em estado de semiaposentadoria numa suntuosa propriedade em Richmond, de frente para o Tâmisa. Tínhamos vivido em mundos diferentes por quase meio século.

Quando o telefone tocou, pouco após o amanhecer, Zahid resmungou automaticamente e esticou o braço para alcançar o relógio. Deve ser alguma emergência no hospital, pensou, mas depois se deu conta de que não trabalhava mais. Eram 5h10; devia ser alguém ligando do Oriente. Telefonemas àquela hora o perturbavam. Invariavelmente vinham de sua Pátria e geralmente traziam más notícias: outra morte na família, um novo golpe militar ou um assassinato esperado; mas ainda assim não podiam ser ignorados. Sua mulher ainda dormia. Ele se levantou, pegou o telefone e foi até a janela para abrir as cortinas. Nuvens negras. Assim como ele, a cidade sofria de bexiga frouxa. Praguejou.

A pessoa do outro lado da linha ouviu o palavrão, abafou o riso e o saudou em panjabi, a língua-mãe, acima de todas as outras malditas línguas-mãe, ou pelo menos assim se vangloriavam seus partidários. Nenhuma tradução poderia fazer justiça àquela linguagem de tantas camadas, tão rica em trocadilhos e em duplo sentido que alguns eruditos defendiam que praticamente toda palavra do dialeto panjabi possuía um significado dual ou oculto. Não tenho tanta certeza disso. Nesse caso, haveria problemas insuperáveis para a religião sikh, cujo fundador, o visionário poeta místico Nanak, grande mestre da língua, jamais teria... O que quero dizer é que ele devia saber o que estava fazendo quando elevou seu panjabi nativo à condição de linguagem divina para a nova fé, separada dos hindus e suas castas.

Os problemas de tradução tampouco são simplificados pela profusão de dialetos. A voz que se dirigia ao Dr. Mian Zahid Hussain falava num dialeto gutural comum em Lahore e Amritsar. Na condição de narrador, manterei a tradução de maneira literal no que diz respeito a este primeiro diálogo; mas, não querendo testar a paciência do leitor ou expor minhas próprias limitações, posso me sentir obrigado a reverter os outros diálogos para um formato menos elaborado nos capítulos vindouros. Ou talvez não.

— Alô, Zahid Mian. *Salaamaleikum.*

O receptor dessa saudação praguejou novamente, dessa vez só por dentro. Ele não reconhecia aquela voz. Desabotoando o pijama desajeitadamente com uma das mãos enquanto segurava o telefone com a outra, cambaleou até o banheiro e deu um alívio bastante necessitado a sua bexiga neurótica, no mesmo instante em que uma agradável garoa começava a umedecer os inúmeros parques públicos e jardins de casas não públicos de Londres. Apesar das décadas de sabedoria acumulada no hospital George Washington, em Washington D.C., ele não sabia que falar ao telefone bem em cima da privada criava uma leve distorção, um eco facilmente reconhecido por alguém alerta do outro lado da linha. E esta pessoa em particular muito se alegrava em envergonhar seus amigos.

— Ficou tão assustado com a minha voz que teve que mijar, seu catamito?

— Me perdoe, amigo. Aqui é cedo. Não reconheço sua voz.

— Não perdoo não, catamito. O único amigo que você tem está na ponta do seu braço. Por que não coloca um pouco de sabão e fode a sua mão? Talvez assim você reconheça minha voz, seu enrabador de sapos.

Estes não eram termos comuns em Lahore, e sim típicos de um velho círculo de amizades. Zahid sorriu, esforçando-se para reconhecer a voz, agora familiar, e livrando-se com pressa das últimas gotas, no que obteve sucesso apenas parcial. As tradições de nossa fé, infelizmente, são divididas nesse ritual islâmico crucialmente importante. Os xiitas insistem na Dúzia: o pênis é sacudido vigorosamente 12 vezes para se livrar de qualquer vestígio lá deixado. Já os sunitas são mais relaxados: seis sacudidelas são consideradas suficientes. Na pressa, Zahid seguiu o caminho dos sufis — um puxão firme, existencialista — e acabou salpicando seu pijama, como resultado. No mesmo instante reconheceu a voz de quem lhe telefonava.

— Platão! Platão. Claro, é você.

— Fico feliz que tenha reconhecido sua alcunha, enrabador de sapos.

A gargalhada de Zahid, com um leve tom de histeria, era típica da cidade onde nascera. Ele respondeu no mesmo nível:

— Você se escafedeu por 25 encaralhados anos, Platão. Se meteu dentro do próprio cu? Você me liga numa hora em que mal amanheceu nesta porra desta cidade e reclama que não reconheço sua voz. Pensei que tivesse morrido.

— Seu catamito calhorda, por que não está morto *você*? Pela boceta da sua mãe.

— Você desapareceu, Platão. Assim como as suas pinturas de merda.

— Só se for no pentelhudo do seu lado ocidental do mundo. Minhas exposições por aqui vivem lotadas.

— Onde você está?

— Em Lahore, mas vou para Karachi mais tarde. Tenho um estúdio lá.

— Vida longa ao Puristão. Aquele lugar nunca está fodido, não é mesmo? Por que está me ligando a essa hora? Está morrendo? Tentando com muito afinco? Precisa de um transplante de cu?

— Cala a boca, catamito. Pensei que já tivesse acordado. Não está jejuando? Ou é muito cedo para as orações matinais? Ouvi dizer que você virou religioso e se rebaixou a Meca.

Zahid se enfureceu.

— Todos nós mudamos, Platão. Você também. Jejuar é um pouco demais. Melhor deixar de jejuar do que trapacear, como fazíamos quando éramos crianças.

— Muitos dos nossos velhos amigos estão jejuando agora. Tente chamá-los de catamitos. Eles o matariam. E você, por que não? Ouça, Sr. Grande Cirurgião ou seja lá qual for o negócio corrupto em que você está metido hoje em dia: eu telefonei por um motivo especial. Estou fodido, meu amigo. Fodido. Completamente fodido.

— Conta uma novidade.

— O amor aconteceu. Preciso da sua ajuda. Nada de piadas ou perguntas idiotas quanto à minha idade. Aconteceu.

Platão tinha 75 anos, exatamente 14 a mais que seu país, como nunca cansava de repetir quando éramos jovens. Era também cerca de dez anos mais velho que nós e usava isso para se vangloriar de suas façanhas sexuais, reais e imaginárias, sem qualquer limitação ou constrangimento. Contava como detestava mulheres dóceis e gentis de classe média, obcecadas por cremes antiacne; como preferia a energia crua e as mãos ásperas de criadas rudes. Sabíamos de tudo isso. Agora, amor? Que profundezas haviam libertado tal monstro? Questionando se aquilo era real ou alguma nova fantasia de Platão, Zahid decidiu pegar mais leve:

— Mulher, homem ou bicho?

Uma série de abusos verbais poluiu a linha telefônica, atingindo Zahid como uma chuva forte. No instante em que a monção terminou, Zahid gargalhava de maneira tão histérica e ridícula que acordou sua mulher. Pelo modo que o marido ria, Jindié sabia que o interlocutor devia ser de Lahore e que não era nenhuma notícia ruim, tampouco a mãe dele. Quis imediatamente saber quem estava ligando tão cedo. Chovia a cântaros lá fora. Platão ouviu a voz melodiosa da mulher.

— Ah, a *sunehri titli* acordou. Meus salamaleques à grande dama. Ela foi criada para inflamar a imaginação dos pintores. Diga-lhe que nossa cidade nunca se recuperou depois que ela foi embora. Por que Jindié não largou você e encontrou alguém melhor? Como eu, por exemplo. Catamito, fico feliz que não a tenha abandonado em troca de uma mulher mais jovem. Alguma enfermeira com seios de leiteira...

— Platão, ainda é cedo, e...

— Vou ser breve. A mulher que amo é Zaynab. Ela é casada. Não tem filhos, mas adora as sobrinhas. Ela precisa de ajuda. Pediu-me somente uma coisa: minha história e a dela, combinadas num manuscrito, com ilustrações coloridas feitas por mim. Para jamais ser publicado. Não me pergunte por quê. Não sei a razão. É seu único pedido. Como posso recusar? Só liguei para você porque não consigo localizar aquele catamito que era seu amigo, Dara. Ele se lembrará de mim. Passamos bastante tempo nas lojas de kebab e na casa de chá, principalmente durante o ramadã, quando sempre interrompíamos o jejum antes da hora. Faça o favor de lembrar-lhe que certa vez fiz a ele um grande favor a certo custo para minha autoestima. Ele prometeu retribuir tal favor quando e onde surgisse a ocasião. O momento é agora. Preciso dele, Zahid Mian. Posso pintar e posso assinar com meu nome. Outra pessoa terá de escrever as histórias. Ou será que Dara se tornou importante demais para seus amigos da Pátria?

— Platão, por favor tente encontrar o endereço do e-mail de Dara. Não o vejo mais. O filho da puta ainda me trata como um traidor. A última vez que o vi foi num casamento panjabi em Nova York. Sorri educadamente, mas ele virou o rosto com desdém. Sempre o mesmo filho da puta arrogante. Talvez reaja melhor a um pedido direto da sua parte.

Platão o irrompeu furioso:

— Enfie um taco de hóquei no cu, catamito... e ele também. Nunca uso e-mail. Isso é coisa de veadinhos impotentes. Transmita a ele minha mensagem e meu número de telefone. Diga que estou em frangalhos. Preciso realmente da ajuda daquele pederasta. Se não tiver coragem, peça à Borboleta Dourada que ligue para ele. Ela fará isso por mim.

A referência ao taco de hóquei reavivou algumas memórias. Platão era um elefante. Só ele para se lembrar da antipatia de Zahid pelo esporte. O pai de Zahid fora capitão da equipe da Universidade de Punjab no fim dos anos 1930 e alguns anos depois viria a marcar um gol nas Olimpíadas que daria à Pátria a medalha de prata. Seguiu-se um reconhecimento nacional, mas não por parte de seus amigos comunistas. Esse desdém por ele sentido o fez recusar a medalha e o dinheiro oferecidos pelo governo. Zahid tinha 6 anos à época, mas crescer cercado por medalhas esportivas e taças só fazia aumentar sua aversão ao hóquei. Seu pai então se voltou, com sucesso semelhante, aos negócios e fundou uma empresa de importação e exportação, que, com a ajuda de funcionários públicos necessitados de ganhar uma comissão, veio a prosperar. A reação de Zahid foi se unir a uma unidade comunista clandestina, cimentando nossa amizade. Mas nada é realmente clandestino em nossa Pátria. Todos sabiam da organização.

Embora com relutância, Zahid concordou em fazer a ligação fatal. Algumas horas depois, enquanto socava cuidadosamente o café para preparar um espresso, ouvi o telefone tocar. Meu primeiro instinto foi desligar. Apenas a menção do nome de Platão me fez desistir. Não falava com Zahid havia 45 anos — nem uma só vez desde que ele fora embora de Lahore, em meados dos anos 1960, para estudar medicina na Universidade Johns Hopkins, em Baltimore, depois do seu casamento.

Para deixar o país, ele teve que obter um certificado de nada-consta do Ministério do Interior. Depois descobrimos que para isso ele havia revelado a localização do camarada Tipu, um comunista bengalês de Chittagong que estudou conosco na universidade em Lahore. Tipu tinha uma educação muito mais ampla que nós dois, tanto nos clássicos marxistas quanto em sexo pré-nupcial, e aprendemos bastante com ele. Naquela primavera maldita, ele foi avisado por um cordial burocrata de que acabara de ser colocado na lista de procurados por atividades subversivas contra o Estado. Tipu sentiu-se honrado, mas também assustado. Ninguém gosta de pensar nos bastões elétricos, nos sincelos ou nos pênis da polícia secreta sendo introduzidos em seu ânus num porão sombrio do Forte de Lahore. Alguém que todos conhecíamos havia sido torturado até a morte alguns anos antes e o medo não era uma reação irracional. Tipu decidiu se esconder. Uma tia minha que morava numa região remota e montanhosa do país estava à procura de um jardineiro. Sugeri a ela contratar Tipu, que pegou emprestado alguns manuais de jardinagem e partiu rumo à serra. Alguns meses depois, porém, foi localizado e preso. O Departamento de Investigação Criminal havia recebido informações indicando a localização de Tipu, e algumas pessoas ouviram um chefe de polícia se vangloriar, depois de algumas doses de uísque no *gymkhana club*, de que fora o filho da estrela do hóquei quem lhes ajudara. Um primo de segundo grau presente à ocasião fez questão de me informar do fato, mas apenas depois que Zahid havia partido para Baltimore. A notícia se espalhou pela cidade e cortei relações com ele. A arrogância da juventude, uma hora conformista, outra hora rebelde, raramente permite qualquer questionamento sério ou reavaliação de ações, eventos ou experiências. Não éramos diferentes. Zahid era um traidor. Expulsei-o de meus pensamentos, embora não pudesse evitar as notícias de seu sucesso como cirurgião.

Desde que Zahid fora para Londres trocamos apenas alguns breves acenos em alguma festa de casamento ou num funeral ou noutro, incluindo aquele de um antigo comunista da Pátria cujo filho havia insistido numa cerimônia na luxuosa porém feia mesquita do Regents Park. Tipu estava lá. Ele tivera uma carreira instável como contrabandista de armas, e vi os dois se abraçarem. Àquela altura, já havia me deparado com inúmeras traições piores. Se Zahid não deveria ser perdoado é algo a se discutir. Mas, acima de tudo, eu queria ouvir notícias de Platão. E subitamente, após tantos anos, queria saber da mulher de Zahid. De maneira um tanto impulsiva e para minha própria surpresa, aceitei um convite para jantar com o casal em Richmond.

Não havíamos nos falado por quase meio século. A idade avançada circunscreve o futuro, as leis da biologia nos impelem a refletir principalmente sobre o passado, mas, apesar disso, eu me inclinava na direção contrária. Por que se concentrar exclusivamente no passado? Alguns amigos se tornaram rabugentos e ultrapessimistas, não encontrando valor algum no mundo pós-moderno. Conservadorismo biológico ou velhas esperanças tomadas pelo mofo, em ambos os casos induzindo a melancolia, dias de desespero e noites regadas a álcool.

Amizades da época de colégio são notoriamente voláteis. Algumas sobrevivem por questões puramente práticas, com as escolas mais privilegiadas de cada país criando uma rede social que compensa a perda ou inexistência de amizades reais. Zahid e eu frequentamos instituições diferentes, mas nos encontrávamos nas montanhas todos os verões. Ainda assim, nossa amizade não era apenas sazonal. Continuávamos a nos falar quando voltávamos para Lahore. Depois viemos a estudar na mesma faculdade, e então nossa visão política, que já compartilhávamos, nos aproximou ainda mais.

Por quase dez anos confidenciamos nossas fantasias políticas e sexuais um ao outro. Quando Zahid foi tomado por uma paixão obsessiva pela filha de um general, insistiu que eu o acompanhasse em sua Vespa até a universidade para moças que ela frequentava. Nós a esperávamos do lado de fora e então seguíamos seu carro e o ultrapassávamos antes que chegasse em casa. Ela sabia. Ocasionalmente, sorria. A memória de um simples sorriso o fez prosseguir por semanas. Então ela se formou e logo depois uniu-se ao descendente de uma família feudal. A proposta de casamento de Zahid, transmitida por sua mãe, fora rudemente rejeitada. Sua inclinação política e a rejeição de homenagens por parte de seu pai o colocavam fora de alcance em relação a filhas de oficiais militares e burocratas, os dois grupos que comandavam a Pátria naquela época, presidindo tiranias do tipo que parte o coração de um povo e seu orgulho. O garoto não tinha futuro. Como poderia esperar se casar com alguém de família regada a privilégios?

Zahid se recuperou, entretanto, e surpreendeu seus pais ao insistir em casar com Jindié, filha de um sapateiro chinês modesto mas extremamente próspero de Lahore. A família dela era muçulmana, mas o preconceito de castas era extremo na Pátria. A filha de um remendão para o filho único de uma abastada família panjabi? Inaceitável. Era o mesmo que se casar com uma negra.

Zahid os ignorou.

— O que somos? — zombava. — Camponeses descendentes de uma casta baixa de hindus que plantavam vegetais para os governantes desta cidade. Nossos antepassados cultivavam nabos e abóboras; o pai de Jindié é artesão. Só porque ele mede seu pé você acha que está num nível superior.

Ele se casou com Jindié, a *sunehri titli*, como os amigos panjabis de Zahid a chamavam: a Borboleta Dourada. O irmão de Jindié fazia parte de nosso círculo político. Ela possuía beleza e inteligência admiráveis, uma combinação rara em Lahore. Era dotada de um ar de alegria, assim como de grandiosidade. Tinha lábios finos e olhos profundamente expressivos. Havia lido mais livros que todos nós juntos, e de três diferentes línguas. Seu conhecimento da poesia panjabi sufi era vasto, e, quando cantava, sua voz lembrava uma flauta. E ela de fato cantava por vezes, geralmente quando pensava estar sozinha com nossas irmãs e primas, sem saber que a ouvíamos. Todos nós a amávamos. Eu mais que os outros, e acho que ela me amava também. Jindié se casou com Zahid pouco antes de descobrirmos sua traição política, mas acho que estava a par daquilo, o que me enfureceu. Naquele tempo, a questão tinha alguma importância. Consequentemente, também ela foi relegada ao mais recôndito círculo da minha memória.

Agora eu me descobria ansioso para rever Jindié. Nossa relação consistira principalmente de trocas de cartas, longos telefonemas e tentativas de encontro. Na última vez que nos encontramos sozinhos, 45 anos antes, ela se mostrava num estado de desorientação indescritível. Tomada pela vergonha, fugira.

A ocasião seguinte em que a encontrei foi num jantar de despedida para um professor que se aposentava. Ela compareceu com o irmão. Era um evento bastante sério quero dizer, não que ela fosse capaz de se render a flertes. Não nos falamos, e ela me pareceu demonstrar fragilidade. Seus olhares melancólicos me doíam profundamente, mas nada havia a ser feito. Alguns meses depois, recebi uma carta me informando de seu noivado com Zahid. Era uma missiva longa, com justificativas, do tipo que as mulheres escrevem melhor que os homens, pelo menos em minha limitada experiência. Fiquei tão enfurecido com a notícia que nem mesmo li até o fim. Anos depois, cheguei a me perguntar se continha alguma palavra de afeto por mim. Rasguei-a em pedaços e a joguei na privada, rumo às profundezas da cidade. Melhor que ficasse confinada aos esgotos, pensava eu, onde os ratos podiam ler pequenos trechos. Ela deveria apreciar isso, já que o homem com quem iria se casar era também um rato. Mais alguns anos e uma amiga em comum me contou que não havia percebido nada de desalentador na vida de Jindié. Tinha duas crianças que eram o centro de sua existência. Fiquei a me perguntar o que teria sido delas e da vida de Jindié depois que saíram de casa.

Cheguei ao encontro mais cedo e decidi fazer um breve passeio ao longo do rio. Senti uma pontada súbita no estômago. Talvez aquilo fosse um erro. Por que estava me sentando à mesa com a perfídia? A passagem do tempo nem sempre cura feridas impostas por conflitos políticos ou emocionais. A mudança de Tipu do mundo da política para o dos negócios não justificava, em retrospecto, a traição de Zahid. No que dizia respeito a Jindié, não havia pensado nela por um longo período, e quando o fazia, ela aparecia como um suave fantasma. Não conseguia evitar pensar que um território neutro como um restaurante talvez tornasse a experiência menos perturbadora. Voltei ao carro, peguei a garrafa de vinho e examinei cuidadosamente a casa de Richmond antes de avisá-los de minha presença. O lugar, uma mansão de fins da era georgiana, era certamente bem instalada. Um jardim maduro ia suavemente até o rio e chegava a um minúsculo cais, onde um barco estava ancorado. Mas eu havia sido visto e as portas, abertas, e Zahid surgiu para me cumprimentar. Não havia um fio de cabelo na sua cabeça, polida e lisa como um tabuleiro de carrom. Dada nossa história, um abraço caloroso ou mesmo superficial estava fora de questão. Apertamos as mãos. E então apareceu Jindié e as nuvens desapareceram. Seu cabelo era branco, mas o rosto não havia mudado e as feições não tinham embrutecido com a idade. Seu sorriso foi suficiente para inundar bancos de memória decadentes. Puxei assunto sobre algumas banalidades enquanto entrávamos. Zahid foi buscar as bebidas — só para bancar o difícil, pedi um suco fresco de romã, e obtive como resposta de que sim, seria possível — e eu me pus a observar o interior da casa.

A sala era grande, de estilo convencional e pouco surpreendente. Poderia ter saído diretamente da *Interiors* ou de outra das muitas revistas consumistas que desgraçam a sala de espera de um dentista. Será que pensam que todos os seus pacientes são cabeças-ocas ou será que as fotos reluzentes são uma espécie de compensação para a decoração esquálida de seus consultórios? As paredes eram cobertas por pinturas cuja maioria em nada se mostrava atraente, cada continente representado de maneira inadequada. Nada de Platão, mas dois guaches produzidos por seu rival medonhamente moderno, I. M. Malik. Havia também algumas espadas e adagas, que fazia muito tempo não eram desempoeiradas.

O único objeto que me causou certa impressão foi uma tela chinesa extraordinariamente trabalhada representando três mulheres que conversavam com seriedade. Não havia ali nenhum traço de a existência terrena ser uma mera ilusão. Se tivesse sido obrigado a adivinhar, eu arriscaria dizer que era do final do século XVII, de algum pintor que inspirara ou fora inspirado por Yongzheng. Ela viu meu olhar de apreciação e sorriu.

— Autêntico ou cópia?

— Não é cópia. É de fato Yongzheng. Início do século XVIII. Presente do meu filho da época em que ele morava em Hong Kong, ganhando mais dinheiro do que seria aconselhável. Não tenho ideia de como conseguiu tirá-la do país.

Ainda estava um pouco cedo para começarmos a falar sobre progenitura e eu me perguntava onde estavam os livros quando Zahid me pegou pelo braço.

— Jindié sabe o quanto você é difícil em relação a comida. Ela preparou um banquete para esta noite. Enquanto minha esposa se ocupa dos toques finais, permita-me lhe mostrar meu escritório.

Eles pareciam felizes juntos, o que me deixava satisfeito. Não que Jindié fosse do tipo que teria aceitado chafurdar longamente na miséria. Ela o teria deixado muito tempo antes.

O escritório, com seus grandes painéis de carvalho, era certamente impressionante; a coleção eclética ali guardada refletia os diferentes gostos dos habitantes daquela casa. Zahid disse:

— Comprei todos os seus livros. Deixe suas impressões digitais neles antes de ir embora.

Falava em panjabi, como sempre fazíamos quando estávamos sozinhos. Ele queria colocar o passado em pratos limpos.

— Daraji, o que mais me magoou foi você ter tirado suas conclusões sem sequer falar comigo.

Sentei a sua mesa e o encarei. Seus olhos ainda eram os mesmos e me fitavam abertamente. Ele então me contou o que de fato ocorrera. Seu pai havia apenas subornado um oficial de polícia para conseguir o certificado de nada-consta, e tudo o que Zahid fizera fora assinar uma declaração afirmando não ser membro de nenhuma organização comunista clandestina.

— Não somos mais jovens, Zahid. Não tentemos enganar um ao outro ou dar belos nomes a coisas que nunca foram boas. Quem traiu Tipu?

— Era eu o único a saber que ele trabalhava para sua tia?

— Está querendo dizer que pode ter sido Jamshed?

— Foi aquele cão incestuoso. Ele mesmo me confessou.

— Quando?

— Quarenta anos atrás, quando a vergonha ainda era um sentimento contra o qual lutava. Ele me disse que não conseguia mais encará-lo depois daquilo e pediu perdão por permitir que toda a culpa caísse sobre mim...

— E eu pensava que ele não conseguia me encarar por ter se transformado naquela espécie de homem de negócios corrupto e amoral que compactuava com todo ditador militar.

— E existe outro tipo?

Ambos rimos.

— Zahid. Você me conheceu melhor que muitos outros. Todo mundo em Lahore achou que havia sido você. Se eu estava enfurecido e não lhe telefonei, por que não entrou em contato comigo? A meus olhos, seu silêncio confirmava sua culpa.

— Foi o policial que aceitou o suborno quem espalhou tais boatos torpes. Meu pai ficou assustado. Se o questionasse e dissesse a verdade a meus amigos, eu corria o risco de ter o nada-consta revogado e não poder mais deixar o país. Eu sabia que, se lhe contasse, você confrontaria o policial, falaria com a imprensa, contaria ao mundo todo e provocaria uma grande confusão. Isso teria significado não estudar na Johns Hopkins, e eu estava desesperado para me tornar médico. Você me encorajou. Mas este é um momento de verdade e de reconciliação. Houve outro motivo para eu não entrar em contato com você.

— Qual?

— Jindié. Eu sabia o quanto vocês dois eram próximos. Você havia me contado tudo, e eu pensei...

— Ele que pense o pior de mim, contanto que eu tenha Jindié ao meu lado. Foi o que pensou?

— Algo nesse sentido.

— Mas você nunca a amou. Ou teria me contado.

— É verdade, mas gostava bastante dela e queria me casar. Você a amava, mas não estava pronto para se unir a ela...

— Nem a qualquer outra.

— Sim, mas não era assim que ela ou a maioria das garotas pensava na época, menos ainda seus pais. Você ofereceu a ela uma alternativa boêmia louca, e isso em Lahore, onde as moças aprendiam a arte de se inclinar no parapeito da janela para avistar o namorado, mas de um modo que não fossem vistas. Até em questões logísticas sua sugestão era loucura.

— Era um teste para o nosso amor. Jindié falhou. No que diz respeito ao estilo de vida e logística boêmios, nossos poetas, professores e artistas os usaram constantemente e não apenas antes da divisão do país. Platão tinha na memória uma lista de quem fizera o quê com quem e onde... os barcos no rio Ravi eram pontos de encontro recorrentes. Jardins de Lawrence sob o luar quando os lobos do zoológico uivavam. Agora o rio que inundava nossa cidade de maneira tão arrogante e regular não tem mais água. Você chegou a se apaixonar por ela?

— Não, mas passei a amá-la e respeitá-la, e Dara, por favor, aceite isso como um fato. Somos felizes. Dois filhos e um neto lindo.

— E o que a produção de filhos e netos tem a ver com felicidade? Espero que seja feliz porque goste dela, porque possam conversar sobre o mundo e...

— Quando propus o casamento, ela me disse que jamais haveria um substituto para você. Sua única condição era que, se fôssemos para o exterior, ela nunca estaria na mesma cidade que você. Nunca, jamais. Uma vez que você já me condenara por um crime que não cometi, fiquei maravilhado em aceitar tal condição. Não dissemos nem mais uma palavra sobre o assunto.

— Por que ela nem ao menos me escreveu para dizer que você era inocente?

— Agora que estamos ambos na mesma cidade, você pode perguntar a ela.

— Fico contente que Jamshed esteja morto. Fico contente que você tenha perdido todo o seu cabelo e pareça realmente velho e decrépito.

Zahid irrompeu numa gargalhada. Era algo espontâneo e sincero, lembrando-me do quanto costumávamos rir quando éramos jovens. Olhou-me com atenção.

— Por que diabos você não mudou? Nada o afeta?

— Eu mudei, mais do que possa imaginar, mas algumas coisas são fortes demais, e, por mais que o mundo tenha se transformado, é um crime esquecer o que uma vez foi possível e se tornará uma vez mais.

— Sempre a maldita política. O que aconteceu com Tipu?

— Foi preso, torturado e mandado de volta para Chittagong a pedido de seu tio, um funcionário público. O tio assumiu total responsabilidade por ele. Tipu manteve contato. Pensei que tivesse morrido na guerra civil de 1971, mas foi apenas ferido. A última vez que o vi foi no funeral, quando ele abraçou você. Agora é um traficante de armas que usa seu passado maoista para ficar de gigolô dos chineses. Uma esposa parisiense o ajuda com o lado francês das negociações.

Um gongo pretensioso mas eficiente soou lá embaixo. Estávamos sendo convocados para o jantar. A mesa foi posta como uma obra de arte. Ela devia ter gasto pelo menos metade do dia com os preparativos.

— Nunca pensei que cozinharia para você.

— Se a comida não estiver boa, esta será a última vez.

Mas estava boa. Na verdade, era uma reprodução convincente de uma refeição yunnanesa preparada por sua mãe da qual eu desfrutara no apartamento da família dela em Lahore tantos anos antes, a refeição que me introduzira ao mundo da verdadeira cozinha chinesa, em oposição àquela porcaria que serviam nos dois restaurantes da cidade. Que maneira maravilhosa Jindié tinha escolhido para reavivar as lembranças mais deliciosas do passado, combinando receitas antigas com amor adolescente. Para começar, havia três tipos de cogumelos, incluindo o mais precioso: *chi-tzong*, que, quando preparado de um determinado modo, tinha gosto de galinha. Depois, *kan-pa-chun*, ou "fungos secos", fritos com pimenta-malagueta, cebolinha e carne, o que proporcionava ao palato tanto prazer quanto o primeiro beijo de língua. O prato principal era galinha, temperada com ervas aromáticas, uma boa porção de gengibre e mais cogumelos e servida na mesma panela em que fora cozida, que lembrava um bule de café com uma chaminé brotando do centro. Tal método produz uma galinha cozida no vapor tão tenra quanto marshmallow e a mais saborosa sopa de galinha que já provei. Como acompanhamento, macarrão de arroz e *nuo mi*, o arroz grudento só encontrado em Yunnan e partes do Vietnã. Nenhum de meus anfitriões conseguiu comer a pimenta verde assada que enfeitava um prato posicionado perto de mim; eu também havia provado destas no banquete original em Lahore.

Por último, mas não menos importante, tínhamos *ru-shan* (leque de leite), outra iguaria que diferenciava a cozinha de Yunnan de quase todas as outras das províncias han chinesas. É um produto semelhante a um queijo, sólido, duro e fatiado em pedaços muito finos no formato de leques, que são degustados com compota de groselha e com mangas. Uma vez que o estômago de Jindié, assim como o da maioria das pessoas da etnia han, era sensível a laticínios, Zahid e eu acabamos exagerando nos derivados do leite aquela noite. Recusei o *mao tai*, uma bebida alcoólica pavorosa cujo nome, quando pronunciado em panjabi, significa "a morte está próxima".

Meu estômago tinha sido sem dúvida conquistado, mas o caminho para meu coração ainda estava bloqueado por uma floresta de urtigas. Num clima mais relaxado, perguntei sobre seus filhos. O rapaz, Suleiman, cansara de ganhar dinheiro e se voltara para a história da China. Estava apaixonado por uma chinesa e vivia em Kunming. Não, ele não era nem um pouco religioso e tinha interesse apenas superficial pela política. A moça, Neelam, era religiosa e se casara com um general em Isloo. O filho do casal faria 11 anos no ano seguinte. Abri um sorriso, lembrando-me de quão desesperadamente Zahid se apaixonara pela filha de um general; agora sua própria filha era casada com um oficial.

Chegou minha vez de ser interrogado, mas era óbvio que já sabiam bastante, de forma que apenas confirmei timidamente muitas das informações que Jindié havia acumulado a respeito de minha vida. Ela se lembrava até mesmo de alguns episódios que eu havia esquecido completamente. Mesmo de longe, seu olhar se mantivera atento sobre mim. Perguntou a respeito de detalhes de minha vida dos quais eu também já havia esquecido fazia tempos.

— Você vê — disse Zahid —, nunca deixamos de acompanhá-lo, mesmo que não pudéssemos entrar em contato todos estes anos. Os espiões de Jindié relatavam cada passo seu. Certa vez, quando você veio dar uma palestra em Georgetown, nos sentamos nos fundos do auditório, com óculos escuros e chapéus esquisitos, para que não nos reconhecesse.

— Mesmo sem chapéu eu não o teria reconhecido, seu repolho.

Tagarelei em panjabi, satisfeito em saber que pensar em Zahid não mais me levaria a um triste devaneio tingido de asco. A língua-mãe encorajava imprudência e indiscrições, mas nós dois estávamos apreciando a reunião. Jindié ficara em silêncio, embora agora fosse, provavelmente, mais fluente em panjabi que Zahid. Pensei ter detectado um olhar ansioso de sua parte em determinado momento, mas logo desapareceu. Pouco antes de ir embora, me dei conta de que não havíamos discutido ainda o pedido de Platão. Zahid não fazia ideia de com quem ele se casara ou por que, ou ainda se aquilo tudo também não passava de imaginação.

Depois admitiu que não gostava dos quadros de Platão e tampouco conseguia entendê-los. Jindié discordou veementemente, e nos unimos para acusá-lo de filistinismo. Sugeri, então, que a obra decorativa de I. M. Malik fosse colocada no escritório ou no banheiro deles. Zahid respondeu que havia pagado uma grande soma pelos guaches e me perguntou por que afinal eu devia um favor a Platão. Jindié não conseguiu esconder totalmente seu nervosismo diante da questão. Balbuciei algo sobre o passado distante e minha memória enevoada, mas prometi que falaria com Platão no dia seguinte.

A noite se mostrara surpreendentemente agradável. Pouco antes de eu ir embora, Jindié desapareceu por um instante, retornando com um pacote grande que obviamente continha um manuscrito.

— Por todos aqueles anos você me disse para escrever a história da minha família e sobre a longa marcha que nos levou de Yunnan à Índia. Pois então, aqui está. A princípio acreditei que estivesse escrevendo para Neelam, mas quando ela se tornou religiosa percebi que nunca compreenderia a mãe. Para ela, toda liberdade leva à corrupção moral. Mas continuei escrevendo. Já que foi uma ideia sua, pensei em dá-lo a você. É para meus netos, na verdade. Não é algo para ser publicado, mas gostaria de saber sua opinião. Acabou ficando muito grande; desculpe.

Peguei o manuscrito com prazer, imaginando que talvez contivesse um espelho para as salas de estar de Lahore. Aquela borboletinha podia sempre ferroar como uma abelha. Sua descrição mordaz das visitas que fizera com sua mãe às grandes casas da cidade sempre me fizera rir.

— Jindié, estou emocionado e honrado. Se eu não entender alguma coisa, será que posso lhe telefonar pedindo uma explicação?

Zahid olhou para nós dois, um de cada vez, e sorriu.

— Estamos novamente na mesma cidade, nós e você. Será sempre bem-vindo aqui. E devo dizer que nunca tive a chance de ler esse manuscrito.

Os olhos dela cintilaram.

— Você desistiu de ler há muito tempo. Agora só se interessa por revistas de medicina e thrillers produzidos em série. Está entediado demais para ler livros de verdade. Ele comprou o seu faz só uma semana.

— Ele me disse.

Era o momento de ir embora. Levantei-me e apertei a mão de Jindié. O tremor era nítido. Zahid me acompanhou até o carro.

— Foi um prazer revê-lo.

Desta vez nos abraçamos calorosamente, como velhos amigos. Refleti sobre a noite no caminho para casa e por mais alguns dias. Não havia sido a traição política, nem algum infortúnio, nem meu orgulho e mau humor e nem tampouco sua frivolidade constante que tinha provocado a ruptura. Fora Jindié. De alguma forma, aquilo não parecia ser verdade. Lembro que Zahid me contou que nunca a achara atraente e que não conseguia entender o que eu via nela. Ele sempre defendia que meu amor por ela não era suave nem puro. Eu rechaçava tais acusações com veemência. Meu amor era certamente suave. Já quanto à outra acusação, o amor puro beirava o êxtase e a idolatria religiosos, coisas que nunca me disseram nada. E, além disso, separa o amor da paixao. O primeiro para a esposa, o outro para uma cortesã e depois uma amante.

É verdade que na época ele estava obcecado pela filha do general, mas como poderia ter mudado seu pensamento em relação a Jindié em poucos anos? E o que a havia levado a se casar com ele? Esses mistérios ainda não tinham sido solucionados, porém o mais importante é que ele não traíra Tipu. Olhando para trás, não era de assustar que Jamshed tivesse sido o traidor. Seu senso político e sua sexualidade — sempre transientes — andavam lado a lado. Seu charme disfarçava sua ambição. Ele vinha de uma ascendência parse modesta. Só queria ser rico, como outros homens de negócios parses que haviam prosperado pelo sul asiático, em especial um tio-avô cujo nome, quando pronunciado em panjabi, significava "testículo". Quando atingiu seu objetivo, o charme desapareceu e Jamshed se tornou um gângster. Sua aparência também passou por mudanças. Engordou e, com seus óculos escuros medonhos, parecia, sozinho, três cafetões mofados. Será que recebera em dinheiro vivo para trair Tipu? Teria sido assim que começara sua descida aos esgotos do grande ramo de negócios da Pátria?

Platão jamais confiara nele. Muitas vezes saía abruptamente quando Jamshed chegava ao refeitório da faculdade e se sentava à nossa mesa. O país em que crescemos estava permanentemente envolto em fingimento, e as formas mais fastidiosas de hipocrisia afloravam. Por isso Platão se tornara tão especial para nós. Ele urgia para que ignorássemos a religião, renunciássemos à política oficial, nos satisfizéssemos da maneira que quiséssemos e zombássemos da burocracia. Como, em nome de Alá, esse homem havia submergido numa crise emocional num estágio tão avançado da vida?

# Três

Zahid lhe dissera para telefonar num horário razoável, então, quando o telefone tocou às 9 horas daquela manhã, imaginei que fosse ele.

— Platão?

— Você reconheceu minha voz antes mesmo de eu abrir a boca.

— Está tudo bem?

— Nunca estive tão feliz em toda a minha vida. E não é brincadeira.

— Então por que praguejou tanto quando falou com Zahid ao telefone?

— Quanto tempo temos?

— Minha manhã está livre.

— Então vou começar explicando por que agora às vezes recorro à linguagem chula.

Lentamente, a história se desenrolou. Platão nunca foi de sentimentalismo barato, e sua voz foi endurecendo enquanto avançava na narrativa. Em síntese, Ahmed, um pintor amigo seu, havia abandonado a mulher e os filhos em troca de uma amante mais nova. Isso era banal e previsível, mas ele se mostrava irrequieto e continuava voltando a procurar a esposa, transando com ela toda sexta-feira à tarde, antes de almoçar com os filhos. Certo dia, a esposa, Zarina, não conseguiu mais suportar essa situação e perdeu o controle, xingando-o sem parar: seu filho de uma égua, incestuoso, vai tomar no cu, sodomita, catamito, pederasta, arrombado... fique com aquela puta com boceta de camelo e não volte mais para mim. Quanto tempo aquilo poderia durar é uma questão de pura especulação. Ahmed cobriu-lhe o rosto com um travesseiro e a sufocou. Depois, chorou descontroladamente. O filho mais velho ligou para a polícia, que levou o homem embora.

— Não consegui entender — continuou Platão — por que o uso de palavrões levou a tanta violência e a assassinato. Afinal, aquela era apenas a maneira que ela encontrara de dizer a ele o quanto estava furiosa por ter sido abandonada e maltratada. Fui vê-lo algumas vezes na prisão. Estava coberto de vergonha e no início não queria falar sobre o que fizera, mas depois que o pressionei ouvi dele a seguinte explicação: sua esposa nunca dissera palavrões antes daquele episódio e costumava castigar as crianças quando deixavam escapar alguma obscenidade. Ele disse que ver a mulher que escolhera para ser a mãe de seus filhos subitamente tomada por tamanho ódio fora um golpe à sua autoestima, à ideia que tinha de si próprio: havia sido acometido de raiva pela ideia de ter se casado com uma mulher que se mostrara tão vulgar. Foi a revelação desse lado até então desconhecido de sua mulher que o fez perder o controle e matá-la.

— Ele foi enforcado?

— Em que mundo você vive? Foi solto três meses depois. O advogado sustentou que havia sido um "assassinato em nome da honra" e o juiz foi pago antecipadamente. Ahmed vive agora em paz com sua nova esposa. Os dois filhos foram enviados a uma escola de cadetes e logo se tornarão jovens oficiais do Exército. Não falo mais com aquele cão, mas às vezes me permito surtos de linguajar obsceno para expressar minha solidariedade a sua falecida mulher. Acredita em mim?

— Não.

— Mas é verdade. De qualquer forma, seu velho amigo Zahid adora ser xingado. Faz com que ele se sinta de volta ao lar. Como estava a borboleta?

— Reservada e digna, como sempre. Pena que não posso dizer o mesmo de você. O que quer de mim?

— Você escreveria um longo ensaio sobre mim?

— Sobre seus quadros?

— Sim, só que mais sobre a minha vida. Ela quer algo nessa linha, e não posso lhe negar nada.

— Quantos anos tem?

— Cinquenta e dois.

— Nada mau. É só 27 anos mais nova que você. Eu tinha a esperança de que fosse uma das suas jovens modelos. Quando morreu o marido dela?

— E quem disse que ele está morto? Nunca vai morrer. Ainda está vivo e presente. Na verdade, ela o deixa sempre próximo à cama.

— O quê?

— Prepare-se para uma surpresa, Sr. Dara. Minha Zaynab é casada com o Corão.

— Que Alá nos ajude.

— Ele nunca ajuda, como bem sabemos.

— Então ela é filha de algum senhor feudal sindi envolvido em cálculos sórdidos relacionados a sua propriedade.

Platão foi tomado por uma crise de riso amargo.

— Sim, mas no caso de Zaynab foi o irmão, não o pai, quem a forçou a desposar o Livro Sagrado. Deve ter ganhado um bom dinheiro vendendo a parte dela da propriedade. Mas não é que a idade avançada tenha o tornado mais generoso. Ele caiu morto alguns anos atrás. O irmão mais novo adora Zaynab. Instalou-a em um apartamento em Clifton com vista para o mar. Ela queria comprar um quadro meu. Mostrei-lhe uma seleção. Ela comprou todos. Então pintei um retrato imaginado dela na noite de seu casamento. Aquilo fez com que gargalhasse tanto que me apaixonei. Dá para imaginar?

Até dava, mas Platão queria prosseguir com a história em minuciosos detalhes, e não o interrompi. Preferia o Platão apaixonado ao Platão melancólico, cheio de desespero regado a uísque e de impulsos suicidas. Ele preferia viver no limite, e de certa forma seu amor por Zaynab se encaixava nessa preferência. Para os ignorantes, ela seria o equivalente a uma freira católica, com a diferença de que tinha se casado com o Corão e não com Jesus. A tradição se recusava a morrer. Ser seu amante era como desafiar os céus e se tornar um pecador passional. Tenho certeza de que era o estado civil da mulher o que o excitava. Platão não prestava qualquer atenção à moralidade oficial, tinha grande prazer em desafiar a opinião pública e gostava de chocar seus contemporâneos conformistas. Sua vida e seus quadros refletiam essas tendências.

Ele narrou com certa riqueza de detalhes como o primeiro encontro havia sido breve mas proveitoso. Descreveu suas roupas e a cor de seus cabelos debaixo do *dupatta* translúcido. O jeito como seus olhos mudavam de cor e assim por diante. Ela o convocou uma semana depois para que lhe explicasse o aspecto alegórico de sua obra. Depois, Platão pediu que ela posasse para ele. Ela o fez completamente vestida, mas ele a pintou nua em sua cama, esperando pelo Livro Sagrado/marido. Ele disse que a pintura fora inspirada em Magritte, mas que se alguma vez fosse exposta ao público ele seria "DDeado" (destripado e decapitado) por algum fanático. Contestei essa declaração. Dado que a grotesca prática de se casar com o Corão era constantemente denunciada como não islâmica por todas as facções do clero na Pátria e havia até mesmo unido xiitas e wahhabis, certamente eram os homens daquelas famílias que deveriam ser DDeados, por se aproveitarem indevidamente do Livro Sagrado como forma de salvaguardar sua propriedade.

Achei que minha lógica era impecável, mas Platão me ignorou e continuou com sua história. Zaynab, disse ele, não era virgem. Deixei escapar um suspiro de alívio. A vantagem desse tipo de casamento, ela lhe dissera, era que não havia necessidade de disfarçá-lo. Todas as mulheres bonitas que Zaynab conhecia na Pátria tinham marido, sendo que muitas delas possuíam também um amante e, como extra, uma terceira pessoa que as ajudasse a não se sentir muito entediada durante o dia. Aquele tipo de conversa havia hipnotizado Platão. Ele ainda estava tomado por loucura, tormento e alegria, no processo descrito clinicamente por Stendhal em *Do amor* como "cristalização".

— Platão, você está morando com ela?

— E por que não? Ela finge que sou seu cozinheiro-mordomo-chofer e quando seus amigos a visitam eu entro no papel, como fiz certa vez para você e a Borboleta Dourada.

Nenhuma de suas obsessões por mulheres havia durado muito, e lhe indaguei sutilmente quanto tempo dava a Zaynab.

— Ouça, catamito... Desculpe, saiu sem querer. Zaynab vai se certificar de que meu corpo seja banhado e coberto por uma mortalha antes do enterro. Estou velho demais para ir para qualquer outro lugar agora. Você vai contar a minha história e a dela?

— A resposta é sim para a sua, mas não a conheço.

— Ela irá à sua cidade mês que vem. Você vai conhecê-la.

— Você vem também?

— Como pode o cozinheiro-chofer viajar ao exterior com a patroa? Os amigos dela não são assim tão burros.

— É aí que você se engana, Platão. São burros, sim. Sua fotografia foi publicada na *Dawn*. Seus quadros apareceram na televisão. E nenhum deles o reconheceu?

— Criados são invisíveis.

— Até cortarem a garganta de seus mestres.

Estávamos conversando havia três horas, e, sob o risco de acabar ofendendo-o, me despedi e anotei seu número de telefone. O lado exterior de Platão que se mostrava submisso, tímido, com uma atitude de por-favor-me-ignore-não-sou-ninguém, havia sido cultivado cuidadosamente ao longo dos anos e sempre funcionava com aqueles que não o conheciam de fato. Não era completamente falso, ou teria promovido seu trabalho de maneira mais enérgica, porém quando eu o pressionava em relação a isso, ele simplesmente respondia que se o trabalho fosse bom, duraria, e que não tinha interesse em dinheiro. Sua tentativa de me chantagear fora rudimentar e ineficiente, uma vez que Zahid sabia de toda a história, mas era sem dúvida um sinal de seu desespero, de seu medo de morrer logo agora que tinha conhecido uma mulher de quem realmente gostava.

Platão entrara em nossas vidas quase um século antes. Zahid e eu havíamos deixado nossos respectivos colégios e começado a faculdade em Lahore, onde fomos abençoados com a presença de um diretor realmente culto. Biólogo de ofício, era também um grande erudito panjabi e havia traduzido alguns de nossos épicos para o urdu. Não era o mesmo que a requintada linguagem oficial da Pátria, mas lhes fizera justiça como ninguém antes dele. Também se incumbira de uma tradução de Shakespeare para o panjabi. O sucesso de *A tempestade*, encenada no ano anterior, recebera ajuda do ator que interpretava Caliban, que apresentava uma semelhança desconcertante com o ditador militar escolhido por Washington para governar a Pátria. Retornamos a Lahore das montanhas a tempo de assistir à estreia de *Hamlet* em Punjab. As expectativas eram enormes: Ofélia seria interpretada por um garoto muito bonito oriundo da Caxemira, chamado Ashraf Lone, e uma série de alunos mais velhos que o idolatravam decidiram que adoravam teatro. *Hamlet* seria encenada no Teatro a Céu Aberto em setembro, quando o calor tivesse diminuído, as monções e a umidade que as acompanhava houvessem se retirado até o ano seguinte e as noites fossem agradáveis, com o perfume dos jasmins e damas-da-noite carregado por brisas suaves e refrescantes dos jardins da universidade até o anfiteatro. O tradutor era um renomado poeta panjabi.

Uma nova produção teatral constituía um grande evento na vida cultural da cidade. Diversos pais e a elite intelectual de Lahore compareceram à noite de estreia de *Hamlet*. Aqueles com traseiros sensíveis levaram suas próprias almofadas para colocar sobre as fileiras circulares de assentos de tijolo virados para o palco. Havia uma sensação de grande expectativa; seria uma noite para esquecer os interesses vulgares do cotidiano: o que poderia ser melhor que assistir a Shakespeare traduzido para a língua de nossa cidade por um dos autores mais respeitados da Pátria? A chegada desse tal autor ao teatro foi marcada por aplausos entusiasmados.

A peça começou. Tudo correu bem até a cena do fantasma. O ator que o interpretava era um jovem professor de inglês, levemente neurótico e bastante arrogante. Havia estudado na Universidade de Edimburgo e falava panjabi com um leve sotaque escocês. Nunca tinha atuado antes, mas fizera bastante lobby para participar da peça até que finalmente o diretor, a quem tanto perturbara, concordou em lhe dar o pequeno papel de fantasma. No momento de sua deixa, ele ficou paralisado pelo pânico de palco e esqueceu suas falas. O aluno excessivamente baixo que interpretava Hamlet começou a entrar em pânico. Na terceira vez que repetiu "*Hai, mayray pio da bhooth*" ("Ó, fantasma de meu pai") sem receber qualquer resposta do fantasma, uma voz irritada vinda da plateia berrou um incentivo:

— *Pidke, bacha apni ma di chooth!* — "Ô tampinha, vai salvar a boceta da tua mãe!"

Dizer que o efeito foi elétrico seria um eufemismo. Os atores desabaram em risos diante do público. Hamlet não conseguia se controlar. O fantasma desmaiou de vergonha. As luzes foram apagadas e acesas por pelo menos dez minutos. Todos submergiram em meio ao som das risadas: enquanto uma onda abaixava, outra se erguia. A direção de palco decidiu que a peça estava encerrada naquela noite e anunciou que os críticos seriam bem-vindos no dia seguinte.

Todos procuravam o Freud panjabi cuja *bon mot* havia tornado a noite ainda mais memorável por seu fracasso. O dono da voz tinha lá seus 30 anos, usava óculos, vestia *salwar/kurta*, mascava *paan* e tinha uma bela cabeleira engomada com Brylcreem. Parecia estar sozinho. Alguns membros da plateia começaram a cumprimentá-lo e outros apontavam de maneira apreciativa em sua direção, mas ele parecia decidido a deixar o teatro o mais rápido possível. Zahid e eu o alcançamos enquanto procurava sua bicicleta no estacionamento.

— Desapareçam, rapazes. Preferia não ter dito coisa alguma.

Fizemos um convite para que se juntasse a nós para alguns drinques na casa de sucos do Respeitável.

— Que tipo de suco?

— O mais delicioso suco de fruta da cidade.

Ele sorriu, sem assumir qualquer tipo de compromisso. Não esperávamos que de fato aparecesse, mas no meio-tempo as notícias quanto a sua sagacidade haviam se espalhado por todo canto, dos cafés às bancas de kebab. No dia seguinte, na faculdade, aquele parecia ser o único assunto discutido. Os alunos perguntavam uns aos outros: "Você estava lá?" Zahid e eu fomos bastante requisitados como testemunhas e, todas as vezes que repetíamos as palavras de Platão, ouvíamos estrondosas gargalhadas. Naquele mesmo dia, quando nos dirigimos à Casa do Café, próxima à universidade, os poetas e críticos ali reunidos também debatiam sobre a peça cancelada e demonstravam enorme curiosidade quanto ao autor da intervenção. Por que nunca se ouvira falar daquele jovem antes? Um talento tão nato merecia sua própria mesa no café. Veteranos literários torturavam seus cérebros tentando se lembrar de um feito assim surpreendente e notável. Fiquei pensando se o mesmo tipo de conversa estaria acontecendo no Cheney's, a cinco minutos dali, onde poetas aspirantes se misturavam a críticos intelectuais e onde versos brancos modernistas eram uma obsessão. Na Casa do Café discutíamos a poesia de Louis Aragon e os romances de Ilya Ehrenburg. A Cheney's preferia Baudelaire e Gide e via Shakespeare como uma chatice antiquada, mas nem eles podiam deixar de falar sobre o *Hamlet* panjabi.

Foi nesses cafés que comecei a entender a escala do trauma que havia afligido Lahore durante a Partição de 1947 e que transformara aquela cidade cosmopolita numa metrópole monocultural. Nomes de artistas e jornalistas sikh e hindus eram lembrados com tristeza, e aqueles presentes que haviam testemunhado os horrores do que agora é chamado de limpeza étnica se arrepiavam ao rememorar aquela época. Poucos se prolongavam sobre o ano de 1947. Fazia pouco mais de uma década; as feridas ainda estavam abertas. Havia lembranças mais agradáveis. Um clube, agora infelizmente fechado, chamado Pátria Metropolitana, onde, nos temerários tempos do início dos anos 1950, rapazes e moças mulçumanos se encontravam, bebiam e dançavam. A caminho desse paraíso, um escritor repentinamente vislumbrava o véu que cobria o rosto de uma mulher, vestida em sua burca, enquanto esta comprava uma peça de fina seda em Anarkali, descrevendo tal visão como uma luz celestial iluminando a caaba. Isso ainda acontece.

Platão nos fez esperar uma semana para sair de sua toca. Procuramos cuidadosamente identificar qualquer tipo de expressão de triunfo em seu rosto. Nada encontramos. Nossa mesa se restringia a iconoclastas: uma mistura de estudantes e jovens professores universitários, um ou outro mestre mais velho e alguns poucos bacharéis que haviam se tornado, então, jovens funcionários públicos com bastante tempo livre. Os parasitas não eram tolerados e qualquer um suspeito de estar ali apenas para cair nas graças dos professores era furiosamente dispensado com alguns epítetos escolhidos a dedo. Saudamos Platão calorosamente. Sua presença tornou-se constante; ele chegava geralmente na hora do almoço. Com cabelos encaracolados, o dono da casa de sucos, o Respeitável Tufail, cujo cérebro, semelhante a um computador, nunca esquecia o quanto lhe devíamos, se recusou a cobrar de Platão por um mês. Respeitável: todos passaram a chamá-lo assim desde que ele reclamara que estudantes eram muito grosseiros e que não davam valor a suas habilidades. Isso porque a forma comum de se dirigirem a ele, embora a intenção fosse ser afetuosa, era por meio de palavras como cafetão, catamito, arrombado etc., e Tufail havia se cansado de ouvir estudantes com metade de sua idade gritando "Cafetão! Um suco de romã e laranja tamanho grande!". Ele se recusava a servir qualquer estudante que o chamasse usando linguagem abusiva. De uma noite para outra, então, lhe demos seu novo apelido. Muitos clientes não tinham ideia de qual era seu nome verdadeiro. O Respeitável era um grande sábio e contador de histórias e frequentemente vinha à nossa mesa para conversar. Até mesmo Babuji, o velho proprietário do café adjacente, que nos assediava com chá, *samosas* e kebabs *shami* o dia inteiro, se sentava conosco quando Platão chegava.

Zahid, sendo mais consciencioso que eu, muitas vezes nos abandonava para assistir a palestras, mas eu passava a maior parte de meu tempo ali, em nossa mesa num dos cantos, sob a grande figueira, com suas oito cadeiras reservadas permanentemente para nós. O Respeitável e Bubaji nunca permitiam que qualquer outra pessoa se sentasse ali, mesmo se nenhum de nós tivesse chegado. Foi nessa mesa que começamos, lentamente, a descobrir o passado de Platão. Foi preciso meses até que ele relaxasse o bastante para compartilhar sua história de vida conosco.

Seu nome era de fato Platão. Nascera em uma aldeia não muito longe de Ludhiana, no leste de Punjab, agora parte da Índia. Quando criança, sua precocidade e seus questionamentos constantes irritavam bastante seu pai, um professor da escola local, que provavelmente não tinha respostas para algumas das indagações do menino. "Aflatun", versão local do nome do filósofo, corrompido do árabe, era usado frequentemente de maneira pejorativa para descrever pessoas que falavam demais ou repetidamente faziam muitas perguntas embaraçosas ou simplesmente eram muito inquisitivas. Assim, o garoto Mohamed, de 3 anos, se tornava Mohamed Aflatun, e com tal nome foi registrado no madraçal local e, posteriormente, na escola de ensino médio de Ludhiana, onde alguns poucos professores haviam de fato lido Platão. Aquilo acontecera muito tempo antes. O apelido era para ridicularizá-lo, mas, ao crescer, Platão o aceitou como um elogio e acabou mergulhando nas edições traduzidas dos clássicos gregos. Sua obsessão por Pitágoras levou a um caso de amor eterno com a matemática, matéria que agora ensinava em uma escola ultraesnobe de Lahore, onde a admissão era concedida com base exclusivamente em classes, tendo preferência as famílias proprietárias de terras.

— Você dá aulas ali? Não precisa se vestir de maneira diferente?

— Por que deveria? Eles não precisam mais de mim do que eu deles? Se você começa a viver para agradar aos outros, vive com medo de desagradá-los, e o medo torna a pessoa estúpida.

Tempos depois, descobrimos por meio de um colega seu — que o odiava — que, se Platão tivesse aceitado a oferta de uma bolsa em Cambridge para estudar matemática avançada, provavelmente teria prosperado nessa disciplina. O convite foi feito depois que ele enviou a um conhecido fidalgo de Cambridge alguns comentários sobre seu trabalho, escritos no verso de um velho cartão de respostas que usara no colégio. Mas Platão se opunha à especialização, como nos disse em certa ocasião:

— Não queria mergulhar numa piscina de matemática pelo resto da minha vida.

Tal perspectiva não lhe atraía. Mas por que lecionar numa escola? Por que não numa universidade? Recebera propostas desse tipo também, e recusou-as. Escolas exigiam menos, afirmava ele. Além disso, Platão não possuía nenhum diploma universitário, quanto mais um Ph.D., e poderia ainda ensinar outras disciplinas a garotos daqueles colégios particulares, incluindo a disciplina da vida, em relação à qual eram, na maioria, ignorantes.

O mesmo não podia ser dito de Platão. A vida o havia ensinado até demais, e as marcas de tais lições eram nítidas. Tinha pele clara e lábios grossos, com bochechas magras que lhe conferiam uma aparência jovial. Essa feiura atraente era aprimorada por grossos cabelos pretos que ele raramente se dava ao trabalho de pentear. Seu visual à base de brilhantina na encenação de *Hamlet* havia sido algo fora do comum.

Certo dia, ele nos contou sobre como havia escapado dos massacres de 1947 no leste de Punjab e fugido para Lahore. Estava no último ano da escola quando as notícias chegaram a Ludhiana: todos os cerca de duzentos muçulmanos de sua aldeia, incluindo seus pais e suas três irmãs menores, além de tias, tios e primos, tinham sido levados para a mesquita local e queimados. Não houve um único sobrevivente. Um gentil professor de matemática sikh que havia se tornado amigo de Platão o abraçou e chorou. O mesmo homem o levou para o centro da cidade, onde um comboio de ônibus era preparado para transportar muçulmanos para o outro lado do subcontinente partido. Platão estava perplexo, incapaz de registrar o fato de que perdera todos os seus. Foi colocado num ônibus que carregava em sua maioria mulheres e crianças; seu velho professor explicou as circunstâncias e pediu a uma mulher que tomasse conta de seu pupilo. Assim ela o fez.

— Os dois ônibus à nossa frente foram parados pelos sikhs e vi homens perfilados e assassinados das maneiras mais brutais. Alguns estavam de joelhos, implorando por clemência, beijando os pés daqueles prestes a massacrá-los. Pensei que também nos matariam, poupando as mulheres para que fossem estupradas antes de serem também mortas, mas foram interrompidos por uma patrulha militar liderada por soldados britânicos. Era algo raro de acontecer, mas foi assim que sobrevivemos.

Falava de maneira casual, demonstrando poucos traços de emoção exterior, mas a dor se refletia em seus olhos. Prosseguiu:

— Depois cheguei a esta grande cidade, a Paris do Oriente, que panjabis de toda parte sonhavam em visitar. Aquele que não viu Lahore, não viu o mundo; e toda essa bobajada sentimental. Ali os muçulmanos davam duro matando sikhs e hindus e pilhando suas propriedades. Eu estava num campo de refugiados; um dos meus protetores uniformizados, querendo uma recompensa e tendo descoberto que eu não possuía ouro, prata nem dinheiro, decidiu me estuprar. Fui salvo pelos outros refugiados, que ouviram meus gritos e, louvado seja Alá, arrancaram o policial muçulmano das minhas costas. Minha família era religiosa. Eu era levado frequentemente à mesquita, aprendi mecanicamente o Corão sem entender uma só palavra e participava de todos os rituais. Quando vi o que estava sendo feito por toda parte em nome da religião, decidi dar as costas a isso para sempre.

A mesa ficou em silêncio. Sem fazer barulho, o Respeitável colocou uma bandeja com copos de suco de laranja e romã frescos diante de nós. Havia lágrimas em seus olhos. No início dos anos 1960, o trauma da Partição ainda afetava muitas pessoas na cidade, embora poucos quisessem tocar no assunto. As lembranças ainda eram muito recentes, e parte da cidade ainda carregava cicatrizes. A tentativa da geração anterior à nossa de suprimir a lembrança das chacinas das quais fizeram parte ou testemunharam deixara uma cicatriz emocional profunda, que se tornava ainda pior porque ninguém discutia o assunto ou falava sobre ele abertamente. Uma espécie de loucura havia tomado conta de pessoas comuns e agora elas se encontravam em estado de negação. Quando Platão contou sua história, foi a primeira vez que alguém discutiu a Partição em nossa mesa. Depois, muitos de nós passamos a fazê-lo, e ouvi vários relatos do que acontecera no coração daquela cidade durante o fatídico mês de agosto de 1947.

Platão morava num apartamento bem pequeno na Alameda Superior, principal via da cidade, depois do Palácio do Governo, do velho hotel Nedous e do canal, num bloco de apartamentos que por algum motivo era conhecido como o Canto Escocês.

Durante o inverno, muitas vezes o acompanhávamos pela Rua da Alameda, passando pelas arcadas e pelo velho Clube Gymkhana, pela escola onde ele lecionava e pelo Zoológico de Lahore, que abrigava os bichos mais infelizes que eu já vi (corria o boato de que a maior parte das porções de carne destinadas aos leões podia ser saboreada no café). O zoológico marcava o meio do caminho, onde parávamos para experimentar os *gol gappas* do dia antes de nos dividirmos próximo ao Canto Escocês. Platão nunca nos convidou a conhecer sua moradia, e, apesar de nossa enorme curiosidade, nunca nos oferecemos a ir lá.

Zahid e eu falávamos sobre Platão o tempo todo. Um membro de nossa célula marxista clandestina nos irritou certo dia ao se referir a ele como um "burguesinho individualista". Quando contamos isso ao nosso amigo, ele riu e disse que tal descrição era precisa. Platão nunca se interessara pelo marxismo ou pelo Partido Comunista, encarando-os como uma forma de religião. Havia lido Marx e admirava uma parte de seu trabalho, mas nunca o admitira para nós, "porque vocês, idiotas, o tratam como se fosse um profeta, e, se é para fazer isso, é melhor ficar com os de verdade: Moisés, Jesus e o nosso próprio".

Os debates se tornaram mais acalorados quando Hanif Ma, um chinês lahori que estudava física e estava predestinado a grandes feitos, foi aceito em nossa mesa como membro regular. Imediatamente e sem um pingo de imaginação, demos-lhe o apelido de Confúcio, que ele aceitou de bom grado, embora às vezes o achasse fastidioso. Mas fingia ter ficado impressionado: era sofisticado de nossa parte, educados panjabis que éramos, não o chamar simples e afetuosamente de "o china", como os donos faziam no bazar Anarkali. "O que podemos lhe oferecer hoje, china?", "Tome um pouco de chá, china, enquanto se lembra do que sua mãe lhe pediu para comprar" etc.

— Somos pessoas rústicas, Confúcio. Aqui, somos quem somos. E você é um panjabi exatamente como nós, mesmo que fale mais línguas — disse-lhe Zahid.

Confúcio riu, e logo descobriríamos que seu estoque de palavrões fora aprimorado na estrada Beadon, onde gangues de rufiões reinavam supremos. Eu ia lá apenas por causa das lojas de doce, para comer *gulab jamuns* e *rasgullas*. Confúcio era muito divertido, mas não passara incólume à grande transformação ocorrida no país de seus antepassados, que também havia tocado muitos de nós. Queríamos fazer uma revolução também, e seguir o mesmo caminho que os chineses. Era difícil viver tão próximo e permanecer alheio ao que estava sendo alcançado. Confúcio defendia sua revolução de todo o escárnio vindo de Platão. Tais discussões foram aos poucos nos afastando de Platão, muito para sua diversão. "Ocupados demais planejando a revolução, rapazes?" se tornou uma de suas expressões mais repetidas quando Zahid, Confúcio e eu deixávamos a mesa para comparecer a uma reunião de nossa célula. Confúcio criou por ele um verdadeiro ódio e raramente falava em sua presença, mesmo quando Platão tentava incitá-lo a conversar sobre matemática ou física. Zahid e eu nunca poderíamos romper com Platão, nem desejávamos, embora seu cinismo pudesse ser às vezes extremamente corrosivo e enervante. Tinha se acostumado de tal maneira a ser autossuficiente que qualquer amizade lhe causava suspeita. Era sua inteligência que desafiava a nós todos. Até mesmo Confúcio aceitava isso como um fato.

Um certo ano, quando as dez semanas de férias de verão se aproximavam, Platão, ao ouvir meus planos e os de Zahid, perguntou casualmente aonde estávamos indo.

— Para as montanhas — respondi. — Eu vou para Nathiagali, e Zahid, para Murree.

Ele abriu um sorriso.

— Talvez encontre com vocês por lá.

— Fantástico — disse Zahid após uma leve hesitação, sem saber se Platão estava sendo irônico ou não.

Eu sabia que ele não falava sério. Era uma intromissão. Nossos verões eram bastante preciosos. Sentíamo-nos completamente livres e, embora separados por mais de 30 quilômetros, um de nós sempre ia caminhando essa distância para se encontrar com o outro. Tínhamos amigos por lá também, que não faziam parte da mesa: amigos de verão que encontrávamos somente uma vez por ano. Essas amizades geralmente se tornavam intensas, já que nas montanhas havia poucas restrições e a segregação de gêneros não era vista com bons olhos.

A ideia de Platão ir até lá me pareceu um tanto estranha. Ele fazia parte de nosso círculo de amizades adultas. O ar das montanhas tinha um efeito regressivo em nós. Éramos crianças novamente, mas tomadas por pensamentos libidinosos. Platão, ultrassensível a qualquer insulto, fosse real ou apenas intencional, olhou em minha direção. Deve ter percebido o ar de ambiguidade na reação de Zahid.

— E quanto a você, Dara Shikoh? Também acha que é uma boa notícia?

— Não sei ao certo, Platão. Depende de como vai se comportar nos piqueniques. Sabe tocar algum instrumento? Sabe cantar ou interpretar? Este será seu verdadeiro teste. Percebo que você está sempre um pouco tenso quando me chama de Dara Shikoh.

Ele relaxou imediatamente.

— Não se preocupe, não vou envergonhar vocês. E Dara Shikoh é o único príncipe mugal que realmente admiro. Akbar era uma completa farsa. Tolerante no que dizia respeito a outras religiões, mas assassino daqueles que via como hereges.

Na realidade, a culpa por aquele apelido era mesmo minha. Havia equivocadamente informado a muitos amigos que meu nome era uma homenagem a Dara Shikoh, poeta e filósofo cético que deveria ter sucedido Shah Jehan, mas que fora brutalmente colocado de lado por um irmão mais jovem, Aurungzab, soberano devoto e ascético que nos deixara a Mesquita de Badshahi, a dez minutos da universidade, como seu legado. Meu nome, na verdade, era uma homenagem a um velho amigo de meu pai que se afogara tragicamente quando ambos nadavam sob o luar, de uma margem do Ravi para a outra. Talvez o nome dele tivesse sido uma homenagem a Dara Shikoh.

Antes de partirmos para as montanhas, Confúcio fez um convite a Zahid e a mim para jantarmos em sua casa. Nenhum de nós sabia onde ele morava, mas ele havia jantado conosco em nossas casas muitas vezes e sua mãe deve ter insistido para que nos convidasse em retribuição.

— Por favor, lembrem-se de não me chamar de Confúcio em casa. Ninguém vai achar divertido. Vão apenas pensar que os panjabis são estúpidos.

— E quanto a Mao?

— Pior ainda. Meu pai o considera um mau poeta e também um filisteu.

Tudo o que sabíamos sobre o pai de Confúcio era que possuía a melhor sapataria da Rua da Alameda. A família obviamente estava ali havia bastante tempo, como testemunhavam as fotografias na parede, nas quais o jovem Sr. Ma posava orgulhoso ao lado de agentes coloniais britânicos que há muito tinham partido. Meu pai e eu íamos à sua sapataria todos os anos para que nos tirassem as medidas dos pés e confeccionassem sandálias de verão e calçados de inverno. Nada substituiria aquilo nos anos seguintes.

Confúcio tinha concordado em nos encontrar do lado de fora da loja, mas esperamos certo tempo por outro convidado. Ele finalmente chegou. Um pneu de sua bicicleta havia furado e a borracharia não estava aberta. Era Tipu, que estudava física no F. C. (Forman Christian) College, que ficava do outro lado da cidade e era dirigido por missionários americanos. Tipu tinha um rosto escuro e de traços suaves, com grandes olhos castanhos. Confúcio o havia conhecido num seminário, descoberto que ele era um marxista de Chittagong no lado leste da Pátria — chamávamos de Pátria Oriental — e queria que o convidássemos para nossas reuniões de célula. Nossas regras eram estritas. Uma célula não podia incluir mais de seis estudantes ao mesmo tempo e nenhum dos membros podia saber o que se passava nas outras células. Obviamente, acabávamos sabendo, já que havia apenas outras duas, mas fingíamos que era um grande segredo. Aquilo acrescentava certo glamour. Não existiam células ativas na universidade de Tipu. Ele tinha desdém por seus colegas e seus olhos ardiam ao nos informar que toda universidade respeitável da Pátria Oriental possuía uma célula comunista. Eu conhecia uma célula no F. C., mas seria uma terrível quebra de confiança informar alguém de sua existência. Fiz um lembrete mental para informá-los depois do desejo de Tipu de participar.

Essa conversa acontecia na Alameda, em meio a uma multidão de consumidores. Poderíamos ter prosseguido por horas, mas já estávamos atrasados. Confúcio fez com que atravessássemos a rua, até chegarmos a um bloco de apartamentos dos anos 1920, no qual morava e onde sua mãe aguardava pacientemente para nos dar de comer.

— *Salaamaleikum*, Dara. Como vai seu pai?

Não reconheci o sapateiro por um minuto. O pai de Confúcio vestia um manto chinês e uma touca finamente bordada. Fomos apresentados ao resto da família, e essa foi a primeira vez que eu e Zahid vimos Jindié, a Borboleta Dourada. Ela se sentou próximo à mãe, usando um tradicional *salwar/kameez* panjabi num tom azul-claro, mas com estilo; a *kameez* alcançava apenas seus joelhos. Seus cabelos negros sedosos, cobrindo uma cabeça oval alongada, quase tocavam o chão. As sobrancelhas formavam arcos perfeitos. Nenhum tipo de maquiagem desfigurava seus lábios finos. Era uma criatura delicada, extremamente bela e não apenas formosa, mas não havia sequer um traço de timidez ou afetação no momento em que apertava nossas mãos, inspecionando cada um por vez com um olhar zombeteiro. Nunca suspeitei que fosse uma romântica ansiosa por resultados rápidos. Achei difícil me concentrar em qualquer outra coisa durante aquela noite. O que teria Confúcio falado sobre nós? Será que ela percebera que eu me apaixonara por ela? Como poderia não perceber?

Depois de cumprimentar Jindié, me curvei educadamente para saudar a mãe de Confúcio. Assim como seu marido, a Sra. Ma vestia um antigo manto chinês. Seu cabelo estava preso em um coque e seu rosto apresentava um leve toque de batom e maquiagem, mas ao mesmo tempo transmitia uma impressão de prudência e bom-senso.

Fiquei tão impressionado com Jindié que demorei a perceber que a sala era revestida de livros, em sua maioria edições chinesas, alguns dos quais eram sem dúvida bastante velhos. Jindié conversava com Tipu um tanto deliberadamente, acho, para me castigar pela maneira como olhei para ela. Na verdade, ela me ignorou pelo resto da noite, falando quase o tempo todo com Tipu e Zahid, ainda que vez ou outra lançasse um olhar ocasional na minha direção para ver o que eu estava fazendo. Mudei de lugar para examinar de perto alguns belos objetos de marfim que havia sobre a cornija e o papel de seda que cobria a parede, na qual estava pendurado um prato branco com caligrafia kufic azul. O Sr. Ma se aproximou de lado para explicar que se tratava de uma peça do século IX feita por oleiros de Yunnan, que produziam tais artigos exclusivamente para os mercadores de Basra, que por sua vez o levavam a Córdoba e a Palermo. Nada daquilo tinha então grande significado para mim. Sorri educadamente e perguntei sobre os livros. Ele pegou um. Parecia formidável, com seus caracteres chineses em dourado gasto sobre couro ainda mais gasto.

— O que é isto, Sr. Ma?

— O Han Kitab. Já ouviu falar?

— Não. Lamento. A China é um mistério. Tudo o que conhecemos é a revolução.

Aquilo o perturbou, e ele colocou o livro de volta no lugar. Confúcio havia assistido à cena e se aproximou para me tranquilizar. Eu não tinha ficado chateado, mas me enfurecia cada vez mais com a maneira como a irmã dele flertava com Tipu.

A comida, quando foi servida, era quase tão divina quanto Jindié. Os restaurantes chineses locais eram terríveis, ocupando-se de gostos locais imaginados. Culinária superficial é sempre algo ruim. Aquela era a primeira vez que eu provava a verdadeira comida chinesa, e elogiei a Sra. Ma por suas habilidades gastronômicas, praticamente o oposto de nossa cozinha panjabi. Ela explicou que estávamos comendo iguarias típicas de Yunnan, muito diferentes do que era servido nos banquetes de Pequim. Perguntei se havia recebido qualquer ajuda de sua filha. A resposta foi um *não* instantâneo e um olhar na direção de Jindié. Numa tentativa de chamar sua atenção, lamentei em bom som, esperando irritá-la, mas falhando miseravelmente. Ela não mordeu a isca.

Por meio de sua mãe, entretanto, descobri que Jindié frequentava uma universidade para moças. Aquela era uma informação preciosa, uma vez que a universidade em questão era a mesma onde estudavam sete ou oito de minhas primas, assim como filhas de velhos amigos de minha família. Era dirigida por uma solteirona indiana, católica rigorosa, que levava seu trabalho muito a sério no que dizia respeito à vida social de suas alunas. Dizer que mantinha um olhar atento sobre as garotas seria pouco preciso. Ela havia criado uma rede de espiãs entre suas favoritas que lhe contavam tudo. Sim, absolutamente tudo, incluindo os sonhos que algumas de suas colegas haviam lhe contado durante o café da manhã. A universidade em si fora fundada em 1920 por uma escocesa afetada chamada Rosamund Nairn, e carregava seu sobrenome. As garotas da Nairn eram consideradas quase tão modernas quanto suas equivalentes na Primrose (em Karachi), e na Ambleside (em Dhaka), e isso queria dizer muito na época.

Excetuando minha frustração em relação a Jindié, a noite correu de maneira agradável. Zahid e eu fizemos questão de chamar nosso amigo de Hanif tanto quanto podíamos, a ponto de ele começar a parecer aborrecido. Nesse momento, Jindié se endereçou a todos nós coletivamente:

— É verdade que o chamam de Confúcio?

A mesa inteira irrompeu em gargalhadas. Apenas quando estávamos indo embora e nos despedíamos foi que ela veio até mim.

— Foi ótimo conversar com você.

— Mas nós não conversamos.

— Eu sei.

Uma vez que minha casa não era muito longe do F. C. College, Zahid deu uma carona a mim e a Tipu, deixando-o primeiro para que nos dois pudéssemos desfrutar de um post mortem tranquilo. Paramos o carro na estrada inacabada onde ficava minha casa. Era então um deserto, apenas com o mausoléu de um respeitável sufi iluminado à distância por lampiões.

Eu havia gostado de Tipu de maneira instintiva e estava convencido de que ele deveria se juntar a nossa célula, mesmo que isso significasse ele ter que pedalar 10 quilômetros para nos encontrar. Tipu era obviamente inteligente e tinha lido mais que todos nós. Zahid discordou; achava melhor que Tipu fosse recrutado por sua célula local. Mas eu queria ficar de olho nele, caso Jindié realmente o quisesse e não a mim. Expliquei isso a Zahid, que não ficou nem um pouco surpreso:

— Percebi seus olhares, e ela também.

— Tem certeza?

— Como poderia não perceber, catamito? Seus olhos estavam vidrados nela. Todo mundo percebeu. Foi por isso que ela o ignorou a noite inteira.

Não havia muito mais a ser discutido, mas ainda assim o fizemos por quase duas horas. Depois, entrei em casa e procurei na sala de estudos de meu pai traduções sobre literatura e história chinesas. As estantes estavam cheias de coisas sobre a Europa e o sul asiático. A civilização chinesa era representada por livros de política e história escritos por americanos e europeus, além de algumas poucas traduções de Mao Tsé-tung e Liu Chao-chi. Havia uma tradução da editora Foreign Languages para *O sonho da câmara vermelha*, mas estava ilegível. Extremamente frustrado, fui para a cama.

Quase tudo perdeu sua importância para mim, exceto a lembrança de Jindié. Nas duas semanas antes de começarem as férias nas universidades, fiz esforços desesperados para conseguir avistá-la. Zahid tinha seus próprios problemas nesse aspecto, tentando ver Anjum, filha do general, porém foi o mais solícito que podia, esperando comigo do lado de fora da Nairn para descobrir como Jindié voltava para casa. Muitas moças usavam bicicleta naquela época, e eu esperava que ela também o fizesse, mas nunca a vimos sair. Importunei uma de minhas primas na qual pensava poder confiar. Ela contou às outras primas, e todas vinham nos ver e rir de Zahid e de mim, tentando nos envergonhar a ponto de nos obrigar a ir embora. Mas não tínhamos autoestima em relação àquilo, de modo que deixar de lado nossa dignidade nunca foi de fato um problema.

Após passarmos uma hora na frente da Nairn, partíamos então para Gulberg, onde o objeto de desejo de Zahid frequentava uma universidade para moças inspirada nas escolas europeias para moças, onde as "ciências sociais e caseiras" se confundiam a tal ponto que culinária contava como matéria caseira e decoração de interiores, como ciência social. Gulberg treinava jovens mulheres para serem donas de casa. A *Vogue* era a revista sagrada da instituição, devorada com avidez por professoras e pupilas. Zahid jurava que Anjum não era uma cabeça-oca, mas que havia sido obrigada por seus pais a estudar ali de modo a se preparar para o matrimônio.

Zahid queria a filha do general e ela o queria. Cartas eram trocadas. Os dois se reuniam para tomar café num local pequeno, administrado por uma amável senhora alemã, destinado a encontros amorosos. Funcionava desta maneira: Anjum e uma amiga eram levadas ali por um chofer; sentavam-se a uma das mesas. Zahid e eu chegávamos em sua Vespa; nos sentávamos a outra mesa. Se reconhecêssemos alguém, fingíamos que estávamos ali casualmente e logo íamos embora, mas tal situação era rara. Eu tinha que entreter a amiga de Anjum, que era muito bonita e também muito idiota. Ria de qualquer provocação e logo eu estava tão farto que tentei ensiná-la a jogar xadrez, pois assim não precisaríamos conversar. Ela se sentiu lisonjeada e aprendeu os movimentos, o que fez crescer seu status na escola: "Ora, ora, você está se tornando uma intelectual."

Ocasionalmente, canalhas perversos seguiam as garotas numa motocicleta e as chantageavam por alguns trocados. Isso teve um fim no momento em que a senhora alemã informou seu marido, um oficial de polícia, que colocou um guarda para fazer a ronda naquela rua. Estava meramente protegendo os interesses do negócio de sua mulher, mas o gesto foi bastante apreciado pelos clientes.

Felizmente, tudo isso teve um fim quando Anjum gentilmente deu a notícia de que iria ficar noiva de um afetado idiota feudal educado numa escola inglesa de Multan. O rosto de Zahid foi tomado por uma palidez mórbida enquanto se levantava de sua mesa e cambaleava em direção à minha. As palavras lhe faltaram por alguns instantes e então, numa voz engasgada, ele disse:

— Vamos embora. Agora.

Saímos. Sua alma lhe fora arrancada. Muitas horas foram gastas discutindo a rejeição. No dia seguinte, ele me disse de modo bastante sério que encontrava grande dificuldade em resistir à tentação de estourar os próprios miolos. Uma semana depois, estava mais calmo e pensativo.

— Ela tinha uma natureza tão dócil, *yaar* — repetia sem parar.

Talvez fosse esse o problema, sugeri. Sua "natureza dócil" a impedia de resistir à pressão dos pais, coisa que, conforme nós dois sabíamos, outras já haviam feito. Tive uma sensação de alívio. Não precisaria mais jogar xadrez com uma aspirante a modelo. Não recordo seu nome, mas ela havia desfilado com dois trajes — "Ninfa Safada" e "Olá, Oficial" — no Intercontinental, em Rawalpindi, quando a insurreição estudantil contra os militares teve início, em 1968. Já meu amigo começou a vagar pela cidade, carregado de emoções, mas evitando todos os locais que o faziam lembrar-se dela. Parecia que toda a cidade havia se transformado num oceano de amargura para ele. A recordação de Anjum o perseguiu por um longo tempo. A pior paixão possível é aquela que se nutre por uma mulher a quem jamais se possuiu. Ele se recuperou bem lentamente.

— Existem outras mágoas no mundo, Zahid — falei, na tentativa de consolá-lo, parafraseando as palavras de um poeta bastante admirado, então na cadeia pela terceira vez.

— Não, não existem.

Aquilo deveria ter me servido de alerta. Eu deveria ter percebido que qualquer tipo de compromisso político para ele nada mais era que uma obrigação social, mas é fácil falar após os fatos. Na época, considerávamos a nós mesmos e a outros universitários a espinha dorsal do país. O futuro da Pátria dependia de nós, mas, nas palavras do verdadeiro Confúcio, "Levar à batalha pessoas que nunca foram treinadas é o mesmo que traí-las". Zahid sustentava que os fatos provavam o contrário e dava como exemplos as revoluções francesa e russa. Muitas vezes se inclinava a soluções mais radicais do que eu e zombava de minha cautela. Também a amizade tem lá suas ilusões, tão fortes quanto as do amor.

Três dias antes de partirmos rumo às montanhas, Confúcio apareceu para o almoço. Minha mãe gostava dele porque tinha um rosto agradável, era bastante educado e sempre fazia questão de elogiar a decoração da casa e, ainda mais importante, admirar o jardim de rosas, que era praticamente ignorado pelas visitas e por nós moradores da residência. Meu pai ficava impressionado com seu apoio vigoroso à Revolução Chinesa, então pouco comum nos círculos de imigrantes. Já eu me sentia próximo a ele por motivos óbvios. Ainda assim, a conversa pareceu não fluir até que meus pais saíram para fazer a sesta. Era final de junho. A temperatura atingira 42 graus e o asfalto começava a derreter nas estradas. Eu estava quebrando a cabeça para encontrar uma maneira de perguntar sobre Jindié sem parecer muito ansioso, mas a discrição prevaleceu. Afinal, ele era irmão dela e poderia se sentir ofendido por uma demonstração informal de interesse. Então, pouco antes de ir embora, Confúcio, tentando soar o mais casual possível, disse:

— A propósito, talvez nos encontremos em Nathiagali. Minha mãe está desesperada para fugir do calor este ano e reservamos um chalé no hotel Pinheiros por um mês.

Dei um jeito de esconder minha alegria.

— Com todos nós viajando, a cidade da cultura vai ficar vazia.

Rimos de nossa própria arrogância.

# Quatro

No início, meu pai costumava levar-nos até as montanhas, passava uma semana por lá e depois retornava a Lahore. A rotina em nossa casa era bem estabelecida. Os criados nos acordavam às 3 da manhã, quando lá fora ainda estava escuro como breu. Eu e minhas irmãs gêmeas, três anos mais novas, éramos colocados ainda sonolentos na parte de trás de uma caminhonete Chevrolet decrépita e antes das 4 horas meu pai já estava guiando rumo ao norte pela Estrada do Grande Tronco, quase sem tráfego naquele horário. Era esse o motivo para partirmos antes do amanhecer, o que, no entanto, me parecia tortura. Minhas irmãs e eu acordávamos novamente quando o sol se levantava e esperávamos pela inevitável parada na estação ferroviária da junção de Wazirabad, onde serviam excelentes ovos mexidos com torrada, faziam um chá formidável e tinham banheiros relativamente limpos. Aquilo acontecia havia muito tempo. Pouco depois, cruzávamos o majestoso rio Jhelum e ouvíamos mais uma vez a história de como Alexandre Magno tivera enorme dificuldade para atravessá-lo e quase perdera a vida. Passamos a conhecer aquela narrativa tão bem que nos anos seguintes a repetíamos em uníssono ao nos aproximarmos da ponte, de modo a antecipar a versão de nosso pai. A parada seguinte era em Rawalpindi, uma breve pausa para comprarmos sanduíches de frango e café frio no Prata Grill, antes do trecho final, que começava na estrada de macadame rumo a Murree, estação de montanha oficial, que minha mãe odiava por não ser Simla e por viver abarrotada do "tipo errado" de pessoas — à exceção de

Zahid e sua família, é claro, e de muitos outros amigos nossos que passavam o verão ali. Na imaginação de minha mãe, Murree era como a Babilônia, um lugar a ser evitado até mesmo como parada no caminho rumo a nossa Arcádia.

Além de Murree se estendia a estrada acidentada em direção aos *galis*, vales entre os sopés do Himalaia, cercados por pinheiros; pouco depois de deixarmos a estação de montanha começávamos a sentir a fragrância avassaladora de tais árvores. Mais de cem anos antes, os britânicos tinham chegado aos *galis* e construído chalés com nomes singulares como Kirkstone, Moonrising, Retreat etc. para se lembrar de sua terra natal. Primeiro passávamos por Khairagali, depois por Changlagali, então por Doongagali, e, numa cumeeira 3 quilômetros acima desta, ficava Nathia, a rainha de todas, com clube e quadras de tênis próprios, além de — o que era mais importante — uma biblioteca cheia de livros, composta basicamente por autores de quem nunca se ouvira falar ou que jamais seriam mencionados novamente: os equivalentes literários a filmes B; certas vezes, eram surpreendentemente bons.

O paraíso naquela época era chegar ali, inalar o perfume dos morangos selvagens, avistar o pico de Nanga Parbat coberto de neve à distância, no Himalaia, e tentar imaginar quais de nossos amigos de verão já estavam por lá.

Naquele ano, tudo em que eu conseguia pensar era Jindié. Quando ela chegaria? Que dia? Que horas? Minhas lembranças daquele tempo agora me são falhas, um tempo de paixões não correspondidas que pareciam ser o destino de nossa geração. Para escrever a vida de Platão preciso fazer o esforço de tentar me recompor e lembrar o que mais ocorreu naquele verão. É mais fácil agora, uma vez que Jindié esmaeceu em minha memória.

Quando chegamos a nossa residência de veraneio, o caseiro entregou uma série de mensagens e me deu um pedaço de papel. Nenhuma das mensagens tinha qualquer importância. Alguns amigos de Peshawar já tinham chegado, incluindo dois irmãos pashtuns, excelentes jogadores de tênis, espirituosos e bem-educados, que geralmente pulverizavam seus oponentes. Zahid e eu havíamos conseguido derrotá-los uma vez, apenas porque enxergávamos melhor em meio à névoa que cobria a quadra. O bilhete era de Younis, o alegre subgerente dos correios que administrava a minúscula agência durante o verão e se hospedava no abrigo para viajantes que havia embaixo do bazar. Queria saber quando poderíamos nos encontrar para tomar chá. No dia seguinte, chegaram também amigos vindos de Lahore e Karachi. Encontramo-nos e trocamos alguns gracejos, mas minha cabeça estava longe dali.

Meus amigos perceberam meu estado de distração e presumiram que, como eu estava para deixar o país no final daquele ano, minha mente já havia partido e que eu achava a companhia deles enfadonha. Como poderia lhes dizer que estava sofrendo de uma febre de amor? Havia ainda duas garotas bastante divertidas, que nunca se rendiam a galanteios e odiavam a mesquinhez burguesa, cuja companhia, por esses motivos, me era bastante aprazível. Eu podia apenas imaginar o tipo de comentários sarcásticos que teceriam caso eu admitisse estar sofrendo de qualquer coisa remotamente parecida com uma paixão.

Caminhei sozinho até o hotel Pinheiros e cumprimentei o proprietário e os funcionários. Começamos a nos hospedar no Pinheiros logo após a Partição, em 1947, quando eu tinha 3 anos e minhas irmãs ainda não eram nascidas. O proprietário, Zaman Khan, um pashtun alto e barrigudo com olhos cinza sempre avermelhados — consequência de um gosto excessivo pela cerveja produzida na fábrica de Murree por um dos parentes mais prósperos de Jamshed —, tinha se tornado uma figura familiar e amiga ao longo daquele tempo. Havia pouco que lhe escapava. Deu-me um abraço e imediatamente ofereceu algumas informações.

— Aquela garota de olhos verdes de Peshawar, de quem você tanto gostou no ano passado, está para chegar com a mãe na semana que vem.

Fingi estar deleitado com a notícia e comentei, em tom casual:

— Um amigo meu, Hanif Ma, disse que viria este ano. É uma família chinesa de Lahore.

Zaman agarrou meu braço e me levou até seu escritório. Juntos, examinamos o livro de reservas. Os Ma chegariam dali a dois dias.

— Não sabia que vocês eram amigos. Vou colocá-los no mesmo chalé em que vocês ficaram há dez anos. Parece que assim o verei mais este ano. Ótimo. Sabe que pode sempre comer por aqui.

— Sim, mas não na sala de jantar onde você ainda serve aqueles cozidos repugnantes que os ingleses adoravam.

Ele me beliscou e sorriu. Animado com a notícia e me sentindo nas nuvens, fui até o bazar e encontrei velhos amigos, comprei um chapéu *chitali* cor creme e aqueci as mãos com uma xícara de delicioso, ainda que excessivamente doce, chá da montanha, para o qual basta ferver as folhas em leite e açúcar até que a coloração chegue ao ponto certo. Uma das bebidas que mais aquecem em todo o mundo. Quando fui até o correio, situado no alto de uma inclinada ravina que levava às aldeias no vale lá embaixo, onde habitam os moradores locais durante o ano, tive uma surpresa. Sentado ao lado de Younis, subgerente dos correios, estava Platão. Eu tinha esquecido completamente que ele iria às montanhas aquele ano.

— Você não sabia que éramos velhos amigos, sabia? — perguntou Younis.

Younis e sua mãe estavam no mesmo ônibus que levara os refugiados de Ludhiana, e havia sido ela quem tomara conta de Platão até chegarem ao acampamento. O pai de Younis, um vigia noturno que trabalhava para uma fábrica de propriedade hindu em Ludhiana, nunca mais voltou a ser visto. Tinham família em Peshawar, e Younis se matriculara e se tornara um servidor civil de grau 6.

— Grau 6 — disse Platão — é o reconhecimento de que você nunca vai passar disso no serviço. Subgerente dos correios para o resto da vida.

Younis caiu na gargalhada.

— Melhor que ser um peão. Espero apenas passar todos os meus verões aqui até morrer.

Mal passara de meio-dia. Younis me ofereceu um licor de damasco local para misturar ao meu chá. Declinei tal prazer, mas os outros dois verteram generosas doses em suas tigelas. Alguns amigos apareceram para enviar cartas e ficaram conosco por um tempo, até suas irmãs e mães, que os esperavam do lado de fora, gritarem seus nomes. Depois que foram embora, Younis sussurrou:

— Ouvi de Bostaan Khan que a garota de Peshawar chega na semana que vem.

Bostaan era um garçom que trabalhava havia tempos no Pinheiros; um trapaceiro. Por que estariam fofocando sobre ela?

— Por causa de você.

No verão anterior eu tinha bancado o bobo diante de Olhos Verdes, e ela se deleitara em me esnobar publicamente. Certo dia eu a vi num canto do clube, lendo avidamente uma carta; obviamente, uma carta de amor. Seu rosto branco foi tomado por um vermelho intenso quando me viu.

— Quem é o sortudo?

— Não é da sua conta.

Mas era. Aproximei-me de Younis, que, como sempre, estava um pouquinho bêbado. Ele tinha se tornado nosso amigo e deliciava a mim e a Zahid com histórias de famílias sempre tão respeitadas mas despedaçadas por notícias de intrigas e infidelidades constantes. Como sabia de tudo aquilo? Lendo suas cartas, obviamente. Usava vapor para abri-las quando bem entendia e cuidadosamente as lacrava novamente antes de entregá-las. Jurava que seus únicos alvos eram as famílias mais esnobes, aquelas que o olhavam de cima e o consideravam um servo. Cheguei a pensar em pedir que abrisse a correspondência trocada entre meus pais só para saber o que escreviam sobre mim, mas decidi não levar o plano adiante ao considerar a possível existência de embaraçosas declarações de amor e lealdade. De modo geral, seria correto dizer que aquilo que Younis sabia, nós também sabíamos. Hoje ele seria chamado de hacker e admirado em segredo, mas naquela época aquilo era considerado algo bastante escandaloso, e, caso tivéssemos dado com a língua nos dentes, ele teria sido demitido. Até mesmo Zahid, normalmente imune à ética, ficou levemente chocado. Nunca o traímos. Como poderíamos? Estávamos bastante envolvidos. Então comunicamos a Younis o que ele deveria fazer.

Naquela época não havia fotocopiadoras. Toda vez que Lailuma, a beldade pashtun de cabelos dourados e olhos verdes, cujo nome significava "noite enluarada", recebia ou enviava uma carta, um mensageiro de Younis, geralmente o carteiro local, corria até onde eu estava e me arrastava até a agência de correio dizendo que tinha recebido uma ligação urgente de Zahid. Havia poucos telefones naquela época, e Zahid ligava com frequência. Embora o operador da central telefônica geralmente deixasse que eu usasse o aparelho em casos de emergência e anotasse recados, o único telefone público ficava na varanda da agência de correio.

Numa salinha dos fundos, eu lia regular e calmamente as cartas de Lailuma para seu namorado. Elas mexiam comigo e, de qualquer forma, eram muito mais interessantes que o tom ultraemotivo, exagerado e permanentemente amargurado de seu amado. Ela era alvo constante de sua ironia, sem motivo algum. Já ele era o tipo que me faz pensar que alguns de nós temos mais em comum com os primatas do que com outros seres humanos. Perdi todas as minhas esperanças. Ela obviamente estava apaixonada por aquele animal estúpido. As cartas revelavam o quanto seus pais desaprovavam a relação. De minha parte, concordava com os instintos deles, ainda que não com seu raciocínio. O jovem era proveniente da classe social errada: seu pai era um vendedor de xales que tinha uma barraca no bazar Kissakhani. Apesar de todo o meu interesse por ela, eu teria ficado do lado do rapaz nessa história caso sua figura fosse ao menos um pouquinho só mais atraente. Ou não conseguia se expressar corretamente ou era de fato uma pessoa desagradável. Após uma discussão acalorada regada a muitas xícaras de chá misturado a licor de damasco, Younis, Zahid e eu concordamos que a união deveria ser desencorajada.

Poucos dias antes que Lailuma fosse embora de Nathiagali, encontrei-a sozinha, sentada debaixo de uma castanheira não muito longe do hotel. Dei a entender que um amigo meu de Peshawar havia me informado quanto a seu dilema. Ela ficou perplexa.

— Não acredito em você.

Revelei então o nome de seu pretendente e a ocupação de seu pai. Ela quase desmaiou.

— Que Alá me ajude.

— Ele não vai ajudar, mas eu sim.

— Você!

Primeiro a tranquilizei, prometendo que seu segredo estaria a salvo no fundo do meu coração. Entretanto, segundo o amigo que conhecia bem seu amado, era evidente que ele tinha tendência a ataques incontroláveis de mau temperamento e também era grosseiro de outras maneiras. Era verdade, perguntei, que ele alterava ternura e fúria? Se fosse esse o caso, seu ciúme criaria incontáveis problemas a troco de nada. Mesmo se a visse conversando com uma amiga que não conhecesse, perderia o controle. Continuei assim, descrevendo as piores características de muito do que tomara conhecimento. Para meu espanto, seus olhos assustados se fixaram nos meus e ela passou a acenar fortemente com a cabeça, concordando.

— Seu amigo deve conhecê-lo bem. Estou começando a achar exatamente o mesmo. Estava pensando em romper todo e qualquer contato com ele, mas adiei o momento de escrever a carta. Não quero que pense que meus pais têm algo a ver com isso. Eles são apenas burros. Só porque o pai dele vende xales e peles.

— Isso por si só seria motivo para se casar com o garoto — falei —, ainda mais se o pai tiver um estoque especial de antigas *pashminas* e *shahtoosh*.

Pela primeira vez ela riu. Meu coração parou de bater por alguns segundos. Há um detestável ditado panjabi que atribui grande importância à risada como artifício para a conquista sexual, "*hasi te phasi*" (se ela rir, é porque você a capturou). Não era verdade, mas ao menos consegui acreditar que minhas chances tinham aumentado. Younis também tinha certeza disso.

— Conheço essas garotas pashtuns. São muito mais avançadas que suas beldades panjabis. Vá em frente, meu amigo. Cimente a aliança panjabi-pashtun. Dê à Pátria algo de que se orgulhar.

Mas era tarde demais para qualquer tipo de avanço naquele verão. Ela iria embora em alguns dias, logo depois de trocarmos alguns livros em inglês. Eu lhe havia sugerido que enviasse dali das montanhas mesmo a carta de rompimento, de modo que pudesse começar um novo capítulo de sua vida assim que chegasse a Peshawar e que não fosse mais incomodada por ele. Ela achou uma boa ideia. Tanto eu quanto Younis concordamos que a carta fora escrita de maneira belíssima, extremamente digna e generosa até demais. Ela subiu ainda mais em meu conceito.

Teria sido deslealdade de minha parte não contar nada sobre Jindié a Platão e Younis, e, na ausência de Zahid, eu precisava de alguém com quem conversar sobre ela. Contei-lhes tudo. Platão foi filosófico:

— Essas coisas acontecem. É preciso só um pouquinho de esperança para que o amor nasça. Ela lhe deu motivos para alguma esperança?

— Não tenho certeza.

— Então acha que sim. Bem, estamos todos aqui para ajudar.

Younis estava decepcionado.

— Eu imaginava você com a enluarada Lailuma, mas Alá é quem decide. Não há por que fechar essa porta. Devo começar a abrir as cartas endereçadas à moça chinesa?

— Não — respondi, mortificado pelo que Jindié poderia pensar caso descobrisse. — Vamos esperar.

Eu tinha torcido o tornozelo jogando tênis, de forma que me encontrava incapacitado no dia em que chegaram, mas pedi um cavalo e no dia seguinte cavalguei até o Pinheiros para saudar a família de Confúcio e arrastá-lo para o velho clube. Quando Jindié viu que eu precisava de ajuda para descer do cavalo, começou a gargalhar e só parou quando percebeu que eu estava mancando, amparado por uma muleta.

— Perdão, mas nunca imaginei você sobre uma sela. Está machucado?

Expliquei tudo. Confúcio tinha saído à minha procura. Como não nos esbarramos, não sei, mas a Sra. Ma pediu chá e Bostaan logo chegou com uma bandeja e alguns sanduíches horrorosos de pepino feitos com pão velho, levemente embebidos em água para parecerem frescos. Lançou-me um sorriso furtivo, o que poderia significar apenas que Younis o havia alertado sobre meu estado de espírito.

Aconselhei Jindié e sua mãe a não comer muitas vezes no hotel e disse a Bostaan que desse os sanduíches ao cavalo, o que ele fez prontamente, embora o animal os tenha rejeitado. Isso foi motivo para que todos rissem, e uma alegre Sra. Ma entrou no hotel para desfazer as malas.

— Este lugar é muito bonito. Você vem aqui todos os verões desde os 2 anos?

Assenti com a cabeça, tentando não olhar diretamente para ela. Jindié usava uma blusa sobre uma calça preta, e seu cabelo estava preso num coque por grampos de marfim.

— Meu pé está melhorando, em alguns dias já estarei andando de novo. Vamos todos subir aquela montanha. Mukshpuri. Do outro lado do hotel há uma trilha que nos leva até lá. Os adultos geralmente fazem uma parada no meio da subida, em Lalazar, onde todos almoçam enquanto nós, jovens, descemos do topo.

— E depois do almoço?

— Colhemos margaridas, cantamos, escutamos Zahid tocar seu acordeão, contamos histórias e depois descemos e acendemos uma fogueira.

— Onde vão acender essa fogueira?

Antes que eu pudesse me controlar, as palavras me escaparam:

— No seu coração.

Ela se mostrou agitada e se levantou, como se fosse embora. Fui poupado da agonia de vê-la partir pelo surgimento de um ofegante Confúcio.

— Mais uma coisa, Jindié — falei, tentando consertar as coisas. — Você precisa caminhar bastante nos próximos dias, para se acostumar. Se não, suas pernas vão ficar doloridas quando subirmos a montanha.

— Imagino que suas pernas nunca ficam doloridas.

— É porque eu caminho vários quilômetros por dia.

— Em cima de um cavalo?

Ela riu novamente e desapareceu. Suspirei de alívio. Levei Confúcio ao bazar e o apresentei a Younis. Mais tarde, naquele mesmo dia, Zahid chegou para passar alguns dias comigo e se preparar para a subida da Mukshpuri. À noite, fui mancando ao seu lado até o clube. Enquanto todos jogavam tênis e pingue-pongue, fui à biblioteca e dei uma folga ao bibliotecário voluntário por algumas horas. Jindié apareceu para dar uma olhada nos livros.

— Lixo colonial — falou.

Eu não fazia ideia de que ela tinha esse tipo de inclinação. Fiquei encantado, mas senti que a biblioteca precisava ser defendida.

— Os melhores livros foram roubados. Sobrou só o lixo, mas ainda tem obras de valor. Pearl S. Buck é bem legível.

— O quê? Você é maluco ou burro? Qualquer chinês culto ri dessa mulher.

— Talvez porque ela mostra os níveis mais baixos da sociedade chinesa; alguns chineses cultos devem achar isso vergonhoso. Devo admitir que aprendi bastante com os livros dela.

— Isso porque você é ignorante e não sabe nada sobre a China.

— É verdade. Mas é preciso começar por algum lugar. Então não tem motivo nenhum para ela ter ganhado o Nobel?

— Aqueles idiotas de Estocolmo são ignorantes, iguaizinhos a você. Eles se deixaram levar por sensibilidades missionárias. Já leu *O sonho da câmara vermelha*?

— Tentei, mas a tradução oficial é ilegível. É possível encontrá-lo em inglês?

— Como vou saber? Meu pai é especialista nesse assunto, ele vai saber dizer também qual é a melhor tradução.

— Em panjabi, espero. Confúcio é um panjabi de verdade. Ele absorveu todos os preconceitos lahori, inclusive aquela profunda perversidade contra os refugiados culturais que cruzaram o Yamuna e se viram num inferno iletrado.

Ela riu e acendeu as luzes, no exato momento em que uma turma de garotos chegava para pegar livros emprestados, atrapalhando nosso primeiro diálogo. No dia em que subimos a montanha, Jindié, deixando de lado sua reserva habitual, subitamente tomou-me o braço — um perfeito exemplo de *coup de foudre* — e, quando parte do grupo passou a olhar de soslaio, ela fingiu tropeçar. O gesto, entretanto, havia sido notado e provocado uma troca de olhares. É estranho como aqueles que trocam olhares nunca percebem que podem ser vistos pelos outros.

Lailuma chegou no dia seguinte, com sua grande família, e imediatamente se tornou parte de nossa turma. Ela demonstrava um notável bom humor, entendeu que Jindié e eu havíamos nos aproximado e desempenhou o papel de dama de companhia à perfeição. Estava agora comprometida com um advogado de quem gostava e me agradeceu novamente, na presença de Jindié, por toda a ajuda que eu lhe dera no ano anterior. Estranho, pensei, como todo desejo por ela havia desaparecido completamente. O tipo de amor que eu sentia pela Borboleta tinha um efeito colateral, na forma do que deveria ser a mais engraçada dentre as virtudes: a castidade.

Assim que ficamos sozinhos, Jindié quis saber toda a verdade. Instintivamente, ela supôs que meus motivos para ajudar a princesa peshawari não haviam sido integralmente puros. Contei-lhe a verdade, sem nada esconder, mas a fiz jurar que nunca revelaria a parte que tocava ao subgerente da agência de correio. Ela concordou, mas disse que o que eu fizera tinha sido desprezível.

— Os fins justificam os meios.

— Você o instruiu a abrir minha correspondência também?

— Ainda não.

— Se o fizer, nunca falarei com você outra vez.

— Se tivesse feito, você nunca saberia.

— Saberia, sim. Conheço seu tipo melhor do que pensa. Garotos panjabi mimados que acham que não existem regras na sociedade. De qualquer forma, a maior parte das cartas que recebo é de amigos, ou de meu pai, e todas são escritas em mandarim, então nem você nem aquele carteiro esquisito conseguiria lê-las.

— Subgerente esquisito, você quis dizer. — Jindié me acertou no braço com o punho fechado. — Quer saber o que alguns de seus conhecidos estão escrevendo sobre você e eu?

— O que quer dizer?

— Exatamente o que eu disse.

— Você leu alguma coisa?

— Uma carta detalhada daquela garota dentuça de quem você gosta porque sempre a elogia. Ela escreveu sobre nós para a melhor amiga em Multan. É horrível. Adivinha só. Um novo romance está florescendo nas montanhas, como *mountain chai*. Você não vai acreditar. Dara e Jindié, aquela garota chinesa que estuda comigo. Eles não têm qualquer inibição. Mal conseguem manter as mãos longe um do outro. Os dois se olham o tempo todo.

Jindié riu.

— Você é cruel, mas estou lhe avisando...

— Por que eu iria querer ler suas cartas?

— Curiosidade. Ciúme. Possessividade. Imbecilidade. Todas estas virtudes panjabi. Cabe a você escolher qual se adapta melhor à sua pessoa.

— Não vou ler suas cartas, mas tenha senso de proporção. O que você chama de virtudes panjabi são na verdade universais. Somos apenas mais abertos. Menos sutis, mas também menos hipócritas.

Ela sorriu, e tive vontade de beijá-la na boca, mas fiquei assustado pela proximidade da Sra. Ma, que então chamava pela filha para que entrasse. Teria a velha senhora escutado algo enquanto olhava o sol se pôr da janela do chalé?

Quando relatei nossa conversa a Platão e Zahid, ambos concordaram em que havia poucas dúvidas de que ela me amava, então conversamos sobre o procedimento adequado para seguirmos em frente. Zahid era a favor de uma proposta de casamento, mas aquilo seria uma tolice, já que eu havia prometido a meus pais que iria para a Inglaterra estudar direito. Ainda era muito cedo para se falar em casamento, e eu tinha pavor de pensar em dizer algo a minha mãe, uma pessoa de certa forma muito conservadora e com ideias firmes em relação a essas questões. Platão aconselhou manter um longo noivado, o que significava compromisso, pois assim certamente Jindié poderia viajar para o exterior para me visitar. A decisão final seria deixada para mais tarde. Um longo noivado não era uma ideia muito agradável, mas fazia sentido. Nós três concordamos em que aquele era o caminho a ser seguido assim que terminasse o verão. E, antes de dar início aos procedimentos, eu precisava ter certeza de que Jindié era favorável a essa solução.

Aquele último verão em Nathiagali foi tomado por completo por um processo ao qual já me referi antes em relação a outro alguém, processo este definido por um Stendhal de coração partido como "cristalização" em seu compêndio *Do amor*:

> Nas minas de sal de Salzburgo, galhos secos sem nenhuma folha são jogados numa das fossas abandonadas. Dois ou três meses depois, aquele galho é retirado, coberto por um depósito brilhante de cristais. O menor dos ramos, não maior que a pata de um chapim azul, se encontra ornado por uma galáxia de diamantes cintilantes. O galho original agora está irreconhecível.
>
> O que chamei de cristalização é um processo mental que extrai de tudo aquilo que acontece novas provas da perfeição do ser amado... Um de seus amigos sai para caçar e quebra o braço: não seria maravilhoso se a mulher a quem amasse cuidasse de você? Estar com ela o tempo todo e ver como o ama... um braço quebrado seria o paraíso...

Confesso que meu tornozelo torcido e a cavalgada até sua porta tinham ocasionado resultados diversos, mas o pensamento por trás daquilo, de minha parte, tinha sido o mesmo. Tudo que me vinha à mente naquele verão era uma maturação do processo de cristalização. Uma noite, todos nós, jovens, fomos convidados a jantar em Kalabagh, um centro recreativo da Força Aérea a alguns quilômetros de Nathia. Nossos anfitriões eram dois amigos pashtuns, primos de Lailuma, cujo pai era um alto oficial. Foi uma noite idílica. O céu estava lindo, mas, como começava a esfriar, nos enrolamos em nossos xales. Lailuma nos saudou na chegada e eu lhe disse que estávamos cobertos daquele jeito para celebrar sua fuga dos braços do filho do vendedor de xales. Ela me ignorou pelo resto da noite.

Voltamos carregando tochas. Não me lembro de mais nada que aconteceu naquela noite, exceto que Jindié e eu abandonamos qualquer tipo de fingimento. Caminhamos lado a lado. Conversamos apenas um com o outro e, no caminho de volta, nos aproveitamos da escuridão e nos demos as mãos. Lailuma se aproximou e disse "Sejam cuidadosos", mas não nos importamos e a convidamos para caminhar junto a nós. A lua cheia estava desaparecendo, mas, ao chegarmos à velha igreja em Nathia, ainda conseguíamos enxergar a luz que ela refletia sobre Nanga Parbat, o terceiro maior pico do Himalaia. Havia dois ou três lugares especiais de onde aquele pico podia ser admirado, então nosso grupo se dividiu: Jindié, Lailuma e eu fomos rumo ao ponto de observação atrás da igreja atingida pelo relâmpago. Os outros desapareceram em algum outro lugar.

— Jindié.

— Eu sei.

Abraçamo-nos e acariciei seu rosto, mas nada além disso. Declaramos nosso amor e sugeri que assumíssemos compromisso imediatamente para evitar que nossos pais começassem a pensar em outras possibilidades. Ela me abraçou e beijou meus olhos. Ficamos surpresos com nossa ousadia e rimos daquilo o tempo todo. Antes que pudéssemos continuar a conversa, ouvimos Lailuma gritar nossos nomes como forma de aviso. Voltamos e nos juntamos a ela e aos outros. Nenhum de nós disse uma só palavra até chegarmos ao Pinheiros. Depois, Zahid e eu caminhamos por mais 1 quilômetro até a casa onde eu ficava e lhe contei tudo. Havia outro integrante em nossa turma naquela noite: Jamshed tinha chegado para se hospedar com um primo em Doongagali, mas, devido a sua personalidade fraca, covarde e desprezível, estou tentando evitar mencioná-lo o máximo que posso neste relato. Platão o desprezava e eu nunca lhe disse nada sobre Jindié, embora provavelmente ele o tenha descoberto, uma vez que já não era mais segredo algum.

Três dias antes de ir embora, Jindié concordou em me encontrar na igreja. Eu sabia onde ficava a chave, e antes daquele verão já tínhamos usado o local várias vezes para nos reunirmos. Os tempos em que um padre vinha de Peshawar para fazer as orações dominicais haviam terminado nos anos 1950. O prédio estava em ruínas e, quando chovia, era frequentemente tomado por goteiras. Então Jindié decidiu que não queria mais me encontrar ali. Quando perguntei por que, disse que aquilo a fazia sentir-se como uma personagem de um romance de Pearl S. Buck. Nunca permiti que ela esquecesse aquela observação, mas sua rejeição à igreja significava uma longa caminhada com Lailuma, que se mostrou completamente disposta a andar à nossa frente ou atrás de nós, numa distância considerável. Ela foi antes com Jindié. Eu as encontrei no Palácio do Governo, àquela hora já vazio. Certa vez eu saíra para caçar com o zelador e agora ele nos deixava entrar nos dando imensas boas-vindas. Saímos pelos fundos em meio aos luxuosos jardins e entramos por um caminho que levava a Miran Jani, a maior montanha de Nathia. Encontramos um belo campo e sentamos na grama, enquanto Lailuma abria um livro de modo a tentar nos ignorar pelas duas horas seguintes. Jindié foi a primeira falar, sua voz trêmula de emoção:

— Já me decidi. Não quero ficar noiva de você.

Peguei sua mão e a beijei.

— Por quê? Por quê?

— É errado nos comportarmos de maneira tão tradicional. Minha mãe disse que, se nos amamos, podemos fazer o que bem quisermos. Posso ir para a Universidade de Leeds e me matricular no curso de chinês, e assim nos veríamos todos os fins de semana. Depois, se quiséssemos, poderíamos nos casar. Ou não? Cabe a nós decidir. A ninguém mais.

Fui ao céu. Deitei a cabeça em seu colo e, após alguns instantes, ela começou a acariciar meus cabelos.

— Que assim seja — falei. — É isso o que faremos. Fico feliz que você tenha contado a sua mãe. Também vou contar à minha.

— Não precisa, se não quiser — respondeu ela. — Confúcio disse que sua mãe é muito bonita e compreensiva em certos aspectos, ainda que também muito tradicional e conservadora em outros. Pode ser que não goste de ver seu filho casando com a filha de um sapateiro chinês.

Abracei-a e beijei sua cabeça, suas mãos e suas faces.

— Jindié, minha mãe é tradicional, mas se casou com meu pai contra a vontade do próprio pai. Eram da mesma família, mas meu pai tinha se tornado comunista e...

— Toda Lahore conhece a história, Dara, mas isso não impede que as pessoas se comportem de maneira diferente quando seus próprios filhos estão envolvidos em algo que desaprovam.

Continuamos conversando por todo o percurso de volta. Lailuma disse que concordava com Jindié. Nada de escancarar tudo em Lahore. Na Inglaterra, poderíamos fazer como bem entendêssemos. Posteriormente, Platão e Zahid também foram totalmente favoráveis.

— Sabe como sua mãe é teimosa — disse Zahid. — Não diga nada. Espero que não tenha escrito um diário.

— Até escrevi, mas fica sempre trancado e só eu sei onde está guardado.

— Não seja burro. Ela vai abrir e fechar e trancar de novo. Não subestime uma mãe panjabi. São tão terríveis quanto as mães judias.

Zahid também se preparava para estudar no exterior, mas só iria no ano seguinte.

Jindié e eu teríamos mais seis semanas em Lahore antes de eu ir para a Inglaterra. Quando voltei à cidade, todos estavam falando sobre a prisão e o desaparecimento de Tipu, e em menos de duas semanas Zahid seria acusado de traí-lo. Pensando agora sobre aquela época, lembro que foi Jamshed quem trouxe a notícia à minha casa. Ele agora se vangloria de suas infâmias, as exalta sem nenhuma vergonha, mas naquele dia sua consciência estava à mostra. Referia-se ao caráter de Zahid e exigia sua punição. Jamshed sempre foi uma pessoa desprezível, e seu tipo de amoralidade se tornou minha aversão máxima.

Num primeiro instante me senti devastado e depois deprimido, mas após alguns dias passei a ter raiva de Zahid. Quem poderia imaginar que tal forma de maldade pudesse se esconder em seu coração? Jindié e eu debateríamos sobre esse assunto eternamente. Sempre mais cuidadosa, ela me disse para não acreditar em tudo que vinha da polícia. Zahid, enquanto isso, havia desaparecido em Karachi e se hospedado com um tio, o que, para mim, era uma atitude extremamente suspeita. Platão concordou comigo, mas não confiava em ninguém.

— Todos nós temos uma capacidade de dissimulação tão grande que às vezes podemos surpreender a nós mesmos. Talvez Zahid tenha pensado que estaria lhe fazendo um favor ao tirar Tipu do seu caminho. Você não me disse que Tipu tinha uma queda por Jindié?

— Não havia nada, Platão, era só coisa da minha cabeça.

Em meio a tudo aquilo, minha mãe, como havia profetizado Zahid, encontrou meu diário com a ajuda das empregadas, o leu e o discutiu exaustivamente com meu pai, o qual, devo dizer em sua defesa, se recusou até mesmo a olhar para as páginas por mim escritas. Ela ficou num estado terrível. Percebi que havia algo errado no minuto em que entrei em casa naquele dia. Minha mãe estava de mau humor, mal respondeu quando a cumprimentei e fingiu ler um livro. Poucos minutos depois, entrou em meu quarto numa fúria sobrenatural e disse odiar homens fracos que se apaixonavam por mulheres e se jogavam a seus pés.

Fiquei perplexo.

— Então deve odiar meu pai por ter se apaixonado por você. A propósito, já que mencionou, queria que ele...

Antes que eu pudesse completar a frase, ela avançou em minha direção e me deu um tapa no rosto. Depois tive que ouvir tanta bobagem que decidi, naquele exato momento, que se ouvisse mais uma vez as palavras "chinês" ou "sapateiro" sairia de casa e procuraria refúgio com Platão no Canto Escocês ou fugiria para a casa de alguma tia solidária. Era como se ela soubesse daquilo ou então, o que era mais provável, tivesse sido avisada por meu pai para não ir tão fundo, mudando assim sua abordagem. Por toda a vida, sua reação a coisas infantis tinha sido tão violenta que, em momentos de maior lucidez, ela admitia sua fraqueza e se recriminava. Mas não naquele dia. Então, tremendo de raiva, gritou:

— Ela tem a mesma idade que você. Deveria ser ao menos cinco ou seis anos mais jovem.

Fiquei tão surpreso que comecei a gargalhar, e depois observei que alguns dos casais mais felizes de nossa família tinham mais ou menos a mesma idade, incluindo dois de seus irmãos e suas respectivas esposas, ao passo que Jindié era dois anos mais nova que eu — não que isso importasse. Na verdade, lembrei a minha mãe que um de nossos primos tinha se casado com a irmã de sua madrasta, dez anos mais velha que ele, e ambos também eram muitíssimo felizes.

Na verdade, falei, eu até lamentava o fato de Jindié não ser alguns anos mais velha, já que preferia mulheres maduras. Incapaz de responder, ela avançou novamente para me acertar, mas desviei no último instante e ela caiu sobre minha cama. Na manhã seguinte, irradiava uma tranquilidade superficial, mas por dentro ainda estava em fúria. Era, às vezes, capaz de fabricar as inverdades mais fantásticas, mas também era especialista em mentirinhas banais, geralmente sendo desmascarada graças às suas inconsistências. Jamais conseguia recordar o que dissera à mesma pessoa algumas semanas antes. Enquanto eu devorava meus ovos mexidos, sorri para ela a fim de mostrar que não havia mágoas de minha parte. Ela viu aquilo como um sinal de hipocrisia e um malapropismo, outro termo típico de seu dialeto.

— Sei o que você está pensando. Acha que sou contra essa moça porque o pai dela mede nossos pés há tempo demais.

Comecei a rir.

— Não, mãe. Ele está ficando burro de tanto medir o tempo do meu pai e do meu avô.

Ela jogou um ovo cozido sobre mim, mas errou o alvo. Àquela altura, decidi que seria melhor sair e dar uma longa caminhada. Quis o destino que me visse andando, inconscientemente, na direção da Nairn, e, pouco antes de chegar ao portão, um carro buzinou para mim. Era uma prima. Cumprimentamo-nos. O motorista saiu e abriu a porta de trás do veículo. Entrei. Fomos até o estacionamento do colégio.

— Dara, veio até aqui para ver Jindié?

— Bem, não era o que estava planejando, mas... sim!

— Talvez ela já tenha ido embora. Vou dar uma olhada, mas, se você for apanhado, a Srta. Willoughby-Ashleymore vai telefonar para nossos pais.

— Não há nada que ela possa fazer contra mim.

— Dara, pelo menos cubra a cabeça com um xale para que pensem que você é uma mulher.

— E meu bigode? Ah, tinha esquecido: a Srta. Willoughby-Ashleymore também tem um. Usarei um disfarce com prazer. Me empreste um sutiã e algumas meias.

Ela deu uma risadinha e foi apressadamente até o alojamento, um verdadeiro harém onde nossa entrada era proibida mas no qual floresciam travessuras de toda sorte. Em dez minutos estava de volta com os itens requisitados. Eu vesti um *salwar/ kurta* e de imediato produzi um par de seios, para divertimento do motorista, depois cobri a cabeça com um xale, comecei a mancar de leve e acompanhei minha espirituosa prima ao quarto de uma amiga, onde Jindié esperava. Ela riu.

— Um pouco de lápis de olho e você seria um hermafrodita perfeito!

As amigas fugiram. No momento em que ficamos sozinhos, tirei o sutiã e as meias. Caímos recatadamente nos braços um do outro. Consegui dar-lhe um beijinho na boca. Acredite, caro leitor, foi algo puramente simbólico. Nossos lábios mal se tocaram, mas aquilo a surpreendeu. Ela se retesou e acertou o dorso da minha mão com um mata-mosquitos.

— Por que sempre me irrita? Nunca mais ficarei sozinha com você se não prometer se comportar.

— Já leu *As mil e uma noites*, Jindié?

Ela me empurrou. Querendo desesperadamente entretê-la, descrevi a conversa com minha mãe. Ficou melancólica na hora.

— Eu disse a você para não contar a ela.

— Ela vasculhou minha escrivaninha e as prateleiras, forçou até abrir a gaveta secreta do meu armário e encontrou meu diário.

— Por que escreveu um diário? Que imaturidade.

— As fantasias têm que ser registradas em algum lugar.

Jindié quis saber o que eu tinha escrito. Fiz um resumo. Ela cobriu o rosto com as mãos.

— Escreveu que passamos a noite toda conversando?

— Ao telefone! Sim. É verdade.

— Eu sei, mas causa uma má impressão.

— Quem se importa?

Ela ficou em silêncio. Depois, disse:

— Vá embora. Deixe-me pensar sobre isso tudo agora. E não me ligue de casa. Telefone do café alemão.

Nossas guardas estavam do lado de fora, esperando pacientemente e ouvindo tudo. Entraram na hora no quarto. Um tanto deprimido, retomei meu disfarce e saí, mexendo o traseiro sugestivamente. Ao passar pela árvore onde estava pendurado o sino da Nairn — aquele toque maldito que convocava as meninas para a sala de aula ou as assembleias e indicava que os visitantes deveriam ir embora —, saquei meu canivete e cortei a corda que o segurava. Minhas escoltas, três delas primas minhas, ficaram horrorizadas.

— Alá, Alá. Seremos todas expulsas. Seu monstro. Nunca mais voltará aqui. Garoto grosseiro. Malvado. Víbora!

E assim por diante. Corri até o carro, apertando o sino contra minha barriga, e então partimos. Disseram-me depois que a Srta. Willoughby-Ashleymore instituiu uma investigação em grande escala e convocou até mesmo um policial cuja filha estudava ali para assustar as alunas, mas o mistério nunca foi solucionado. O souvenir, enferrujado e gasto tal qual o velho colégio ao qual pertencera, ainda se encontra pendurado na mangueira do velho jardim de minha mãe, onde era usado pelo jardineiro para assustar os papagaios. Na semana seguinte, Jindié e eu nos encontramos no café alemão e ela confessou que o roubo do sino a tinha alegrado bastante, fazendo com que eu fosse de novo bem-visto a seus olhos.

Mas algo pior estava para acontecer. Como o momento de partir se aproximava para mim, meus amigos começaram a organizar festas de despedida. Aqueles que compartilhavam nossa mesa reservada no café da escola promoveram um evento especial com sucos de fruta e *samosas* servidos de graça. O Respeitável me abraçou, emocionado.

— Não vá esquecer de nós, viu?

Como poderia? Com poucas exceções, estão todos mortos agora. Todos os amigos que permitimos sentar a nossa mesa, cuja pureza e integridade protegíamos tão avidamente dos falsos, fraudulentos e idiotas. O professor Junaid bebeu até morrer. Haroon sofreu um ataque cardíaco por volta dos 60 anos. O Respeitável desapareceu com sua velha cantina, e seu paradeiro até hoje me é desconhecido. E assim por diante. Platão, Zahid, Confúcio e eu éramos provavelmente os únicos sobreviventes de nossa Atlântida. Pude ver seus fantasmas quando visitei o colégio uns quarenta anos depois. Quase podia ouvir suas vozes. Percebi que meus olhos se encheram de lágrimas. Meu sentimentalismo me surpreendeu; condenávamos veementemente qualquer tipo de sentimentalismo quando éramos jovens. Como odiávamos aquelas pessoas que, em mesas vizinhas, só sabiam conversar sobre o glorioso passado mongol da cidade, o controle mongol sobre a Índia, mongol isto e mongol aquilo; Platão gritava:

— Vinho mongol, luxo e ópio mongóis, o gosto mongol por garotinhos...

Outro de nós interrompia acintosamente e fazia odes à Lahore dos sikhs, exagerando propositalmente as virtudes de Maharaja Ranjit Singh, o guerreiro caolho que deteve os britânicos na baía e resguardou a independência de Punjab. Seu antigo palácio não era muito distante de onde nos sentávamos, próximo à mesquita de Badshahi e ao Mercado de Diamantes — frio durante o dia, um forno à noite —, no velho bairro da luz vermelha, onde algumas das casas de tolerância mais espalhafatosas haviam sido construídas por um tio-avô meu. O velho distrito real: mesquita, palácio e bordéis, todos ao alcance um do outro e próximos ao rio que não corre mais.

Havia outras mesas onde jovens perfumados exibiam um humor cuidadosamente ensaiado para impressionar uns aos outros e às jovens estudantes que tomavam chás e *samosas* separadamente num jardim adjacente e cujas risadas e vozes tilintantes aumentavam o charme do lugar.

Humor ensaiado não era algo permitido em nossa mesa. Platão detestava tal prática e a considerava uma maldição da época, fitando-nos com suspeita se achasse que faltava espontaneidade em um *bon mot* proferido. Essa improvisação era sujeita a erros e acertos, mas ainda assim preferível. O de Platão vinha com uma excentricidade que, ao contrário de seu humor, parecia meticulosamente cultivada. Segundo alguns de seus próprios alunos, ele tinha começado a pedalar ao redor da escola e muitas vezes foi visto se equilibrando precariamente sobre o banco de uma bicicleta em movimento, os braços abertos, gritando repetidamente "*Allahu Akbar*". Quando perguntamos se era verdade, ele assentiu com a cabeça. Por quê? "Nunca ouviram falar de sátira?"

Estava eu chorando por velhos amigos ou por uma velha cidade, um velho mundo que desde então havia mudado muito e para pior, um mundo no qual as expectativas de um futuro melhor eram sempre altas e no qual barbados ultra-wahhabi, políticos mafiosos e uma corrupção cancerígena ainda estavam para surgir? Os garotos do Jamaat-i-Islami se faziam então presentes em quantidade ínfima e às vezes discutiam conosco, respondendo como papagaios a todas as nossas críticas com a mesma frase, "O islã é um código de vida completo", e assim nos endereçávamos a eles: "Me diga uma coisa, O-islã-é-um-código-de-vida-completo, será verdade que descendemos dos macacos? Já considerou tal possibilidade ou estudou as provas?"

Enquanto olhava as fotos desbotadas no velho saguão, cenário de muitos acontecimentos tumultuosos, avistei um rosto pashtun há muito tempo esquecido que me fez sorrir. Um ser humano decente mas terrivelmente pedante, ele tinha, para nossa grande surpresa, se alistado no Exército e alcançado o posto de general. A última vez que tive notícias suas vieram na forma do relato de sua fúria ao ser revistado no aeroporto Dulles quando a caminho de uma reunião no Pentágono, em dezembro de 2001. Estávamos todos naquela parede, exceto por Platão, que, é claro, nunca estudara ali. Como isso parece estranho agora, mas nenhum de nós, dos que sentávamos àquela mesa todas as manhãs, tinha fé. Nem um sequer. E aquilo era algo normal. Não estávamos sozinhos.

Alguns velhos professores que ali passavam me saudaram calorosamente, sustentando que tinham se sentado à nossa mesa. Alguns se recordaram de ter desafiado os embargos contra as manifestações políticas e marchado até o consulado americano para protestar contra o assassinato de Patrice Lumumba em 1961. Outros narraram episódios que nunca tinham acontecido, um passado imaginário. Sorri. Cada um com suas ilusões.

Antes de partir de Lahore rumo à Inglaterra, me despedi de todos os meus lugares favoritos, à exceção da casa de Zahid, que seu ato de traição tinha declarado como área proibida. Eu amava e estimava aquela cidade: a coragem, que rivalizava com a cozinha; a sagacidade e o humor autodepreciativo; a energia, masculina e feminina; os cafés, os quais, mesmo depois de 1947, preservavam a consistência e a profundidade de ideias; o refinamento ou a rudeza, dependendo da ocasião. Os novos subúrbios, que estavam sendo construídos quando fui embora, abrigavam uma classe completamente diferente de cidadãos. Tratava-se de rapazes, filhos de pais provincianos ou de comerciantes, novos-ricos, que tinham se mudado para a cidade com o intuito de aumentar suas fortunas.

Platão os odiava como só ele podia, enxergando comédia no que eles consideravam virtudes. Insultava-os em suas caras, dizendo que eram os rufiões mais bárbaros e obtusos que já vira, mesmo sabendo que estava exagerando um pouco. Zombava de seus maneirismos exagerados e de sua linguagem corporal, de seu ar esnobe e suas vestimentas, suas aparências estioladas e seu egoísmo abominável, mas, acima de tudo, da indiferença que mostravam em relação àqueles que viam como seus inferiores sociais. Eu conhecia alguns deles. Em seu favor, pode-se dizer que ainda não carregavam armas. Seus filhos hoje o fazem.

Em casa, minha mãe estava certa de que tinha me subjugado e que não havia mais motivo para ansiedade no que dizia respeito ao "front chinês". Vangloriou-se para uma irmã mais velha, dizendo que tudo havia sido contornado com extrema elegância, num tipo de comentário que um torturador poderia fazer após um ex-prisioneiro ser ter sido encontrado morto. O núcleo de seu mundo real era constituído pelas irmãs, umas poucas mulheres mais jovens que admiravam cada uma de suas palavras e por sua família, o que significava meu pai e, infelizmente, eu. Já quanto a minhas irmãs, bastava que parecessem belas de modo a não desgraçá-las em ocasiões públicas, mas seus futuros seriam circunscritos por uma única e letal instituição: o casamento.

Tinha muitas virtudes, era amável e generosa na maior parte do tempo, ainda que inclinada, como já mencionei, a ataques incontroláveis de raiva. Platão acidentalmente serviu de testemunha a uma dessas crises ao me visitar; ficou impressionado. Ela o tomou por um vendedor.

Seu próprio casamento com meu pai não tinha sido estritamente tradicional, por assim dizer. Uma fuga e uma união secreta; um escândalo na família; meu avô ameaçou matá-la e a si próprio se o casamento não fosse anulado; a fúria de minha avó paterna, pertencente a uma parte da família de sangue mais nobre e irritada por seu filho não ser considerado adequado simplesmente por sua visão comunista. No final, tudo deu certo, e uma cerimônia oficial, com a presença de pessoas ilustres da sociedade, foi devidamente realizada. Tudo aquilo deveria ter feito com que minha mãe adquirisse uma visão mais amena do assunto, mas era como se, tendo estabelecido uma prática audaciosa quando era jovem, agora se visse surpresa com a própria ousadia e inúmeras vezes demonstrasse um pseudomoralismo que irritava a todos nós. Será que havia outros podres em seu passado do qual não tínhamos ideia? Sua defesa semi-histérica da monogamia, e estamos falando de uma cultura em que a monogamia é seriamente desencorajada, me deixou desconfiado até os dias de hoje. Naqueles dias, entretanto, ela parecia triunfante. Tinha estragado minha felicidade e estava se vangloriando de seu sucesso para seu círculo de amizades e meu pai.

Como estava errada e também certa, mas não por causa de minha aparente rendição. Foi Jindié quem sentiu de maneira mais profunda o golpe das estúpidas restrições feitas por minha mãe. De repente, não tínhamos mais sido feitos um para o outro. Ela era velha demais mesmo. Por que eu não me casava com uma de minhas deleitáveis primas, como era tradição em nossa família? Eram todas tão bonitas. Eu poderia ficar de olho em algumas moças de 15 anos agora, de modo que estivessem prontas em alguns poucos anos. Pertencíamos a mundos diferentes. Não havia sentido em irritar a família. Ela não tentaria entrar para a Universidade de Leeds. Não deveríamos mais nos ver ou nos comunicar.

Entrei em pânico. Como aquilo tinha acontecido? Por quê? Ela não quis me dizer. Desesperado, fui falar com sua mãe, uma mulher de impulsos admiráveis e raro bom-senso. A Sra. Ma afagou meu ego, mas não me deu conselho algum. Sua filha era a única pessoa que podia decidir, me disse, com um orgulho velado. Confúcio também entendia minha dor, mas temia a língua afiada de Jindié e nem sonharia em desafiar sua vontade. Eu precisava de Zahid; amaldiçoei-o por ter arruinado nossa amizade. Platão era inútil nesse tipo de assunto, mas disse que faria qualquer coisa para ajudar, sublinhando o *qualquer coisa.* Foi então que uma ideia louca começou a se formar em minha mente, algo em que Platão estaria diretamente envolvido.

# Cinco

Não mantive nada em segredo para Jindié. Minha autoestima desaparecia diante de sua presença. Desde aquele verão em Nathiagali, todas as restrições verbais entre nós haviam desaparecido. Agora, eu simplesmente não conseguia entender as razões para seu afastamento emocional. Talvez pensasse que os preconceitos de minha mãe fossem genéticos e também estivessem arraigados no resto de nós, mas, o que quer que fosse, eu precisava saber antes de ir embora para a Inglaterra. Tinha que atraí-la para um desesperado encontro final, mas, para fazê-la entender que minhas intenções eram puras, o local precisava ser ao mesmo tempo público e secreto. O único lugar que se encaixava nesse perfil era o terraço de mármore mongol nos Jardins de Shalimar, nos limites da cidade.

— Como vai escalar aquele muro sob a luz do luar sem a ajuda de Satanás? — perguntou Platão, aflito. Era quinta-feira. Minha partida estava programada para domingo.

Meu plano era simples. Convenceria Jindié a me encontrar uma última vez. Ela diria aos pais que passaria a noite na casa de uma de minhas primas. Platão, vestido de motorista, pegaria emprestado o carro de um amigo e a buscaria em sua casa na noite de sexta-feira. Ambos me encontrariam no lado de fora dos Jardins de Shalimar. Podia dar certo.

— Os jardins ficam trancados. Há vigias noturnos. Como vamos fazer para entrar?

Platão não tinha ideia de que eu já havia solucionado esse problema. Amigos próximos de minha família eram os guardiões hereditários de Shalimar, uma recompensa por terem cultivado e semeado o solo quando os jardins, uma paixão mongol, estavam sendo construídos. Anis, o filho caçula de olhos lânguidos, alguns anos mais velho que eu, era um amigo estimado. Enviado ainda muito jovem a uma escola pública inglesa, primeiro se enchera de orgulho e depois sofrera um colapso nervoso, do qual nunca se recuperara completamente. Seus antepassados haviam se apropriado das terras adjacentes quando o Império Mongol ruiu e passaram a fazer parte da pequena nobreza. Costumávamos rir bastante quando seu pai, membro radical da Assembleia Constituinte da Pátria, descrevia a ascensão de sua família.

Telefonei para Anis, explicando meu dilema. Ele ofereceu seu carro e a chave para um portão de entrada discreto que vinha sendo usado para encontros amorosos por séculos. E eu não precisaria me preocupar com os guardas. Eram inquilinos e seriam instruídos a proteger nossa privacidade. Precisaria eu de comida e vinho? Não. Um músico tocando cítara escondido atrás dos arbustos para criar um clima? Não! Ele fazia aquilo parecer um filme de Bollywood. Platão e eu fomos pegar a chave e o carro. Anis desenhou um mapa mostrando exatamente onde ficava o portão secreto.

— Dara — disse ele quando eu estava prestes a partir —, trata-se da bela chinesa contra quem sua mãe nos advertiu?

Assenti.

— Hum. Imaginei. O que quer que esteja fazendo, espero que seja bem-sucedido. Não aceite “não” como resposta. Fuja com ela. Leve o carro. Que Alá nos proteja de nossas mães. Disse que passaria a noite aqui? Não tem problema algum. Alertarei os criados. Boa sorte, meu caro Dara. Receio não poder dar qualquer tipo de conselho realmente útil.

Tudo estava pronto, exceto pelo consentimento de Jindié. Eu tinha 20 anos. Ela, 18. Nenhum de nós dois tinha verdadeira experiência de vida, e era por isso que víamos nossas conversas particulares, geralmente ao telefone, como momentos raros de felicidade. Minha imaginação se tornou sombria, vislumbrando o que seria a existência sem ela. Será que meus olhos se acenderiam diante de um seio bem arredondado mesmo que não fosse o dela? O que ela diria quando eu lhe contasse que havia reservado Shalimar para que pudéssemos conversar em paz por toda a noite, cara a cara, em vez de ficarmos segurando um fone ao ouvido? Pensei que eu teria que me valer de todos os meus poderes de persuasão para convencê-la até mesmo a falar comigo. Mas nosso rompimento já durava uma semana, e conversar sobre tudo um com o outro, como fazem bons amigos, havia se tornado um costume tal para nós que ela também devia estar sofrendo de crise de abstinência.

E talvez tenha sido isso o que provocou uma mudança completa em seu humor. Ela concordou prontamente com o plano, sem perceber a surpresa em minha voz quando expressei meu contentamento. Senti-me discretamente confiante. Ela seria minha. Tudo ficaria bem. Nunca nos separaríamos.

Platão desempenhou seu papel à perfeição. Fazia uma bela noite de outubro. Primeiro, caminhamos até o parapeito sobre a antiga muralha e contemplamos as luzes de Lahore. Ela permitiu que eu segurasse sua mão e a beijasse, o que fiz repetidamente. Depois me disse, sem que eu perguntasse, todas as coisas ruins que suas amigas da Nairn haviam falado sobre mim. Uma vez que a maior parte delas era verdade, achei melhor mostrar um ar de superioridade e evitar qualquer tipo de réplica. Os jardins eram algo mágico à noite, com a cidade à distância e as estrelas lá no alto. O silêncio era total, exceto pelos pios de uma coruja solitária. Aos poucos nos acostumamos à luz das estrelas. De início sussurrávamos, mas logo percebemos que estávamos sozinhos e que poderíamos conversar num volume normal de voz.

Recordo que ambos usávamos xales e caminhamos para cima e para baixo pelo jardim vazio enquanto conversávamos. Quis saber mais sobre sua família. Quando e por que seus antepassados haviam partido da China? Era uma longa história, disse ela, e seria necessário ao menos 301 noites. Comecemos agora, supliquei, mas ela não queria falar sobre o assunto. Certa vez ela havia sussurrado em meu ouvido uma canção em panjabi; pedi um bis:

— Então recite alguns *waris shahs* ao meu ouvido.

— Alguns raios de luz sufis chegaram à China, você sabia?

— São os deleites sufis que me interessam esta noite.

Jindié tomou-me pelo braço e continuamos a caminhar e conversar sob a luz das estrelas, mas sem tocar no assunto que nos afligia. Misteriosamente, almofadas apareceram sobre os bancos de mármore onde havíamos estabelecido nossa base. Ignorando minha vontade, Anis providenciara algumas garrafas de chá e um cesto cheio de sanduíches de frango. Ela nem percebeu. Se a porcaria de uma cítara começar a soar detrás de um arbusto, eu mato você, Anis. Felizmente, nada mais aconteceu.

— Jindié...

— Não prossiga. Não há sentido.

Abracei-a e beijei seus olhos. Ela deitou em meus braços e acariciei sua cabeça.

— Por que decidiu não ir a Leeds?

— Para quê estragar nossa última noite juntos falando sobre coisas desagradáveis? Apenas aceite que não nascemos um para o outro, esqueçamos os pensamentos altivos e aproveitemos.

Beijei seus lábios e ela correspondeu. Então pensei que se fizéssemos amor e ela engravidasse aquilo seria um *fait accompli* e ela teria que se casar comigo e o resto do mundo que explodisse. Parecia, mesmo então, um drama romântico barato, mas a intensidade do momento sufocou todas as minhas faculdades críticas. Fui capturado pelo tipo de paixão que combina amor e luxúria.

Ela estava tranquila; continuou a acariciar meu rosto e a me beijar. Então, quando ouvi o muezim convocando os fiéis para a oração do início da manhã, cometi um erro fatal. Coloquei a mão sob seu xale e depois sob sua blusa, buscando a textura suave de seus seios. Toquei a pequena orbe ainda coberta pelo sutiã. Jindié não fez qualquer objeção, o que me encorajou a seguir em frente. Tentei levantar o sutiã para beijar-lhe a pele. Foi um sério erro tático. Ela deu um salto, um olhar de terror estampado no rosto.

— Por que fez isso?

— Quero fazer amor com você. É nossa única noite juntos, e pensei...

Ela gritou comigo em chinês, berrando a palavra *sêmen* repetidas vezes enquanto apontava o dedo em minha direção.

— Jindié, me desculpe.

— Não desculpo nada. Você é um sêmen. É um sêmen. Sabia disso? É o que todos vocês são. Sêmen. Eu odeio você. Não me ama de verdade. Não há nada de puro em seu amor. Quero ir para casa. Agora.

O que eu poderia fazer? Implorei por perdão. Chorei. Fiquei de joelhos. Beijei suas mãos. Os jovens não são nada além de melodramáticos, e o local certamente contribuía; mas não houve jeito. Ela estava tomada de fúria e se reprimia amargamente por ter concordado em me encontrar. Correu para o portão; eu a segui. Platão viu suas lágrimas e compreendeu.

— Por favor me leve para casa, Platão. Depois pode voltar aqui e devolver o Sr. Sêmen para a mãe dele.

Terá sido imaginação minha ou Platão suprimiu um sorriso? Enquanto o carro se afastava, uma voz familiar me disse:

— Deveria tê-la forçado. — Era Anis. — Desculpe, D. Não consegui resistir a testemunhar tudo. Aquelas lágrimas foram reais? Bem, foi impressionante.

Ciente de seus hábitos de voyeur, não fiquei completamente surpreso. Na verdade, estava contente pela sua presença. Era uma distração bem-vinda e impediu que eu me sentisse ainda mais perturbado. Estávamos os dois famintos: os sanduíches foram rapidamente consumidos.

— Você ouviu tudo?

— Só na parte em que estavam sentados. Espero que as almofadas tenham servido. O mármore é frio e desconfortável à noite, e, caso tivesse ido em frente como deveria, aquela bela chinesa teria apreciado o calor delas, se não o seu.

— Eu nunca poderia forçá-la, Anis, nem a nenhuma outra mulher.

Ele deu um suspiro triste, concordando.

— Nossos antepassados cairiam em pranto se pudessem ver como nos tornamos patéticos.

Embora nunca tenhamos tocado no assunto com ele, não era segredo para seus amigos que Anis só se interessava pelas mulheres como confidentes e amigas. Os esforços de sua mãe em obrigá-lo a trilhar um caminho heterossexual falharam regularmente. Fizeram beldades da cidade desfilarem diante de seus olhos para tentar seduzi-lo à ideia do casamento, mas ele nunca demonstrou qualquer interesse e elas nunca voltaram. As cortesãs contratadas por seus pais, desesperados, para que o fizessem despertar de seu estado de torpor, receberam de suas mãos o dobro do dinheiro sob a condição de que mentissem para todos sobre suas proezas, o que fizeram com entusiasmo. Sei disso porque certa vez ouvi nossas mães discutindo o problema e sua mãe se vangloriando sobre como Anis era bom na cama com uma mulher de verdade. Minha mãe se juntou com prazer à série de ataques às "garotas modernas". Anis e eu rimos muito naquele dia. Uma das cortesãs mais jovens acabara se tornando nossa amiga e nos deleitava com histórias de gente importante da cidade — sempre dando nome aos bois — que visitava o Mercado de Diamantes com regularidade semanal. Posteriormente, um primo meu se apaixonou por ela e os dois se casaram.

— Sei o que ela fazia, mas e daí? Aquele tipo de vida fez dela uma mulher fiel e monógama. Prefiro ela a alguém de nosso mundo.

Ele tinha razão, é claro. E todos os seus três filhos estudaram medicina: as mulheres trabalham em hospitais no Texas; o rapaz se especializou em cirurgia ortopédica e se tornou um médico habilidoso e um muçulmano fundamentalista. Foi convocado pelas guerrilhas religiosas no Afeganistão e acabou virando seu médico residente, tratando dos feridos na guerra em hospitais móveis do Talibã. Segundo sua mãe, ele teria cuidado de Osama bin Laden pouco antes de sua morte.

Senti-me muito melhor depois que Anis e eu terminamos nosso chá com sanduíches na varanda de Shalimar, mas um enigma permanecia no ar. Perguntei a Anis sobre a palavra cujo uso no desagradável *finale* daquela noite havia tanto me intrigado.

— Você acha que sêmen, ou *tsemen*, como ela me xingou, é um insulto em chinês? Seria uma estranha coincidência; em inglês, é a semente que produz vida.

— Ou não, como parece ser o caso... Você nunca teve um sonho molhado? Estou só perguntando. Também fiquei intrigado com esse uso da palavra. Percebi que se referiu a você como sêmen pelo menos seis vezes a cada frase e meia e depois novamente, quando mencionou você ao falar com Platão. Impressionante. É um insulto muito íntimo. Ela obviamente o ama. Não há dúvidas quanto a isso, mas sua mãe é uma eficaz oponente a qualquer pretendente a noiva. Ela adora julgar os outros. Temo que esta seja um de suas características mais repulsivas. Minha mãe é exatamente igual. Certamente não se trata de um caso de semenfobia na República Popular. Nunca estive lá. Podemos perguntar ao embaixador na próxima vez que vier para jantar.

Recaiu, então, numa meditação profunda e se desligou do mundo. Também me senti deprimido. Repentinamente, ele voltou à vida:

— Estava pensando que o único outro lugar em que ouvi uma referência pejorativa ao sêmen foi em Veneza. Os gondoleiros, como você sabe, são extremamente competitivos em todos os sentidos. Muitas vezes se referem uns aos outros como *boron* ou *boroni*, que não são gírias locais para "barão", como presumem os turistas, mas singular e plural para "gota de esperma". Ou pelo menos foi o que me disseram.

Apesar de meu coração partido, não consegui parar de rir.

— Quando você esteve em Veneza?

— Fomos numa excursão da escola quando eu tinha 16 anos. Dez anos atrás. Uma viagem bastante agradável, apesar dos *boroni*.

— Certamente por causa deles.

Ele riu. Reencontrei Anis uma vez em Edimburgo e depois outras duas vezes em Londres. Então, como tantos outros lahoris, ele desapareceu de minha vida completamente. Vez ou outra recebia uma carta sua pedindo minha opinião sobre algum livro que pensava publicar em urdu, seguido por um longo período de silêncio. Anis nunca se casou, apesar da pressão ininterrupta de sua mãe, e nunca saiu de casa, apesar dos conselhos de seus amigos. Não faltavam dinheiro ou terras em sua família. Apenas não queria declarar sua independência. Certo dia recebi um telefonema de minha mãe. Anis tinha convidado alguns amigos para jantar. No momento em que partiam, ele prolongou a despedida e fez um discurso ultrassentimental sobre a amizade, o que deveria tê-los alertado, uma vez que aquilo não era de seu feitio, mas ninguém pensou que houvesse algo de errado. Mais tarde, naquela noite, ele engoliu uma pílula de cianureto. Deixou um bilhete explicando por que cometera suicídio. Quando os criados, abalados, chamaram sua mãe na manhã seguinte, a velha viúva permaneceu calma. Olhou para o corpo do filho sem qualquer traço de emoção. Viu então o bilhete e o confiscou antes que a polícia chegasse. O que você escreveu, Anis? Por que não o fez para um de nós? Ou seria a carta uma reclamação dirigida apenas a sua mãe?

Bancar o motorista tantos anos atrás, quando conduziu Jindié e a mim aos Jardins de Shalimar e ambos respirávamos apenas com suspiros, foi o grande favor que Platão me prestou e ao qual prometi retribuir com qualquer coisa dentro de meus poderes. É por isso que agora estou imerso na reconstrução de sua vida. O que ele talvez não tenha compreendido integralmente é que, para escrever sobre ele, eu teria, inevitavelmente, que ressuscitar a vida de outros, incluindo a minha própria. O que quer que pense agora, ele não poderia e não teria existido sozinho.

Mais de trinta anos haviam se passado quando compreendi o que Jindié quis dizer quando me perguntou se eu havia lido *O sonho da câmara vermelha*, de Cao Xueqin, o grande romance chinês do final do século XVIII. O autor conta a seus leitores que o fato de ter levado uma vida de pobreza e miséria o fez perceber que suas amigas de juventude lhe eram superiores moral e intelectualmente e que ele então deseja registrar suas vidas para lembrar a si mesmo os dias de glória que carrega no coração. É um romance brilhante sobre a vida num conjunto fechado de mansões ocupadas por uma família rica a serviço da corte do imperador. Há cinco volumes conhecidos; aparentemente, o autor não conseguiu completar a história em vida. O livro me lembrava bastante de Jindié, embora ela provavelmente fosse jovem demais quando se deparou com a obra pela primeira vez. Teria moldado seu comportamento em Dai-yu, a beldade ultrassensível cujas paixões eram escondidas até mesmo dos céus? Ler o romance se provou uma aventura intensa para mim, em parte porque as experiências e emoções dos jovens, conforme a descrição do autor, me eram familiares e fizeram com que eu recordasse não só de Jindié como também de várias primas que eu tinha deixado para trás. O enredo é centrado em um grupo de jovens românticos egocêntricos tentando ignorar o edifício em colapso que é a mansão que compartilham com seus familiares mais velhos. Aquilo também não me era estranho.

Caso tivesse lido o livro antes, talvez eu pudesse ter entendido melhor as preocupações de Jindié, mas meu esclarecimento sempre viria tarde demais naquilo que lhe dizia respeito. Um segundo romance que li não me foi sugerido por ela, e sim por seu irmão, Confúcio. Era uma narrativa escrita cem anos antes de *O sonho*, talvez mais. Altamente divertido, deveria ser uma das grandes obras-primas eróticas do mundo da literatura. Em *Chin Ping Mei*, ou *A ameixa no vaso de ouro*, todo personagem de relevo é viperino e não há praticamente ninguém em todos os três volumes com quem o leitor possa se identificar ou ter simpatia, uma obra no polo oposto dos primeiros romances escritos em inglês e dos trabalhos da Srta. Austen e das irmãs Brontë. No meio do primeiro volume, percebi que Jindié devia ter lido alguns trechos ou até mesmo o livro inteiro, e assim um velho mistério foi resolvido. O que ela tinha gritado no pavilhão dos Jardins de Shalimar não fora *sêmen*, mas *Hsi-men*, o nome do anti-herói, cujas verve sexual e avareza servem como força motriz para toda a trama. Quando me dei conta disso, parei de ler e gargalhei. Fiquei um pouco chocado ao pensar nela mais uma vez. Tinha 18 anos na época e devia ter lido o livro escondida. Talvez Dai-yu não houvesse sido seu modelo. Depois, vieram lembranças do que dissera Confúcio quando discutimos literatura erótica:

— Nada se equipara ao que tínhamos na China — disse-me ele; portanto, devia haver uma velha cópia do livro nas estantes de seu pai.

E, deixando de lado o próprio Hsi-men, esta é a maneira como um dos personagens secundários do romance é descrito na apresentação do elenco: "Wen Pi-ku, Wen Bunda-Quente, Wen Pedante, Wen Diplomado, um pederasta recomendado a Hsi-men Ch'ing por outro diplomado, Ni P'eng, para ser seu secretário social; vive do outro lado da rua em que fica a casa de Hsi-men Ch'ing... divulga a correspondência particular de Hsi-men Ch'ing para Ni P'eng, que a compartilha com Hsia Yen-Ling; sodomiza Hua-t'ung contra sua vontade e é expulso da casa de Hsi-men quando suas indiscrições são reveladas."

Mesmo em retrospecto, fiquei envergonhado de ter sido comparado ao libertino amoral que inseria sua ameixa em cada vaso de ouro em que conseguia colocar as mãos e em todas as posições possíveis. Tudo o que eu havia feito fora tentar apalpar a curvatura de seu seio esquerdo.

Ficara claro que eu teria que discutir literatura chinesa com Jindié em nosso encontro seguinte, de preferência na ausência de Zahid. Se eu era Hsi-men, certamente Zahid teria que ser Wen Pi-ku. Enviei-lhe um e-mail falando isso e ela me respondeu prontamente, sugerindo data, hora e local. Também perguntou se eu tivera tempo de ler sua carta, seu ensaio e seus diários. Ainda não, mas estou prestes a fazê-lo agora.

# Seis

Caro D.,

*Você me fez perguntas demais antes de deixar Lahore. A que mais me irritou foi se eu me via como uma panjabi ou uma chinesa. Em vez de responder que era uma panjabi-chinesa, e acho que era isso o que você queria ouvir, permaneci em silêncio porque a questão é mais complicada. Você chegou a perceber quantas vezes me mantive em silêncio quando me questionava? Percebeu? Teria sido indelicado lhe dizer que geralmente se tratava de perguntas estúpidas, que me irritavam bastante. Você sempre quis saber da história da minha família. Nesse caso, a razão pela qual não respondi não foi porque suas dúvidas fossem tolas, mas de certo modo achava que aquele não era o momento certo e, para ser honesta, não queria que tais informações fossem passadas à sua mãe, o que você teria feito, com um olhar de triunfo.*

*O manuscrito em anexo é de fato para você. Talvez seja um pouco extenso e monótono. Se assim o considerar, nem mesmo tente ser diplomático. Esse nunca foi o seu estilo. Trata-se de um assunto triste e difícil, que muitas vezes me fez pensar em parar. Entretanto, tornou-se um hábito e também minha maneira de conduzir uma conversa unilateral com você, na qual podia apenas ouvir e não me questionar depois de cada frase. O início foi datilografado! Tinha bastante tempo livre em Georgetown antes do nascimento das crianças, enquanto Zahid salvava vidas. Ele é bom naquilo que faz, mas às vezes vai longe demais. Alguns anos atrás, salvou uma vida que a família toda, exceto por ele, achava que não deveria ser salva.*

*Nunca liguei muito para a companhia das esposas de outros médicos e tampouco fiz das compras um hábito, muito menos adquirir joias; esses artigos passam por mim despercebidos. Então ficava inúmeras horas na biblioteca da universidade estudando a história chinesa, algo impossível de se fazer no bom e velho colégio Nairn, onde a história que nos ensinavam era muito, muito ridícula. Então o que você tem em mãos está dividido em três partes. Histórias que minha bisavó materna nos contou quando éramos muito pequenos e que foram regularmente repetidas por seu neto e pela mãe dele. Trata-se de história oral, familiar à maioria das famílias, embora, se me lembro bem, as histórias da sua família sempre tinham versões alternativas que provavelmente chegavam mais perto do que devia ter realmente acontecido. A maior parte do que lhe enviei é formada de história oral, mas, onde pude, a confirmei em minhas idas à biblioteca. Acrescentei um mapa para ajudá-lo a situar Yunnan. Os panjabis são geneticamente provincianos e precisam de toda ajuda que puderem obter.*

*Há também meus diários contando o que se passou comigo depois de sua tentativa falha de estupro (estou apenas provocando; nunca pensei isso, nem por um momento) e sua partida definitiva de Lahore. Acho que sei por que você nunca voltou. Zahid, sim, voltou por um tempo, e então começamos a nos ver, primeiro para falar sobre você e depois sobre nós mesmos. Quando sugeriu que casássemos, nenhum de nós dois fingiu ser por amor ou paixão. Tratava-se de amizade e conveniência. E, apenas para que saiba, ele é um homem bastante amável e generoso e minha vida não tem sido de forma alguma infeliz. É claro que agora se tornou muito rico, mas isso não fez dele uma pessoa avarenta ou desagradável. Em muitas maneiras, embora não politicamente, continua o mesmo. Não posso fingir que tudo está bem. Minha vida carece de algo, mas quem tem uma vida perfeita? Você?*

*Responderei a uma das perguntas agora. Sempre me vi como uma panjabi lahori. Se forçasse um pouco mais, uma panjabi de Yunnan. Nunca uma chinesa da Pátria. Essas duas identidades não me pertenciam. Na época não teria compreendido, pois, assim como meu irmão, você estava contaminado pela revolução, e tocar na dominação han teria sido algo desprezado por todos vocês, como ainda o é para Zahid. A razão para isso talvez seja que os panjabis tenham se tornado os equivalentes da Pátria aos han, esmagando outras nacionalidades à sua própria vontade, mas esta é a sua história. Melhor que a escrevam antes que os baluch, os pashtun e os sindis o façam.*

*Às vezes me pergunto se você me levava a sério. Presumo que devesse ter-lhe escrito séculos atrás para dizer que Zahid não teve nada a ver com a prisão de Tipu, mas, conhecendo-o, também sei o que aconteceria. Você teria entrado em contato com Zahid, se desculpado, reatado a amizade e, sendo ambos panjabis, chafurdado em emoções, camaradagem masculina e autopiedade. Caso isso tivesse ocorrido e você passasse a entrar e sair de nossa casa como bem entendesse, seria insuportável para mim, uma vez que, sob a sombra da fraternidade, teria me tornado um nada. Então foi puro egoísmo o que me impediu de lhe contar tudo. Também impedi que Zahid o fizesse, empregando métodos desonestos. Poderia ter-lhe dito depois que as crianças nasceram e se tornaram o centro de minha vida, mas então vivíamos em mundos tão diferentes que pensei que tivesse esquecido completamente nossa existência. Nada do que li em seus romances indicava o contrário. Basta. Espero que o manus-*

*crito responda a todas as perguntas que fez quando ainda me amava, e, se ainda existirem outras, também as responderei, uma vez que estamos novamente na mesma cidade depois de 45 anos.*

*— Jindié*

*P.S.: Você me perguntou sobre os equivalentes chineses aos nomes árabes; aqui estão alguns deles:*

**Ma equivale a Mohammed*
**Ha equivale a Hassan*
**Hu equivale a Hussain*
**Sai equivale a Said*
**Sha equivale a Shah*
**Zheng equivale a Shams*
**Koay equivale a Kamaruddin*
**Chuah equivale a Osman*

# Sete

*Minha bisavó, Qin-shi, a quem chamávamos de Vovó Velhinha, era sobrinha de Dù Wénxiù. O nome não significará coisa alguma para você, nem para a maioria das pessoas, mas está inscrito nos anais da etnia han como sinônimo de rebelião, islã e "revisionismos nacionalistas pequeno-burgueses". Vovó Velhinha nos contava sobre as rebeliões em Yunnan como se tivessem acontecido na semana anterior. Hui, ou às vezes hui hui, era o termo chinês para os muçulmanos ou pessoas de origem muçulmana, mas presumo que a esta altura você já saiba disso. Ou seria a China apenas Mao e Lin Piao para você também? Nada mais importava. Não consigo evitar esses apartes porque às vezes ainda fico bastante irritada com você.*

Todas as noites, antes de irmos para a cama, meu pai nos mandava ao quartinho da Vovó Velhinha, próximo à cozinha. Ela devia estar lá com seus 90 anos naquela época e todos sabíamos que morreria logo. Meu pai a idolatrava. Ela era sua última ligação com Yunnan, exceto pelo Velho Liu, um sapateiro de Dali que era mesmo uma relíquia: 100 anos em 1954. Ele havia ensinado a meu avô e a meu pai a arte de medir pés e cortar couro para fazer sapatos. Meu pai nos dizia que o Velho Liu sempre fazia um sapato usando apenas um único pedaço de couro. Aquele era o teste. Se você usasse mais do que um só pedaço, nunca seria um grande sapateiro. As sandálias eram diferentes, obviamente, mas Liu nunca as levou a sério.

Vovó Velhinha não tinha um dente sequer e só podia comer sopa e arroz de cevada. Sua boca banguela nos fazia rir, pois éramos crianças, e, ainda que a veneração a nossos anciões nos tivesse sido instilada a cada oportunidade, um certo cinismo panjabi também havia se infiltrado em nossas vidas, nos contagiando com o senso de humor lahori. Muitas vezes estúpido, outras surpreendentemente sutil, mas geralmente bastante engraçado.

Quando contava suas histórias, sentávamos a seus pés sem olhar para ela enquanto falava, de modo a não rirmos quando ela ficava bastante empolgada, pois uma chuva de cuspe caía sobre nós, o que tornava muito difícil manter um semblante sério. Apesar disso, compreendíamos cada palavra. Falava mandarim com um sotaque forte de Yunnan. Quando ela usava palavras estranhas, Hanif gritava "Não sabemos o que isso quer dizer, Vovó Velhinha", ainda que fosse considerado grosseiro interromper pessoas de idade, e ele sempre fingia não ligar para nosso passado. Ela não se importava nem um pouco. Ela parava no meio da frase e explicava pacientemente o que cada palavra significava. Hanif não se interessava de fato pelas histórias, mas adorava estar na presença dela, então, na maior parte do tempo, sentava-se quieto e pensava em críquete e em seus colegas de escola. Vovó Velhinha começava todas as suas narrativas da mesma maneira, por isso aquela introdução ficou marcada em nossas mentes. Eu costumava contar aquelas mesmas histórias para meus filhos, embora em panjabi, já que eles nunca aprenderam mandarim, para sua grande decepção.

— Por favor comece logo, Vovó Velhinha — dizia eu, e então ela iniciava:

— Era uma vez uma cidade, uma bela cidade, muito mais bela que Pequim, e se chamava Dali. Fora construída na beira de um lago, cercada por montanhas, e na primavera, quando as flores começavam a aparecer, seríamos perdoados caso pensássemos que aquilo era uma réplica do paraíso. Kunming podia ser a capital, mas Dali era o coração de Yunnan, que, como vocês sabem, é a província mais bela de toda a China. Nessa bela cidade vivia uma família. A nossa família. Estávamos ali havia tanto tempo que ninguém conseguia lembrar por quanto tempo, coisa que na China quer dizer muito, muito, muito tempo atrás. Alguns de nós vivíamos da terra, mas a maioria era de comerciantes, incluindo o pai de Dù Wénxiù. Ele era um mercador de sal, mas aquilo não o satisfazia, pois não era esteticamente agradável, então ele montou uma loja com os mais finos tecidos e objetos de cerâmica.

"Os tecidos eram lindos, mas destinados somente à nobreza; eram feitos de pura seda. A cerâmica era simples. Ele descobrira que nossos artesãos vinham fazendo milhares de pratos com o tom de azul que havia se tornado bastante popular em todo o mundo muçulmano. De Yunnan, esses pratos com escritas árabes eram transportados para Bagdá e Palermo e, posteriormente, para as terras otomanas do grande sultão, e de lá para Córdoba em Al-Andalus, para a África e até mesmo para o mundo bárbaro. Quando os negócios com os árabes foram interrompidos, seus antepassados se asseguraram de que as olarias nunca fechassem. As técnicas passadas de pai para filho eram preciosas demais para serem perdidas. Uma vez esquecidas, nunca mais retornariam.

"Esses pratos se tornaram o orgulho de cada família em Dali, até mesmo aquelas que não eram hui. Na Feira do Terceiro Mês, que era a maior do mundo, acho, já que vinham comerciantes de todas as províncias chinesas, mas havia também lamas do Tibete e pessoas vindas de tribos do Sião, e Bengala, Birmânia e

Cochinchina. Costumava-se dizer que, logo nos primeiros anos da feira, havia negociantes de lugares tão longínquos quanto a Mesopotâmia no mundo dos povos árabes, e que eles levavam seis meses para completar a jornada, então todos estavam um ano mais velhos quando retornavam a Basra.

"Meu avô, pai de Wénxiù, costumava oferecer um banquete aos visitantes mais importantes, cujas famílias vinham fazendo negócio com a nossa por muitas gerações. Dù Wénxiù sempre pensara que daria prosseguimento ao trabalho do pai e dos antepassados. Meu avô disse que nossos ancestrais tinham chegado ali junto aos exércitos de Kublai Khan. Dizia-se em nossa família que nosso grande antepassado, que finalmente se estabeleceu em Dali e construiu a casa onde todos nós vivemos, fora responsável por suprir alimentos e mulheres aos exércitos do Grande Cã. Não tenho a menor ideia se isso de fato ocorreu. Espero que os tenha suprido apenas de alimentos. Então, fazia bastante tempo que vivíamos naquela cidade.

"Alguns huis, especialmente aqueles que vivem em Cantão (Guangzhou) e Pequim, não ficariam felizes de traçar sua linhagem até a época do Grande Cã. Insistem em ser descendentes diretos de comerciantes e embaixadores árabes que vieram para estas partes enquanto o Profeta, louvado seja seu nome, ainda estava vivo. O Profeta disse certa vez: 'Procure o conhecimento onde puder encontrar, mesmo que em lugares tão distantes como a China', e os huis de Cantão afirmam ter sido esse o motivo para seus antepassados terem chegado ali: em busca de conhecimento, não lucro. As pessoas são muito ridículas às vezes. O sultão Suleiman costumava sorrir e dizer que cada fiel deseja acreditar que tem uma gotinha de sangue árabe em si, pois quer ser abençoado por ter o mesmo sangue que o Profeta.

"Seja qual for o modo como viemos parar aqui, houve tanta miscigenação que, não fosse pelos tabus em relação à carne de porco e à circuncisão, não seríamos diferentes dos hans. Mas nunca seríamos iguais aos manchus."

[Neste ponto, D., ela fazia uma pausa, não para recuperar o fôlego, mas para dedicar uma curta oração a Alá pedindo-lhe que punisse os manchus por seus crimes. Hanif sempre a interrompia: "Mao Tsé-tung não é Manchu, Vovó", mas ela sempre o desconsiderava com um gesto. E então prosseguia.]

— Dù Wénxiù estava contente em ajudar meu pai a organizar nossos negócios. Teria feito aquilo pelo resto da vida e continuado feliz, mas o Destino tinha outros planos para ele.

"Acho que foi na primavera de 1856, quando ocorreu a pior chacina de nosso povo, em Kunming. O governador manchu odiava o povo hui de todas as maneiras, mas os preços desabaram e os hans, recém-estabelecidos, ficaram ressentidos com aqueles que ainda podiam trabalhar. O governador manchu, Shuxing'a, odiava a nós, huis, porque, quando estivera no nordeste, fora derrotado por alguns rebeldes muçulmanos. Eles não eram huis. Falavam sua própria língua e tinham seus próprios costumes, mas, obviamente, compartilhavam nossa fé e rezavam como nós, visando o oeste, e, naturalmente, nunca comiam carne de porco. Os soldados de Shuxing'a foram derrotados pelos rebeldes e ele tentou fugir disfarçado de mulher. Foi capturado. Vamos ver se você é mulher, disseram, e então tiraram sua roupa e arremessaram pedrinhas contra seus testículos. Ele passou a odiá-los para sempre depois daquilo e a sofrer de uma aversão por pedrinhas pelo resto da vida. Não pensava no quanto tivera sorte de escapar vivo. Foi então mandado pelos manchus para Yunnan e, uma vez em Kunming, começou a orquestrar sua vingança — mas contra nós, os huis. Pensava que éramos todos iguais aos povos do nordeste. Quando essas coisas começam, não há forma de saber como vão terminar. Antes mesmo de sua chegada, os hans já vinham nos assassinando nos povoados, incendiando nossas casas e mesquitas. Quando esse monstro começou a agir em Kunming, já havíamos perdido quase 40 mil homens, mulheres e crianças. Então nossos jovens se armaram para se defender. O que mais poderiam fazer?

"Wénxiù adotou repentinamente um nome árabe, Suleiman, para destacar sua fé, unir nosso povo e desafiar os manchus. Tinham assassinado muitos dos nossos naquele ano. Milhares pereceram. Isso deixou nossos jovens bastante enfurecidos. Não éramos cabritos para sermos conduzidos para o abate tão facilmente, Wénxiù disse a seu pai quando partiu, junto a outros jovens, rumo às montanhas para aprender a lutar.

"Meu pai era um han, mas lutou ao nosso lado porque desejava que Yunnan fosse libertada dos manchus. Todos nós, yunnanenses, somos bastante orgulhosos. Os manchus nos chamavam de bandidos, mas na verdade eles é que o eram. Sabe o que são bandidos, Hanif Ma?"

— Eu gosto de bandidos, Vovó. Quero ser como eles.

Ela riu de maneira contagiante, fazendo com que todos rissem também, incluindo meu pai.

— Há bandidos bons e maus, pequeno Hanif Ma. Os bons ajudam os pobres. Já os maus trabalham para os governantes han, nunca para os necessitados. Wénxiù tinha apenas 19 anos, mas minha mãe disse que ele nunca perdeu a cabeça, nem mesmo quando era apenas um garotinho. Então, depois que foram para as montanhas e mudaram de nome, todos os seus amigos passaram a lhe chamar de Suleiman Dù Wénxiù, até o dia em que ele se tornou sultão. Sabiam disso, pequenos Hanif e Jindié? O antepassado de vocês foi o sultão de Yunnan. Eu tinha apenas

8 anos, mas ainda lembro que todas as pessoas saíam às ruas para saudá-lo: "Sultão Suleiman *wan sui*, sultão Suleiman *wan sui*." Foi o primeiro slogan que aprendi. Quando fomos com minha mãe a seu pequeno palácio para vê-lo, ela nos fez repetir o slogan. Ele me ergueu e beijou minhas bochechas. Sua barba era bastante macia, completamente diferente das outras barbas em Xinjiang.

"Havia muitos povos diferentes, de todos os tipos, que viviam em Yunnan em sua época. Hans, huis e não hans, muitos dos quais pertenciam a tribos e outros tantos que eram budistas. Suleiman Dù Wénxiù lutou contra os exércitos manchus e os derrotou, mas nunca permitiu qualquer discriminação contra os hans em Yunnan. Houve muita miscigenação. Minha mãe, a irmã mais nova favorita de Wénxiù, se casou com um han yunnanense, meu pai. Foi assim em toda a nossa província. Éramos todos interligados, e, se os manchus não tivessem interferido e enviado mais de sua gente para roubar nossos trabalhos, nossas minas, nosso comércio e nossas propriedades, e isso numa época em que as coisas andavam ruins para todos, não teria havido qualquer rebelião.

"E foram todos os povos, não apenas os huis, que lutaram contra os manchus. Se fôssemos apenas nós, teríamos sido derrotados muito, muito antes. Lembrem sempre disso, crianças. O antepassado de vocês era um muçulmano, um hui, mas governava para todas as pessoas. Não apenas para os huis. Isso deixava meu pai muito feliz, já que depois das chacinas em Kunming e nos povoados, todos esperavam que os huis buscassem vingança. O sultão Suleiman sabia bem disso, e ficava furioso: 'Não somos tão inescrupulosos a ponto de querermos nos vingar contra gente inocente. A melhor vingança é fazer uma Yunnan forte e livre do governo manchu, que rouba, oprime e mata todos os yunnanenses que se recusam a usar tranças.' Um dia após essa sua declaração, muitos dos hans que viviam em Yunnan por várias gerações se apresentaram e tiveram suas tranças cortadas publicamente. Essa foi a maneira que encontraram para demonstrar apoio a seu antepassado. Vocês devem sempre ter orgulho dele e respeitar sua memória. Estão me ouvindo, Hanif Ma e pequena Jindié?"

Ela raramente dizia mais do que isso, embora pouco depois de sua morte meu pai tenha começado a dedicar algumas horas todos os domingos a nos contar histórias e, às vezes, a ler manuscritos que possuía e a nos mostrar no mapa onde ficava cada lugar. O seu amigo Hanif/Confúcio ficava completamente alienado a tais narrativas e implorava a meu pai para que o deixasse sair e brincar com os amigos pelas ruas da vizinhança.

— Você pode brincar com quem e onde quiser, Hanif — respondia meu pai —, mas às vezes temo que o influenciem e o arrastem para a sarjeta. Nunca perca sua autoestima.

Hanif acabava renunciando covardemente. Ele odiava ver nosso pai chateado, então assistia a nossas aulas de história familiar, mas sua mente geralmente estava em outro lugar. Certa vez, quando tinha 15 ou 16 anos e nosso pai não estava em casa, me disse, furioso:

— A China está sendo transformada por Mao Tsé-tung e pelos comunistas. Tudo será diferente. Qual o sentido dessa idolatria cega a nossos ancestrais, que foi a ruína da velha sociedade e manteve os camponeses como escravos? Se eu estivesse vivo em Yunnan naquela época, teria lutado contra nosso antepassado. Qual o sentido disso tudo agora?

Eu nunca consegui enxergar as coisas dessa maneira. Para mim, era uma soma de conhecimento. Mesmo que nossos antepassados não tivessem tomado parte na rebelião, ainda assim eu desejaria saber quem tinham sido e por que haviam sido forçados a fugir de Yunnan. Não tínhamos ido embora por vontade própria, para procurar emprego em outro lugar. Estávamos assustados. Pensávamos que matariam a todos nós. Meninas vinham sendo raptadas todos os dias e vendidas como escravas. Tínhamos vizinhos bondosos em outras regiões que nos ajudaram, pois, ao longo dos séculos, havíamos negociado e nos miscigenado com eles também. Muitos dos nossos encontraram refúgio em Cantão e no Tibete, além da Birmânia. O que deixava Hanif furioso era uma tendência — e não acho que fosse algo mais forte que isso — da parte de meus pais e da Vovó Mais Nova em retratar a vida em Yunnan antes das chacinas cometidas pelos manchus como uma época de ouro. Sei bem que isso raramente existe na história, mas sempre preservamos a lembrança de coisas boas e lhes damos o nome de "época de ouro" para manter nossas esperanças vivas. Pois, se aconteceu uma vez, pode acontecer novamente. [Pensamentos utópicos não são necessariamente maus, certo, D.? Certa vez, há muitos anos, li algo que você escreveu em louvor ou prevendo uma revolução mundial enquanto ainda estivesse vivo. Talvez eu tenha interpretado erroneamente, mas, ainda que a lógica por trás daquilo me chamasse a atenção como bruta e esquemática, gostei do teor utópico. Será que entendi tudo errado? Se for esse o caso, me desculpe.]

Algumas coisas boas aconteceram em Yunnan quando Suleiman se declarou sultão. Ele pôs fim às infinitas batidas policiais autorizadas pela corte de Qing, que haviam afetado a maioria dos yunnanenses, os quais por sua vez consideravam os saqueadores hans odiosos. Certa vez comparei o sultanato yunnanense a Yenan e à tentativa maoista de unir as pessoas contra as agressões estrangeiras (no caso deles, por parte dos japoneses).

Suleiman tentou unificar Yunnan como um Estado único para se defender dos mestres imperiais de Pequim. Só porque o Império Chinês estava confinado junto aos povos que conquistara, isso não tornava os manchus melhores que os japoneses.

É claro que desenvolvi essa linha de raciocínio para argumentar contra o maoismo rudimentar e pouco exigente de Hanif. [E o seu? Ou o seu tipo de marxismo bania a idolatria cega? Não consigo lembrar agora.] É claro que ele ficava enfurecido com qualquer comparação do governo revolucionário aos reacionários manchus, mas não era isso que eu estava dizendo. Apenas o comparava a uma insurreição de meados do século XIX que por um momento obteve sucesso em criar um estado que não era teocrático como o Reino dos Céus de Taiping em Nanquim, onde ler a Bíblia era algo compulsório.

Hanif ficou tão bravo comigo um dia que foi para a sala e começou a ler alguns livros e manuscritos. Tinha um olhar típico de Irmão Mais Velho em seu rosto quando cheguei em casa um dia, vinda da Nairn, uma mistura de menosprezo e triunfo.

— Deixe-me dizer algumas coisas, Jindié — falou ele —, antes que você leve a idolatria aos antepassados nesta casa a um patamar tão elevado que vai ficar difícil voltar ao chão. — Fiquei contente de ser levada a sério e me sentei obedientemente para ouvir ao Irmão Mais Velho.

Ele pegou o livro do final do século XIX que encontrara nas prateleiras de nosso pai e leu a seguinte passagem:

— "Dú Wénxiù colocou em ação uma série de programas de construção baseados nas instituições imperiais Qing em Pequim, incluindo uma Cidade Proibida imperial. Nas passagens superior e inferior, construiu Grandes Muralhas com apenas uma entrada, que partia do alto nas montanhas Cangshan e se infiltrava no lago Erhai, tornando o vale impenetrável."

Dei de ombros.

— E daí?

— Isso é infantil demais, Jindié. E daí? Daí que esse grande antepassado apelava para a mais pura imitação. Construções Qing e túnicas Ming.

— Não acho que isso seja assim tão estúpido. Ele usava túnicas Ming para salientar que os manchus é que eram os invasores.

— Mas Jindié, não entende o que estou dizendo? Não havia nada de progressista no sultão Suleiman. Os taipings eram melhores. Eles nacionalizaram a terra e deram às mulheres direitos iguais.

Aquilo me levou à loucura.

— E impuseram uma teocracia cristã! Eram muito mais irracionais. O maluco que liderou a revolta acreditava ser o irmão mais novo de Jesus. Você os prefere somente porque os maoistas se recusam a reconhecer o caráter progressista da rebelião de Yunnan, por medo de encorajar algo semelhante. Mas admito que o sultão Suleiman não era um progressista. Como poderia ser? Seu amado Marx ainda não havia sido traduzido para o chinês.

— Eu sei, mas a Revolução Francesa já tinha acontecido. Nesta parte do mundo, o sultão Tipu, que lutara contra os britânicos cinquenta anos antes da vitória de Suleiman, trocou correspondências amigáveis com Napoleão na qual assinava como "Citoyen Tipu". Pelo menos ele tentou.

— Mas o inimigo dele era inimigo de Napoleão, e, de qualquer jeito, Napoleão fez dele um sultão. Suleiman não recorreu a auxílio externo. Sabia que só poderia vencer com o apoio de sua própria gente.

— Então por que um de seus generais pediu apoio à rainha Vitória?

— Isso foi depois da derrota. Ele pediu refúgio, e foi assim que veio parar em Lahore.

Depois, quando perguntei a meu pai por que Suleiman tentara construir uma Cidade Proibida em Dali, ele sorriu.

— Muito simples. Ele queria mostrar que seu governo era para todos os yunnanenses, incluindo os hans. A arquitetura tinha como fim garantir às pessoas que elas podiam ter seu próprio Estado, exatamente como os manchus em Pequim. Seus inimigos espalharam boatos de que todos seriam forçados a se converter ao islamismo. Ele sabia que aquela era uma tentativa de dividir os yunnanenses, e fez todo o possível para contrariar tal insinuação. Faixas gigantes foram pintadas e penduradas nas paredes da cidade: *Façam as pazes com os chineses hans, abaixo a corte Qing: Unam os povos hui e han para erguer a bandeira da rebelião, para nos livrarmos dos bárbaros manchus, para ressuscitar Zhonghua, para acabar com a corrupção e para salvar as pessoas da água e do fogo.*

"Às vezes, ele deliberadamente se abstinha de fazer as preces na Grande Mesquita às sextas-feiras, passando a tarde com líderes não huis bebendo saquê. Obviamente, jamais tocava em carne de porco. Seria ir longe demais. O carimbo que Suleiman usava era em chinês e árabe, mas a caligrafia levava seu próprio estilo. Dê uma olhada. Está ali, bem acima da cornija, uma das poucas lembranças que a Vovó Velhinha conseguiu guardar, além de uma túnica."

Quanto mais Hanif ficava desencantado com nosso passado yunnanense, mais ele se tornava um refúgio para mim. Como alguém conseguia não se emocionar diante da gloriosa resistência dos yunnanenses e de nossos antepassados? O impacto da vitória em Dali começava a se espalhar. É sempre assim, não é, D.? Uma grande onda cria outras menores. Naquela época e agora.

Os agentes imperiais em Cantão estavam extremamente preocupados com o apoio maciço aos rebeldes cabeludos de Yunnan. Descreveram que até mesmo em Cantão as pessoas deixaram de raspar o cabelo em solidariedade ao governo em Dali. Relatos semelhantes vinham das cidades de fronteira próximas ao Tibete. Todos imaginaram que os cabeludos fossem huis, mas não: os rebeldes taipings também tinham deixado crescer o cabelo para demonstrar desprezo pelos manchus.

Meu pai costumava dizer que, se o sultanato tivesse durado mais cinco anos, os britânicos, e talvez até mesmo os franceses, teriam reconhecido Yunnan como um Estado independente. Pequim, ciente das relações de negócios que surgiam entre Dali e os europeus, estava determinada a agir rapidamente e dizimar os exércitos do sultão.

Alguém inteligente devia estar aconselhando o imperador Qing, a quem foi dito que ignorasse os insultos; Suleiman deixou claro que seu conhecimento das culturas mandarim e chinesa estava num nível muito mais elevado que o dos bárbaros manchus em Pequim, e dizem que, ao ser informado disso por seu filho, o imperador ficou tão furioso que teve um ataque epiléptico e foi necessário seis eunucos para levantá-lo e colocá-lo na cama. O imperador queria atacar Dali imediatamente, mas lhe disseram que a provocação era uma armadilha e que os generais huis aniquilariam o exército imperial. Um velho eunuco lembrou a ele que as forças europeias tinham vencido a Guerra do Ópio havia pouco mais de uma década. Estavam esperando e observando e, se Pequim se tornasse isolada, os estrangeiros poderiam decidir ajudar os huis em Yunnan. Se atacasse Kunming e Dali, disse ele ao imperador, haveria um conflito prolongado que enfraqueceria a corte. E se alguma nova rebelião irrompesse em Yangtzê, acabando com o abastecimento de grãos e arroz? Se nossas rotas de abastecimento forem bloqueadas, estaremos perdidos. Os rebeldes cabeludos podem até mesmo marchar sobre Pequim, com reforços da Grã-Bretanha e da França. Os huis vêm juntando mosquetes e construindo torres de ataque por toda Yunnan. Foi isso que disseram ao imperador, que, pela primeira vez dando ouvidos a seus conselheiros, pediu-lhes que preparassem um método alternativo para destruir a independência de Yunnan.

Essa decisão acabou se tornando nossa ruína. A corte Qing comprou alguns generais muçulmanos e fez propostas aos huis de Kunming, que deveriam ser nossos aliados. Ao dividir nossos postos, nos derrotaram. Esse, D., é o veredicto da história e a fraqueza primordial do islã. Desde o princípio, os seguidores do Profeta vêm sendo incapazes de viver numa única mansão. Isso levou a muitas derrotas, mas temo que você esteja ficando entediado com esta aula de história, vinda de uma historiadora sem treinamento, então traduzi esse documento dos arquivos de nossa família, o qual meu pai guardou de maneira muito dedicada e que vim a herdar. Enviei muitos documentos e livros ao museu em Yunnan, onde se encontram orgulhosamente expostos.

Mas guardei este documento específico porque é algo muito pessoal. Foi escrito pela mãe da Vovó Velhinha algumas semanas antes de ela morrer. Ela era a irmã caçula do sultão Suleiman. Ele a havia apontado como comissária de negócios de Yunnan na Birmânia. Foi assim que sobreviveu, e posteriormente os britânicos lhe deram permissão para transferir suas operações para Calcutá. Mudamo-nos para Lahore pouco após sua morte, em 1882, e apenas porque alguns dos huis que eram descendentes dos colaboradores tinham se estabelecido em Calcutá e começaram a tornar nossa existência como comércio um tanto difícil. Meu bisavô se recusou a lhes dar dinheiro para proteção e, consequentemente, tivemos que deixar a cidade.

Essa história não tem valor intrínseco algum para qualquer pessoa fora de nossa família. É como a vida dos imigrantes em qualquer lugar, e pude observar divisões semelhantes entre os huis subcontinentais nos Estados Unidos. Sempre divididos por clãs e filiações políticas. Algo que sempre me divertiu bastante eram as expressões faciais dos taxistas panjabis em Nova York, Chicago e agora em Londres, quando percebiam que eu era mais fluente em sua língua que muitos deles — que têm a tendência de usar muitas palavras em inglês — e que eu havia entendido cada palavra que disseram ao telefone celular, aos quais estão permanentemente grudados. Era como se tivessem recebido uma descarga elétrica. Presumo que seria o mesmo em Yunnan se um garoto panjabi saudável, de bigode, repentinamente começasse a falar nosso dialeto. Perdoe a digressão.

Traduzi do chinês o antigo documento da maneira mais precisa que pude, contudo não consegui que ninguém da família fizesse uma revisão. Todos estão mortos, e o seu velho amigo Confúcio desapareceu. Não vemos meu irmão há mais de vinte anos. Já ajuda de fora, considero inapropriada. Primeiro porque o documento ainda é particular, e segundo porque não tenho certeza de que se trata de um relato correto. Há elementos bastante cinematográficos, e eu odiaria que um mercenário como Zhang Yimou se sentisse tentado. Ele já destruiu bastante a história chinesa. Deixei alguns palavrões em chinês, com minhas traduções entre parênteses. São bastante brandos se comparados aos panjabis, porém mais ofensivos, proferidos sem qualquer traço de afeto.

Acho que a mãe da Vovó Velhinha procurava outras explicações. Ela não conseguia acreditar que a grande traição ocorrera somente por dinheiro, inveja e uma sede doentia pelo poder. Muitos séculos atrás, como você continua a escrever, al-Andalus e Siqqiliya já tinham passado pelo que aconteceu em Yunnan há 160 anos. Seria o caso daqueles que não aprendem com os erros do passado e são condenados a repeti-los?

# Oito

Qin-shi, minha querida criança, escrevo este memorando para você, seus filhos e aqueles que vierem depois deles. Esta é a história dos últimos dias do seu tio, mas também muito mais do que isso, como você vai ler. Não estou acostumada a escrever nada que não sejam relatórios comerciais e balanços, além de, raramente — e apenas quando instruída por meu irmão, o sultão Suleiman —, dossiês detalhados sobre os governantes da Birmânia e da Índia e sobre o que podemos esperar deles no futuro. Como você sabe, eu amava muito meu irmão. Ele nunca tratava as mulheres como meros objetos de reprodução e permitiu que eu me casasse com um han, fora de nossa família e de nossa comunidade, mas um puro rapaz yunnanense. Seu pai se recusou a deixar Dali comigo em 1872, mesmo depois de receber as ordens do sultão, que estava preocupado em ver sua irmã grávida viajando sozinha. Eu estava grávida de três meses de você e tinha voltado para entregar um relatório sobre a situação de nossos negócios. Meu irmão havia governado por 16 anos, mas sabia que estávamos prestes a ser derrotados e queria que todos fôssemos embora dali. Seu pai se recusou. Ele foi assassinado defendendo o sultão. Um han combatendo os traidores huis. Nunca o esqueci, e foi por isso que não tornei a me casar, embora não tenha recebido poucas ofertas. Assim como seu tio, seu pai era o tipo de homem sobre quem nosso grande sábio Liu Chih escreveu nos tempos de outrora:

*Apenas os mais sinceros, autênticos, verdadeiros e reais conseguem compreender integralmente sua própria natureza;*
*Capazes de compreender integralmente sua natureza, conseguem compreender integralmente a natureza da humanidade;*
*Capazes de compreender integralmente a natureza da humanidade, conseguem compreender integralmente a natureza das coisas;*
*Capazes de compreender integralmente a natureza das coisas, podem tomar parte no processo de transformação e sustentação da terra e do céu;*
*Uma vez que isso é atingido, conseguem formar uma trindade com a terra e o céu.*

Antes de lhe contar o que aconteceu naqueles últimos meses, gostaria que lembrasse que os huis do sudeste da China nunca foram vistos com total confiança pelos muçulmanos do noroeste, que eram bem mais rígidos que nós na aplicação de suas crenças e na atenção a seus rituais. Os hans desconfiavam de nós porque tudo que nos separava eram os rituais. Simplesmente não conseguiam entender como a carne de porco podia ser vetada, uma vez que, ao contrário de alguns budistas, não éramos vegetarianos. Quando começaram a queimar nossos povoados próximo a Kunming antes do grande massacre, se endereçavam a nós de maneira indelicada, como *Hou didi* (irmão de macaco), *Gou nainai* (neto de cadela) e sempre *Zhu shi ta de Zuxian pai* (sua árvore ancestral é um porco). Um de meus tios-avôs costumava dizer que os huis eram descendentes do bom filho de Adão, que não comia porco, e os hans, do filho mau, que os comia sem parar. É estranho que esse tipo de carne tenha se tornado um problema tão grande, mas os hans viam a alimentação como algo saudável, e muitas nobres famílias huis que receberam a ordem dada pelo imperador para abandonar sua fé ou se expor a seu descontentamento costumavam provar sua lealdade comendo porco ostensivamente nos banquetes da corte. Nos banquetes de meu irmão em Dali, uma vez que havia muitos yunnanenses não huis presentes, sempre se servia carne de porco, mas os pratos profanados nunca eram mantidos nas cozinhas do palácio. Nossos primos do noroeste acreditavam que servir carne de porco, mesmo a um não hui, era uma heresia.

Certas vezes eu me perguntava o que os imperadores teriam exigido caso os árabes não houvessem observado o tabu do porco e a carne de porco não fosse proibida pelo Honrado Clássico. Teria sido difícil costurar os prepúcios de volta nos homens. Mas basta desses absurdos.

Seis meses antes de o sultão ser capturado, um jovem soldado chegou à corte vindo de Kunming. Estava desarmado, mas ferido. Seu braço sangrava abundantemente através das ataduras improvisadas. Ofereceram-lhe alimento e água, mas ele insistiu em ver o sultão. Suleiman recebeu o jovem e exigiu que chamassem imediatamente um cirurgião, mas o soldado insistiu que se tratava apenas de uma ferida superficial e que a envolvera em bandagens e sal. Logo estaria bem. Pediu para falar ao sultão em particular.

Pouquíssimas pessoas sabiam que meu irmão possuía uma rede de espiões por toda Yunnan, em boa parte para informar quanto às atividades manchus em nossa província e nas regiões vizinhas. O soldado disse ser um deles. O código para ajudar a identificar a rede era o *Respostas verdadeiras*, de Wang Tai-yu. Cada região de Yunnan recebera um conjunto separado da obra.

— Qual é a sua senha?

— Uma pergunta.

— Faça-a.

— A língua do Senhor: como são seu som e sua escrita?

Suleiman contemplou o rosto do jovem e sorriu.

— A verdadeira palavra do Senhor não pertence a nenhum som ou escrita. Faça a segunda pergunta.

— Como surgiu o Honrado Clássico?

— Desceu dos céus.

O soldado era de Kunming. Suleiman lhe deu um pouco de água e insistiu em tratar do ferimento ele próprio. Gentilmente removeu a camisa e a blusa do soldado e recuou, surpreso. Era uma mulher. Ela cobriu os seios, deixando que o braço machucado ficasse pendurado ao lado do corpo. Suleiman lavou o braço e o secou delicadamente e depois rasgou um pedaço da própria túnica de seda para fazer uma atadura no braço da mulher.

— Como foi ferida, Li Wan?

Ela pareceu assustada. Como poderia saber seu nome?

— Está escrito neste amuleto. É esse seu nome?

Ela assentiu, aliviada.

— Um dos homens de Ma Rulong tentou impedir que eu deixasse a cidade por não ter qualquer identificação. Não lhe dei ouvidos. Ele sacou uma adaga e me acertou de raspão. Quebrei seu pescoço e deixei a cidade.

— Quantos anos você tem, Li Wan?

— Dezoito. Ma Rulong é meu tio.

— O quê?

— Nossa família o despreza. Foi por isso que concordei em me juntar à sua rede.

— Quem a recrutou?

— Somos proibidos de dizer.

— Sou o sultão. Posso descobrir facilmente.

— Por favor o faça. Sou proibida de dizer.

E ela não o fez, mas o inevitável aconteceu. Seu tio evitava os quatro vícios. Não se entregava ao vinho, à luxúria, à avareza ou à raiva, mas era um ser humano com todas as virtudes e defeitos como os outros, e nós, yunnanenses, somos um povo apaixonado. Meu irmão foi tomado pela emoção. A jovem deve ter se sentido lisonjeada, mas resistiu. Então ele lhe fez uma outra pergunta da obra do sábio:

— O que veio primeiro, o céu ou a terra?

Ela sorriu, mas se recusou a responder e insistiu, acertadamente, em que a pergunta nada tinha a ver com seu recrutamento para a rede.

— Você está falando de política e eu, de paixão — disse o sultão —, e exijo que responda.

Ela disse:

— Se conhece a ordem de homens e mulheres, saberá naturalmente qual a prioridade e a posterioridade do céu e da terra.

Ele gargalhou; ela acrescentou:

— O mestre Wang Tai-yu era um sábio brilhante, mas nem sempre estava certo. Essa era uma resposta errada, uma vez que em nosso país, especialmente nas regiões mais remotas, a ordem de homens e mulheres nem sempre é a mesma.

Você pode perceber nessa conversa, Qin-shi, que seu tio começava a se apaixonar por Li Wan, e, apesar de sua dissimulação, era óbvio que ela não era indiferente a sua atenção, mas era uma moça muito disciplinada e não deixaria que ele a tocasse antes que lhe fizesse um relatório detalhado do que a corte Qing tinha pedido a Ma Rulong em retorno pelo prometido governo de toda Yunnan.

Sua febre de amor esfriou ao longo do relato. Ele se tornou firme e furioso, mas antes quis se certificar de que as fontes de Li Wan eram confiáveis. Ela hesitou, mas apenas por um momento.

— Ele mesmo me contou.

— Explique.

— A rede nos ensina que devemos utilizar todos os métodos possíveis para obter informações sem levantar suspeita. Às vezes Ma Rulong visitava nossa casa. Vi que olhava para mim como fazem os homens de idade. Então ele perguntou a minha mãe se eu poderia ir com ele e fazer companhia a sua filha. Ela resistiu, mas me levantei com um sorriso e disse que ficaria feliz em fazê-lo.

— Basta. Não quero ouvir mais.

— Pois deveria. Isso lhe diz respeito. Depois que se serviu de mim, e devo relatar que ele tem o comportamento violento e rude de um pastor trancafiado numa choupana de montanha com apenas suas ovelhas como companhia durante o inverno, e, acredite, aquilo me encheu de repulsa, ele passou a falar abertamente em minha presença. Disse que queria vê-lo morto e sua cabeça enviada a Pequim numa cesta de prata cravejada de diamantes como um presente para o imperador. Falou sobre uma aliança com os manchus e em governar Yunnan da Cidade Proibida em Dali. Seus aliados dizem ao povo que Dù Wénxiù não é um verdadeiro hui, que come carne de porco, não faz suas orações e não tem concubinas e que apenas eles são os defensores reais do Honrado Clássico. Tudo isso está sendo dito neste exato momento.

Ela forneceu ao sultão um panorama completo do que os traidores planejavam. Por dias, Suleiman ficou ocupado e não a viu, mas não conseguiu esquecer seus traços nem a pele macia sobre a qual havia feito o curativo. Aquilo, somado a sua óbvia inteligência, o tinha afetado bastante. Uma vez que esta não é uma história de paixão pessoal, mas de derrota política, não vou me prolongar em cada detalhe, exceto para dizer que ela se tornou sua amante favorita. Os dois eram inseparáveis, e, uma vez que ela conhecia o inimigo tão bem, muitas vezes estava presente nas reuniões do Grande Conselho que organizava as defesas da cidade.

Quando essa notícia chegou a Ma Rulong, ele entrou em pânico e, segundo relatos, pensou em suicídio, já que achava que Suleiman enviaria assassinos para matá-lo. Homens que tramam homicídios sempre acreditam que outros também estejam tramando contra eles. Suleiman era generoso. Ele enviou um mensageiro para pleitear junto a Ma Rulong que não cometesse atos de perfídia, mas que dividissem o poder em Dali. Suleiman sugeriu que seus filhos se casassem para cimentar a aliança, mas Ma Rulong estava envolvido demais em suas suspeitas e temia que tal oferta fosse uma armadilha, que Suleiman quisesse iludi-lo e matá-lo.

Suleiman era dominado por uma ideia, que era a de nunca permitir que os manchus retomassem Dali e Kunming e de permanecer livre da corte Qing. Por um tempo, pareceu que conseguiria isso. Dos governadores-gerais despachados por Pequim para Yunnan, um foi assassinado, outro cometeu suicídio, um enlouqueceu completamente, vários foram demitidos por incompetência e outro se recusou a assumir sua posição na região rebelde. Até mesmo sua política de usar huis para combater huis tinha falhado, e Ma Rulong vinha se tornando cada vez mais isolado e um número cada vez maior de seus soldados huis o deserdavam. Mas o destino estava contra nós. Éramos poucos, e os soldados Qing, demais, e todos se uniram para aniquilar Dali. Incapazes de derrotar os europeus, queriam provar que ainda podiam conquistar algumas vitórias contra nós.

O resto você sabe. Nosso conselho se reuniu e o sultão informou que prolongar a resistência seria impossível. Os manchus matariam cada pessoa e cada animal na cidade a menos que ele, Dù Wénxiù, se entregasse. Ele decidiu ir ao acampamento Qing bem cedo na manhã seguinte e se render. Seu pai chorou, Qin-shi, e implorou para ir com ele, o que foi recusado. Ele iria sozinho. Na manhã seguinte, vestiu seus trajes de sultão pela última vez e sentou-se em sua liteira. Milhares de pessoas foram às ruas para dar adeus. Muitos choravam. Desceu no Portão Sul e agradeceu a todos pelo modo como o tinham apoiado por 18 anos. Ao voltar à liteira, engoliu uma dose letal de ópio e já estava morto ao chegar ao campo inimigo. Seu cadáver foi arrastado em frente ao exército Qing e ele foi decapitado.

Sua rendição foi um equívoco, pois os manchus estavam determinados a se vingar. Persuadiram nossos generais a se desarmarem e três dias depois atacaram a cidade. Seu pai morreu defendendo sua gente. Milhares de huis inocentes foram massacrados. Mulheres e crianças sobreviventes eram dadas como recompensa de guerra aos soldados Qing.

E Li Wan, com sua beleza celestial? Muitos meses antes da rendição dera à luz uma filha, e agora se encontrava novamente grávida. Ficou profundamente aborrecida e se sentiu até mesmo ofendida quando Suleiman insistiu para que deixasse a cidade e procurasse refúgio em algum lugar seguro. Ela não queria partir, mas ele insistiu e ficou furioso, lembrando-a de seu dever para com a causa maior, seus princípios elevados e suas perguntas e respostas. Ele disse:

— Um dia você ou sua filha ou a criança que agora está dentro de você poderá precisar continuar a luta por Yunnan. — E então, pela última vez, ele lhe fez uma pergunta da grande obra: — Por que este local de adoração é chamado de Límpido e Consciente?

Ela soluçou.

— Quando a água está límpida, os peixes aparecem.

— O que é água? O que são peixes?

As lágrimas rolaram por suas faces.

— O Verdadeiro Ensinamento e as Pessoas Reais.

— Nunca esqueça disso, minha querida, a quem amei mais do que qualquer coisa neste mundo.

Ainda assim ela resistia à ideia de deixá-lo, até que finalmente, muito contra sua vontade, concordou em acompanhar seus pais em uma caravana altamente protegida solicitada pelo sultão para levá-los à Cochinchina. Ele prometeu que a encontraria lá; ela sabia que isso nunca aconteceria. Cinquenta soldados fizeram a escolta da família até seu refúgio seguro, onde alguns de nós já vivíamos. Também os soldados tinham ordens de não retornar.

Fiz algumas investigações na Birmânia e ofereci dinheiro em troca de qualquer informação, mas nunca descobri nada sobre eles. Talvez um dia a filha de Li Wan ou, quem sabe, seu filho, encontre você, e, como primos, terão bastante sobre o que conversar.

Qin-shi, a memória é preservada pelos vencedores, mas, aonde quer que vá, não quero jamais que você ou seus filhos se esqueçam de quem somos e do que fizeram conosco. Dizem que a grama cresce mais forte nos campos cobertos de sangue, mas às vezes nada brota nesse solo.

# Nove

Um quarto de século havia se passado desde que eu deixara Lahore, e então o destino colocou um pintor no meu caminho. Platão reentrou em minha vida em 1988, mas de um modo tão particular que de início não o reconheci. Telefonaram-me de um jornal de Londres para perguntar se eu poderia escrever sobre uma exposição incomum de quadros pintados por um artista desconhecido, oriundo da Pátria, numa galeria obscura do East End. A galeria ficava num ex-convento medieval e exibia somente obras novas. De pecadores iniciantes a artistas iniciantes, disse a mulher ao telefone, para me fazer rir. O nome do pintor, Shah Pervaiz Shah, não me dizia coisa alguma, o que em si já era intrigante, pois eu pensava conhecer todos os principais pintores da Pátria. Devia ser um novato, e eu não estava com disposição para aquilo. A mulher insistiu. Era sua primeira exposição. Significaria muito para ele se eu pudesse ir, e o pintor queria que eu soubesse que ele não se importava se odiasse seus quadros. Nunca pintava para agradar, de forma que, se eu resolvesse ridicularizar no papel suas loucuras, para ele estava tudo bem. Essa condição provocou o efeito desejado. Decidi visitar o lugar na manhã seguinte e ficou acertado que eu escreveria um texto apenas se gostasse do trabalho. Telefonaram-me novamente e disseram que o zelador me deixaria entrar e acenderia as luzes.

Era uma bela manhã de novembro, fria, fresca e sem nuvens. Desci em Mile End e fui caminhando até o antigo convento. O zelador bengalês aguardava pacientemente. Estava vestido de modo um tanto excêntrico: uma boina vermelho-vivo cobria sua cabeça e enormes óculos escuros escondiam grande parte de seu rosto. Talvez ele também quisesse ser um artista. Nenhum de nós disse uma só palavra enquanto ele destrancava a porta e acendia as luzes. O lugar era mal iluminado, talvez em homenagem ao seu passado, mas ainda assim era algo extremamente injusto em relação ao pobre pintor. Para minha grande irritação, o zelador permaneceu ao fundo, me observando atenciosamente enquanto eu começava a examinar os quadros. Tratava-se de gravuras a água-forte em preto e branco e retratavam pura agonia, que devia ser o nome da exposição. Levei certo tempo para estudar cada pintura. Os personagens retratados se encontravam em estágios diferentes de desespero. *O grito*, de Munch, multiplicado por cem.

Alguns anos atrás, após dar uma palestra em Oslo, arrastei um grupo de imigrantes panjabis recém-chegados que haviam assistido ao meu discurso até o Museu Munch para mostrar a eles o maior artista de seu novo país. Alguns estavam relutantes em perder seu precioso tempo, mas acabaram nos acompanhando. Todos ficaram perplexos e um deles, Salah, que se tornou um bom amigo, tinha os olhos úmidos ao sussurrar, em panjabi:

— Este é um artista que sabia o que era a dor interior. Nossos poetas sufis dizem que a cura para esse mal está dentro de cada um. Nem Alá nem um psiquiatra pode ajudar.

Lembrei-me desse comentário enquanto estudava cada gravura. O pintor tinha sofrido mais do que dor interior. Havia testemunhado uma tragédia terrível. Homens, mulheres e crianças morriam juntos em três dos quadros e separadamente em outros. Um deles exibia uma criança agarrada ao seio materno, seus olhos apontando para direções diferentes. Ambas mortas. Após uma hora, desabei sobre um banco. Não era aquilo que se esperava logo depois do café da manhã. Procurei um catálogo ou algum informativo com detalhes sobre a obra e o pintor. Não encontrei coisa alguma.

O zelador, cuja presença eu havia esquecido àquela altura, balbuciou em urdu truncado:

— Lá em cima, mais. Sem pressa. Não tem limite de tempo.

Lá em cima? Eu não sabia se conseguiria aguentar mais, porém, ao acender das luzes, subi a escada em caracol até chegar a outro espaço. O que as freiras tinham feito ali? Era óbvio. Aquela havia sido uma capela primitiva, com um minúsculo confessionário num canto para que a madre superiora tratasse das confissões da maneira que achasse adequada. Conventos sempre me lembravam o *Decamerão*.

Então olhei para os quadros. Cor! Aquelas não eram gravuras a água-forte, e sim algo mais vibrante: aquarelas e algumas poucas pinturas a óleo, embora de tamanho diminuto. No que dizia respeito aos temas, passávamos de Munch para Grosz, embora na verdade esse artista não fosse como nenhum dos dois. Shah Pervaiz Shah, ou SPS, como assinava o próprio, era um original. Não havia dúvidas quanto a isso. Meu humor mudou e comecei a rir em alto e bom som. Aquelas eram as mais mordazes caricaturas de mulás que eu já vira. Obviamente, a tradição literária de Punjab e de outros cantos do mundo islâmico nunca havia poupado os mulás, mas o que eu via era algo tanto novo quanto inovador. Praticamente todos os quadros me fizeram rir. Ali estava um mulá caminhando com sua esposa coberta por um véu, mas no olho de sua mente estava vendo *houris* nuas com seios imensos. Outro respeitável barbudo segurava um companheiro ereto em sua mão enquanto observava com inveja dois rapazes dando prazer um ao outro. Gargalhei, deleitado. Queria conhecer SPS, ou qualquer que fosse seu nome verdadeiro, já que ficava claro então que pintava sob um pseudônimo. E quem poderia culpá-lo? Eu faria mais do que apenas escrever sobre ele. Filmaria seu trabalho e o mostraria na televisão.

O zelador vinha me seguindo enquanto eu examinava aquelas obras-primas, porém eu mal o havia notado. Quando me viu rindo de um rascunho de um mulá chacoalhando seu pênis distraidamente enquanto olhava fixamente para a maçã proibida na árvore celestial, ele se endereçou a mim em panjabi:

— Gostou?

— São brilhantes. Conhece o artista?

— Eu sou o artista. Não me reconhece?

Ele tirou a boina estúpida e os óculos escuros. Mesmo então tive certa dificuldade, pois estava careca como um ovo. Então me dei conta.

— Platão? Mas será possível?

— Então agora não me reconhece mais.

Abraçamo-nos. Minha falha em reconhecê-lo foi uma surpresa ainda maior que sua própria presença. Aquilo me preocupou. A única explicação é que eu não tinha olhado com cuidado para o zelador que abrira as portas da galeria e, depois, os quadros exigiram toda a minha atenção. Desculpei-me profusamente, mas ele estava exultante.

— Há quanto tempo está na Grã-Bretanha, Platão?

— Cheguei alguns anos depois de você, mas precisei encontrar um trabalho, então não tive tempo para procurar você, nem Zahid Mian ou qualquer outro.

— Zahid esteve aqui?

— Sim, ele e a Borboleta, mas não por muito tempo. Ele é cirurgião cardiovascular agora, na cidade de Satanás. Washington D.S., Distrito de Satanás.

Esbocei um sorriso, imaginando, como sempre, de que maneira o coração de Jindié tinha sobrevivido ao casamento. Platão havia retornado com algumas lembranças que não eram bem-vindas.

— Seu trabalho é incrível, Platão. Você nunca disse, em Lahore, que pintava. Para quem era do mundo da matemática, parece um grande salto.

— Gosta mesmo?

— Sim.

— Então vou pintar mais. Tinha decidido que se você achasse que não valia a pena, pararia com isso.

— Não sou crítico de arte.

— Se quisesse um destes, eu nunca teria pressionado para que o convidassem. Você compreende. A propósito. Aquela mulher da revista quer que eu faça uma pintura dela.

Não era "a propósito". Havia algo no ar e era Platão. Ele sorriu para mim.

— Agora você entende as gravuras a água-forte.

— A Partição?

— O que mais?

— A dor exprimida é universal. Guerra. Fome.

— Partições. Sempre partições. Quando eles dividem, nós sofremos. Você tem tempo? Que tal procurarmos uma casa de chá?

— Sim, mas não aqui. Vamos à Drummond Street.

Inspecionei sua cabeça calva e disse-lhe que seria um disfarce melhor que a boina, mas, irritantemente, agora que estávamos em espaço público, ele insistiu em que falássemos apenas inglês. Sua aversão à mistura de línguas era tão forte quanto antes, e ficou furioso quando observei que toda língua era feita de misturas. Será que ele tinha contado o número de sânscritos em panjabi ou de derivativos persas e árabes em urdu ou árabes em espanhol? Fez um gesto rude de menosprezo ao urdu.

— O que você espera de uma língua de cortesãos?

— Ghalib, Iqbal e Faiz... todos cortesãos?

— Iqbal e Faiz nasceram em Sialkot. Deveriam ter escrito em panjabi.

— Mas Platão, Faiz explicou por que não escrevia em panjabi. Baba Bulleh Sha tinha dito tudo que poderia ser dito em panjabi. Não poderia haver outro.

— Bobagem — disse Platão. — Ele poderia alegar, da mesma maneira, que Ghalib e Mir tinham dito tudo em urdu.

— Mas não é verdade, você não vê? Faiz usou o modelo e o refinou com figuras políticas. A política como o amor. O amor como a política.

— Por favor, fale em inglês.

— Não dá para falar sobre nossos poetas em inglês, Platão.

— Então guarde para depois.

Ele encolhera um pouco e caminhava levemente inclinado. E havia algo mais. Talvez tenha sido por eu estar mais velho que percebi, mas Platão parecia perdido de uma maneira que nunca tinha percebido em Lahore. Será que havia incitado o fantasma de Hamlet na Royal Shakespeare Company? Uma vez que faria uma crítica sobre seu trabalho, eu precisava saber por que e como se tornara pintor. Essa era a surpresa. Matemático, crítico literário, acrobata de bicicleta, falador, bon-vivant e agora pintor. E um pintor bastante incomum. Mas ele tinha que contar a história em panjabi, então aquilo deveria esperar até que chegássemos a território panjabi na Drummond Street.

Falei, em inglês:

— Tem algo por aqui que você gostaria de fazer e que, por algum motivo, ainda não tenha feito?

— Sim. Quero visitar Cambridge e a seção de matemática da biblioteca deles. Então poderei ver um mundo que me ofereceu atenção mas que rejeitei. Sem pressa, percebe? Quando tiver um dia livre, me leve lá.

Ao chegarmos ao café Indus, na Drummond Street, já era quase hora de almoçar. Pedi uma mesa no canto, no recesso aos fundos, perto das "mesas para famílias", onde ficavam as mulheres; ali não seríamos perturbados. Pedi kebabs, *tikkas* e *haleem*, que faziam a fama do lugar. Tratava-se de comida barata e infinitamente superior à dos restaurantes indo-paquistaneses da moda, que serviam pratos típicos e fariam qualquer coisa por uma estrela do guia da Michelin.

Foi então que Platão começou a falar em panjabi e descreveu sua vida desde que deixara Lahore, mais ou menos dois anos depois de mim:

— Tínhamos sorte naquele tempo. Não precisávamos de vistos. Peguei dinheiro emprestado e fui embora. Por quê? Porque as coisas estavam mudando. A vida em nossa mesa acabou logo depois que você se foi. Planejavam demolir o café de Babuji e a casa de sucos do Respeitável e substituí-los por algo moderno e feio. O centenário da universidade se aproximava e achavam que precisavam se refinar. Passaram a usar muito batom e maquiagem, como as garotas no Mercado dos Diamantes. Eu também não estava mais contente em apenas dar aulas para garotos ricos. A qualidade dos meus alunos não melhorava. Pelo contrário. Sei lá. Muitos motivos. Estava farto. Alguns de nossos amigos se aproximavam do ditador militar, assim como todos os jornais. Fiquei enojado. Lembrei a mim mesmo que, afinal, aquele não era meu país. Lahore não era minha cidade. Eu era um refugiado de outra Punjab. O único amigo que ainda tinha daquela época era Younis, o subgerente dos correios. Lembra dele? Claro que sim. Tinha sua própria relação de amizade com ele. Mas Younis vivia em Peshawar e amava aquele lugar. Casou-se. Teve filhos. Muito diferente de mim. Fui embora.

"Ao chegar a Londres, tinha um contato, um primo de Younis que se casara com uma garota mirpuri e trabalhava num canteiro de obras carregando tijolos para os pedreiros o dia inteiro. Morava em Ealing, numa casa lotada de outros como ele. Recebeu-me animadamente, mas disse que eu deveria encontrar um trabalho noturno, para que pudesse dormir em sua cama durante o dia. Depois encontraria um quarto. Consegui trabalho em uma semana, como garçom num estabelecimento aberto 24 horas onde os caminhoneiros paravam regularmente para abastecer. Eu fazia chá e café. Vivi à base de feijão enlatado e pão por muitos meses, todos os dias. O corpo sofria. Não foi nada legal.

"Então o destino me presenteou com cartas um pouco melhores. O primo do dono do posto de gasolina adoeceu. Ele tinha uma banca de jornais do lado de fora de uma estação do metrô no norte de Londres. Perguntaram-me se eu trabalharia lá até que ele se recuperasse. E assim me tornei jornaleiro. Era um trabalho melhor, ainda que precisasse acordar às 5 da manhã e só voltar para casa às 18h30. Dos jornais matinais às últimas edições dos periódicos vespertinos para a hora do rush. Agora tinha um quarto só para mim numa pensão próxima à Kilburn High Road. Recebia o bastante para fazer duas refeições por dia e para ir ao cinema. E também, devo confessar, frequentar bares de strip-tease, que eram caros considerando meu poder aquisitivo. Mesmo assim, eu precisava visitá-los, ou teria enlouquecido. A entrada custava 10 xelins, mas eu precisava daquelas imagens para consolar meu kebab em casa. Recebia 10 libras por semana, o que era bastante no início dos anos 1960 em Londres. Gastava 1 libra em shows de strip duas vezes por semana, mas ainda economizava 3 libras por semana.

"A vida de jornaleiro era bastante monótona, e entre meio-dia e 18 horas eu tinha bastante tempo livre. Lia todos os jornais e fazia as palavras cruzadas do *Times*. Ainda assim, tinha tempo de sobra. Um dia, comprei um caderno e comecei a desenhar nas horas vagas, só para me distrair. Não havia mais nada para fazer. Pessoas estranhas com corpos feridos começaram a jorrar de meu coração ferido. Simples assim, e eu não tinha ideia do que estava acontecendo. Na minha juventude, como você sabe, eu era bom em equações e às vezes brincava com os algarismos da álgebra, adicionando alguns testículos aqui e uns mamilos acolá, mas parei depois que fui punido com uma vara por um professor.

"Certo dia, um cliente inglês viu um dos meus rascunhos e disse: 'São muito bons. Deveria exibi-los. Quer me vender um? Quanto custa?' Pedi 10 xelins. Ele me deu 1 libra. Esperei que voltasse, mas nunca mais o vi. Foi um acaso, mas aquilo me encorajou. Continuei a desenhar. Aqueles rascunhos que você viu hoje em nanquim preto, fiz todos eles enquanto esperava que as pessoas comprassem jornais. Comprei blocos maiores e melhores em lojas especializadas, além de um nanquim melhor, e não parei até não ter mais nada a dizer. Às vezes, em casa, olhava para os desenhos e achava tudo uma porcaria, e várias vezes pensei até em destruí-los, mas algo me impedia. Sei que parece ridículo, mas uma vez pensei ter ouvido sua voz em minha cabeça me mandando não fazer nada até que você os tivesse visto.

"Certo dia, um garoto panjabi, um sikh que costumava sair cedo para o trabalho e comprava o *Mirror* comigo todas as manhãs, me disse que poderia encontrar um emprego melhor para mim como cobrador de ônibus. Então, agradeci a meu chefe e pedi as contas. Após uma semana de treinamento, virei cobrador de ônibus. Foi então que realmente comecei a ver a cidade. Não tinha tempo para desenhar, mas o salário era melhor e passei a fazer parte de um sindicato forte. O garoto sikh era motorista;

nos tornamos bons amigos. Ele me disse para não ligar muito para insultos racistas a não ser que viessem de um passageiro. Nesse caso, ele pararia o ônibus e o expulsaríamos. Fizemos isso algumas vezes, mas não recebemos qualquer apoio dos outros passageiros. Olhavam pela janela, fingindo não perceber.

"Comecei a olhar pela janela também e a ignorar os insultos. Percebi que havia sempre uma longa fila em um certo lugar da Charing Cross Road e que algumas garotas muito bonitas e rapazes charmosos sempre desciam do ônibus ali. Um dia questionei um dos rapazes e ele me explicou que eram estudantes de arte fazendo fila para pintar nus artísticos todas as quintas-feiras, quando as filas eram mais longas. Perguntei se era de graça. Ele olhou para mim de maneira estranha a assentiu. Foi uma verdadeira descoberta. No Soho cobravam 10 xelins para ver mulheres nuas. Ali, na Charing Cross Road, era de graça.

"Eu ainda não havia tido férias, então tirei duas semanas. Na primeira quinta-feira comprei uma calça jeans e um suéter e entrei na fila. Ninguém me questionou. Fiquei atrás de uma bela garota com rabo de cavalo e me sentei numa carteira bem atrás dela. À minha frente se encontrava um cavalete e uma pequena bandeja cheia de pastéis. Quando a modelo nua entrou no ambiente, meu coração começou a bater tão rápido que achei que os outros podiam ouvir. A modelo foi até a frente da sala e ali ficou, fazendo diferentes poses. Finalmente, deitou-se com os braços abertos e os pelos reluzindo entre suas pernas. Foi daquele jeito que ela ficou, completamente nua naquela pose pela maior parte das duas horas, com pequenos intervalos para se esticar e tomar chá, o que me atiçou ainda mais. Eu era o único a parecer excitado diante daquela visão. Ela parecia muito natural, ao contrário das mulheres nuas que eu via no Soho. Os outros começaram a pintar. O professor me olhava a observar a modelo, então peguei os pastéis com pressa e comecei a rascunhar sem pensar. Depois de dez minutos, senti alguém bater em meu ombro. Era o professor.

"'Você tem um olho bom para cores.'

"Aquilo me surpreendeu, uma vez que a única cor que eu tinha usado até então fora o cinza. Mesmo assim sorri e lhe agradeci, adicionando apressadamente outras cores. Ainda tenho aquela obra em casa. Meu primeiro trabalho de verdade. O professor o elogiou. Os outros alunos também. E foi assim que me tornei artista. Esqueci de dizer que na primeira vez que vi os pelos da modelo pensei na barba de um mulá. E vi ainda o rosto do mulá, mas isso foi o que pintei em casa. Meu quarto minúsculo era agora também um estúdio. Continuei a trabalhar como cobrador por mais alguns anos, mas fazia hora extra nos fins de semana e tirava as quintas-feiras de folga, até que o professor me disse para ir para casa e pintar. Não precisava mais de mestres. Uma das garotas da minha turma havia se tornado crítica. Tivemos um relacionamento breve; algumas das mulheres nos quadros sobre os mulás foram inspiradas nela. Uma outra amiga dela é a grande editora da revista que ligou para você. O que vai escrever? O que quer que seja, por favor, não exagere. Nada de bordar muito o tecido. Mantenha-se puro e simples; é geralmente mais eficiente quando há algo a dizer. Se precisarem de publicidade, contratarão alguém."

— Não sei fazer isso, Platão. Vou apenas escrever o que sinto. Espero que funcione para você dessa maneira. Mas há bons críticos aqui e espero que um deles aprecie seu trabalho.

Ele deu de ombros.

— Acredite, Dara: não me importo. Existem cinco pessoas a cujo julgamento dou valor. Se gostarem do que faço, para mim é o suficiente.

— Você precisa se manter, Platão.

— Esta é uma frase repugnante. Se fosse em nossa mesa em Lahore, eu pediria que você se afastasse por alguns dias. Por favor, retire-a imediatamente.

Assim o fiz, mas estava preocupado com ele. Na época, tinha um emprego como segurança num armazém, o que significava usar uniforme e trabalhar à noite, mas aquilo o divertia. Quando perguntei por que mudara de nome, sorriu.

— As garotas me disseram que Platão soava ridículo e pretensioso no mundo ocidental.

Discordei. Por que não Aflatun, então? Mas ele estava decidido, e foi como Shah Pervaiz Shah que escrevi sobre ele e o apresentei a uma documentarista. Ela queria levá-lo de volta a Lahore e Ludhiana, onde tinha feito a viagem de ônibus tão marcada em sua psique, mas Platão não estava disposto a retornar a lugar algum. Recusou-se. Desconcertada por sua teimosia, ela acabou fazendo um documentário de vinte minutos baseado numa entrevista curta e em alguns quadros. Um famoso crítico de arte comentara os quadros no filme, que foi exibido num renomado curso de belas-artes. Platão pode ter feito a si mesmo as mais veementes juras possíveis para resistir aos encantos do mundo artístico, mas acho que até mesmo ele tinha ficado satisfeito com o impacto de sua primeira exposição. As gravuras a água-forte e os quadros dos mulás foram vendidos rapidamente, e Platão, pela primeira vez na vida, se viu diante de um saldo bancário saudável.

Com a ajuda de seus novos amigos e admiradores, encontrou um apartamento próximo à rotatória de Hogarth, no caminho movimentado para o aeroporto em West London. Agora sentia-se oprimido por tanto espaço. Era grandioso demais para ele. Andava para cima e para baixo o tempo todo, vendo o tráfego fluir, mas não conseguia trabalhar. Voltou ao norte de Londres e comprou em Kilburn um apartamento térreo de três cômodos, um dos quais era enorme e tinha janelas francesas que davam para um jardim com um muro caindo aos pedaços e algumas macieiras. Tudo aquilo se tornou precioso para Platão. Sempre que eu o encontrava, parecia contente, mas longe de alimentar qualquer ilusão quanto a se tornar bem-sucedido no sentido tradicional, além de ainda se mostrar inclinado a crises de uma melancolia tão profunda que chegava a me assustar. Ele realmente tinha sido feliz em Lahore. O passado fora reprimido naqueles primeiros anos. Nunca falou sobre o assunto, mas aquilo havia retornado para assombrá-lo na meia-idade. Ou teria acontecido algo lá atrás também, alguma coisa que me tivesse escapado completamente? Vivia cercado de mulheres naquela época, e também isso era certamente um passo adiante. Em Lahore estava sempre sozinho e rebatia todas as questões levantadas sobre sua sexualidade, incomum numa cidade onde as diferentes partes da anatomia de uma pessoa eram exibidas com orgulho.

Fez outras três exposições nos anos seguintes. Visitei-as e comprei alguns de seus quadros. Seu estilo havia mudado. O mulá com a genitália exposta e uma mulher nua em cada braço tinha dado lugar a paisagens imaginárias com bestas surreais e sereias. Sempre sereias. Eu não gostava nem um pouco delas. O que estava se passando em sua mente? Talvez nunca viesse a descobrir se não tivesse recebido uma ligação de Alice Stepford, uma pintora e crítica de arte feminista que detestava ser chamada de pintora feminista. Não existe tal coisa, dizia. Conheci-a quando estava com Platão e supus que estivessem juntos, ainda que sem dividir o mesmo teto. Nunca o questionei em relação a ela. Era óbvio que a adorava. Tudo o que dizia sobre seu trabalho era de alta importância para ele e mesmo quando o fulminava, sua tendência era concordar com ela e abandonar o que estava fazendo. Certa vez o aconselhei, gentilmente, a não se tornar muito dependente dos caprichos dela. O fato de ela não gostar de alguns de seus quadros não era motivo para destruir nenhum deles.

Em troca desse conselho indesejado e inoportuno, ele me presenteou com um de seus velhos cadernos contendo uma narrativa sexual levemente entediante passada no antigo Egito que ele mesmo tinha escrito e ilustrado com pinturas de homens antigos, com múltiplos pênis, envolvidos em atividades de toda sorte. Aquilo me fez rir, mas Alice Stepford odiou, e, para ser sincero, eu a entendo. Ele não conseguiu convencer a si mesmo a destruir o caderno, que hoje se encontra em minha posse exatamente por esse motivo. Ao descobrir que eu me sentira levemente mistificado pelo presente, disse:

— Olhe bem para a pintura do padre com três pênis. Examine-a com atenção.

Assim o fiz, e percebi que os três órgãos eram representações em diferentes tamanhos do presidente egípcio, Hosni Mubarak. De certa forma, aquilo os tornava repugnantes. Esforcei-me para esboçar um sorriso.

Alice Stepford havia telefonado para me convidar para almoçar em seu estúdio, dizendo "Hoje, por favor, se possível". Era possível. Dirigi até o endereço em SW3, pressupondo que Platão fosse estar presente. Seu estúdio em Chelsea foi uma revelação, um pouco elegante demais para um retiro boêmio. O almoço foi servido pouco depois de minha chegada e Alice não perdeu tempo para dividir comigo sua preocupação. Nossa conversa acabou se tornando bastante séria e fiquei tocado com sua intensidade. Não que aquilo me impedisse de tentar imaginar como seriam seus seios debaixo do suéter, e isso ainda antes que abrisse uma garrafa de Château Lafite e a decantasse com um sorriso apologético.

— Minha única fraqueza além da pintura. Foi roubada da adega de papai no último fim de semana.

Papai era lorde Stepford, cujos antepassados haviam lutado do lado errado durante a Guerra Civil. Ele tinha três belas filhas, duas das quais se casaram dentro de seu meio social. A boêmia da família, Alice, quando informou aos pais que seu namorado era um cobrador de ônibus indiano que tentava a vida como pintor, recebeu uma terrível missiva de Stepford, um conservador no que dizia respeito a casamentos inter-raciais. A carta deixava claro que, embora não se importasse com quem ela saía, ele a proibia solenemente de macular o nome da família casando-se com um hotentote, um esquimó, um negro, um chinês, um japa ou um italiano, isso para não dizer um indiano prepotente ou, pior ainda, um paquistanês. Platão leu a carta e riu. Ele não pensava em casamento. Sugeriu a ela que dissesse a seu papai que estava a salvo, mas Alice ficara lívida. Ela escreveu uma carta de resposta, perguntando ao pai se ele sabia que ela havia sido convidada para exibir sua obra em Sydney e Wellington. E, caso soubesse, por que então os maoris e os aborígines tinham sido excluídos de seu abrangente veto? Ele escreveu de volta imediatamente. Quando elaborara a lista, presumira que até mesmo ela tivesse excluído canibais do rol de potenciais maridos. Sua mãe tentou melhorar as coisas sugerindo que Alice levasse "seu indiano" à casa deles um fim de semana. Alice recusou deselegantemente a oferta.

Eu sabia de tudo aquilo, mas por que estávamos almoçando juntos? Ela descreveu seus sentimentos de afeto por Platão, o que não foi surpresa alguma, mas havia claramente um problema.

— Posso confiar em sua discrição eterna, Dara? Por favor não lhe diga nada sobre isso, mas achei que talvez você pudesse ajudar.

Até então, ninguém em toda a minha vida havia me perguntado, ainda mais com olhos tão tenros e lábios tão suplicantes, se poderia contar com minha discrição. Fiquei tão comovido com sua confiança que jurei sigilo absoluto e disse que ajudaria quando e como fosse possível. Além do quê, o vinho era delicioso. As horas passavam sem que eu notasse.

O que ela me contou foi que vinha saindo com Platão fazia mais de dois anos. Tinham pintado um ao outro nus. Tinham feito jogos de sedução, mas nada muito sério, e, dizia ela agora, ele sempre havia mantido seu pênis longe do alcance dela e ela só o via flácido. Isso me deixou bastante surpreso.

— E lá estava eu, feliz por pensar que tudo tinha saído bem para vocês dois. Trabalho, amor e sexo no mesmo ambiente. Pura alegria.

— Não. Definitivamente não.

Nem uma vez Platão tinha desejado ou tentado fazer amor com ela. Todas as tentativas de Alice foram rejeitadas. Aquilo a preocupava. E a mim também.

— O que se passa com ele, Dara? Será que sou assim tão pouco atraente? Não é nenhuma inibição religiosa, é? Ele é gay? Se é, peço ao maldito Deus que ele me conte, pois assim podemos todos relaxar.

Eu estava louco para relaxar, mas a notícia me baqueou. O que havia de errado com Platão? Será que tinha outra?

— Não acha que ele possa ter virado religioso?

— Não pode ser por causa de religião, Ally. Isso seria bom para você. O islã é bastante sensual. Homens que decepcionam suas mulheres ficando castos são considerados piores que hereges e infiéis como eu. Não, definitivamente não é por causa da religião. Se ele é gay? Seria impossível manter isso em segredo em Lahore. Teríamos descoberto. Deixe-me fazer algumas investigações ultradiscretas e depois volto a falar com você.

— Você faria isso, Dara? Eu lhe seria muito grata. Isso é terrível para a autoestima de qualquer mulher.

Terminamos a garrafa e, enquanto ela preparava café, examinei seus livros e pinturas, dando uma espiadela no quarto, onde Platão vinha envergonhando bastante a classe.

— Quer um pouco de conhaque com o café?

— Gosto bastante de seus quadros. Surpreenderam-me. Pensei que seriam...

— Mais didáticos.

— Algo assim.

— Fico feliz que tenha gostado. Sempre achei que a compensação financeira às vezes necessita de arte de má qualidade. Nunca achei isso tentador, tampouco seu amigo. Afinidades.

— É verdade. Mas sempre vale lembrar que bons sentimentos também não produzem automaticamente bons trabalhos.

— Acha que a melancolia pode ser contagiosa? É possível que, diante de um amigo que se sente deprimido, você também se sinta de tal maneira, mesmo à distância?

— Só se a amizade for tão profunda que uma parte dela seja reprimida.

Ela concordou veementemente. Olhamo-nos, e ficou claro para ambos qual seria o passo seguinte. Tampouco decepcionamos um ao outro. Enquanto aquela agradável tarde se aproximava de seu fim e eu me vestia novamente, perguntei a ela se ainda queria que levasse adiante minha investigação não oficial para desvendar o segredo de Platão.

— Sim, por favor. Quero dizer, eu preciso saber do que se trata, não acha?

Eu esperava que ela tivesse deixado aquilo de lado, mas egos feridos precisam ser massageados. Prometi levar-lhe um relatório em pouco tempo. Ela disse que precisava desesperadamente que eu a aconselhasse sobre como deveria agir em relação a Platão. Sugeri que, diante do fracasso em estabelecer contato físico, uma amizade íntima poderia se mostrar mais apropriada. Ela consentiu avidamente.

— E podemos almoçar juntos muitas outras vezes, Dara?

— Esse é um pedido ainda mais simples, e bastante fácil de ser atendido.

Mas esta é a história de Platão, não a minha, e devo resistir à tentação de descrever o ano idílico que passei com Ally Stepford. Pensava que Platão fosse mais propenso a compartilhar confidências em nossa língua-mãe, então telefonei para ele algumas semanas depois e nos encontramos, como sempre, na Drummond Street. Foi ele quem começou a inquisição:

— Está comendo a Ally?

Essa pergunta direta soa tão bruta em panjabi que até mesmo meus ouvidos bem acostumados reagiram mal. Repreendi-o sem responder a sua pergunta. Ele a reformulou:

— Os olhos dela o enfeitiçaram? Foi tesão à primeira vista? Ou será que foram suas pinturas ou seu apartamento? Me responda, caro amigo. O que realmente o atraiu?

Decidi responder no afirmativo. Era inútil mentir, mas retorci minha resposta de modo a colocá-lo na defensiva:

— Sim, estou saindo com ela, mas não por qualquer um desses motivos idiotas que você citou. E não há conflito de interesses, Platão. Ela me disse que vocês dois não eram amantes, nem mesmo em nível espiritual. Não soube se deveria acreditar ou não. Ela mentiu apenas para me confortar ou é mesmo verdade?

Seguiu-se um silêncio longo e constrangedor. Um olhar de remorso substituía a raiva em seu rosto.

— O que está acontecendo, Platão? Há outra pessoa?

— O que ela disse é verdade. Nunca disse isso a ninguém antes, mas acho que você deve saber.

Pensei que ele enfim sairia do armário e suspirei, aliviado.

— Sou impotente, Dara. Sempre fui. Meu *alif* não dá sinal de vida. Não sente o *meem*. Nunca fica ereto. Diferentemente do sol, nunca se levanta. Compreende?

Como não poderia? Mas ainda assim fiquei perplexo, já que aquilo contradizia muitas histórias antigas. Lembrei-me de alguns relatos ingênuos que ouvíramos em Lahore. Haveria certa duplicidade em todos eles? Ou teria sua imaginação o encurralado de tal maneira que depois encontrara dificuldade para voltar atrás?

— Mas Platão, você descreveu suas visitas aos bares de strip-tease e como fazia aquilo principalmente para atiçar sua memória enquanto se masturbava.

— Sim, falei isso e é verdade, exceto que nunca consegui bater uma. Nunca tive uma ereção.

— Por que não contou a Ally?

— Fiquei com vergonha. Achei que isso perturbaria a tranquilidade dela.

— Não contar a perturbou muito mais. Tenho sua permissão para contar a ela?

Ele ficou pensativo.

— Tudo bem, mas por favor se atenha aos fatos. Não acrescente nenhum tempero à história.

— Pode deixar. Ela vai se sentir mais confiante e se mostrará compreensiva. É uma boa pessoa. Você já pensou em ir a um analista?

— Charlatões gananciosos, todos eles, com suas mentes sujas e limitadas.

— Platão, seja sensato. Está parecendo um panjabi rústico. Nem todos são assim. Deixe-me encontrar um bom profissional para você. Se funcionar, sua vida pode mudar. Caso contrário, não vai ficar pior do que está agora. A impotência pode ser psicológica, e, se for esse o caso, pode ser curada. E talvez, ainda, esteja ligada aos horrores da Partição. Você estava com 15 anos na época. As lembranças ficaram. Viu mulheres sendo estupradas e assassinadas. Consulte um bom analista, você deve isso a si próprio. Diga-me uma coisa. Você chegou a ter alguma experiência antes da Partição?

Ele se animou.

— Havia uma garota no povoado. Ela era tão bonita... Eu a desejava. Nos meses de verão, costumava segui-la até o riacho onde se banhava e a espiava, mas ela nunca se despiu completamente. Tirava apenas a parte de cima para ensaboar apressadamente as axilas e limpar o pescoço e os seios. E é verdade que na época senti algo se erguer ali embaixo e depois tive sonhos molhados, e acabei apanhando de minha mãe, pois passou a ter que lavar os lençóis com mais frequência.

— Aconteceu algo ou foi apenas um romance à distância?

— Uma noite fui até ela e perguntei se podia colocar a mão em seu seio e beijá-la na boca.

— E?

— Ela me deu um tapa no rosto.

Prendi o riso.

— Duvido que isso tenha sido de fato um trauma, Platão. Nunca lhe passou pela cabeça simplesmente fazer o que queria, sem pedir permissão? Assim o tapa teria valido seu peso em prata. Mas isso é bastante promissor. Deixe-me encontrar um bom profissional. Vamos achar uma solução.

Ele concordou. Algumas semanas depois, contatei uma respeitada analista em seu nome. Ela conhecia os quadros dele e se mostrou bastante entusiasmada em vê-lo depois que expliquei o problema. Mas Platão desapareceu. Seu telefone foi desconectado. O apartamento estava sendo alugado por uma imobiliária e não havia qualquer endereço de contato. Disseram-me que o aluguel era depositado em sua conta bancária em Londres.

Achei estranho e um pouco perturbador que tivesse decidido fugir sem nem ao menos se despedir. Talvez se ressentisse pelo fato de ter sido forçado a revelar sua disfunção para mim. Em ocasiões anteriores, quando se sentia incapaz de discutir determinados assuntos, balbuciava que no fundo era apenas um provinciano rústico e deixava o ambiente. Mas se mostrava sempre cheio de paixão, e fugir era algo que não fazia parte de sua personalidade.

Ally e eu conversávamos sobre ele frequentemente. Ela ficou bastante chateada quando lhe contei sobre o mal que o afligia. Pouco depois, parou de pintar. Certo dia, telefonou-me para dizer que havia percebido que sua verdadeira vocação era estudar música. Já o tinha feito durante a adolescência e tocava piano razoavelmente bem, mas a vida tinha interferido e ela mudou de disciplina e foi estudar na Slade. Assim, a música, que sempre fizera parte dela, voltou a ocupar lugar de destaque em sua vida, e ela se voltou para seu primeiro amor. Não podia me ver porque estava cuidando dos últimos preparativos antes de partir para Nova York e, além disso, odiava despedidas. Anos depois, foi reconhecida como uma respeitável crítica de música e artes e certo dia recebi um convite para seu casamento, junto a um bilhete misterioso:

“Embora meus pais tenham desejado um casamento branco, eles não virão à cerimônia. Espero que você venha. Poderia me acompanhar até o altar? Isso me daria enorme prazer e seria perversamente engraçado.”

Entendi a piada quando cheguei à igreja, no Upper West Side. O noivo era um violinista afro-americano. Certamente fazia parte da lista de vetos de lorde Stepford, e por isso a acompanhei até o altar, para a perplexidade de muitos presentes, embora não de suas irmãs, que acharam tudo altamente divertido. O pobre lorde Stepford ficou doente pouco depois que o evento foi amplamente retratado pelos tabloides britânicos. O marido de Ally se comportou de forma extraordinária quando o sogro faleceu, no ano seguinte. Compareceu ao funeral e tocou ao violino um solo de Beethoven durante o velório, realizado posteriormente na Stepfordshire House. De maneira nada surpreendente, fez grande sucesso junto ao clã Stepford e seus amigos. Depois o casal voltou a Nova York e perdemos contato.

Já quanto a Platão, fiquei sabendo depois de um ano que tinha ressurgido em Karachi. Recusava-se a viver em Punjab. Muitas lembranças tinham ficado enterradas naquele mundo. Desde que se tornara conhecido na Inglaterra, suas obras foram exibidas nas melhores galerias da Pátria — todas as seis. Voltou a pintar mulás e acrescentou alguns políticos locais para melhorar a textura da sátira. Estes trabalhos nunca foram exibidos, mas permaneceram em sua coleção particular, fazendo brotar rumores que tomaram todo o pequeno mundo da elite nativa. As begumes da alta sociedade convidavam a ele e a seus quadros para suas casas, geralmente quando seus maridos estavam no trabalho. Tornou-se o equivalente de um alto comerciante de xales de caxemira, com seus *shatoosh* ilegais em alta demanda. Platão cobrava um preço surpreendentemente alto por aquelas pinturas. Suponho que tivesse suas justificativas para assim fazê-lo, uma vez que uma série daqueles quadros poderia ter lhe custado a vida. Os personagens barbudos de suas caricaturas clandestinas tinham estabelecido uma base forte em Karachi, e livrar-se de Platão teria sido apenas algo normal, parte de suas atividades diárias. Platão então subornou os gângsteres seculares que comandavam a cidade e estes encontraram para ele uma grande casa nos subúrbios de Karachi, onde envelheceu confortavelmente e passou a receber visitas regulares de aspirantes a pintor. Naturalmente, os gângsteres queriam uma parcela de todo quadro que vendia, mas todos fazem isso a outro alguém em toda a Pátria. Essas foram as últimas notícias que recebi de Platão antes de seu telefonema inesperado a Zahid.

# Dez

O telefonema foi inesperado. Uma voz que eu não ouvia fazia quase 15 anos. O sotaque agora era transatlântico, mas tratava-se definitivamente de Alice Stepford. O que ela queria, por que eu, e por que agora?

— Saudações, Dara.

— Onde você está?

— Em Londres. Mudamos para cá depois da Guerra do Iraque, Deus sabe lá por quê. Foi um erro. A Inglaterra está morta. A política está morta, a cultura está morta, a subserviência virou norma e até mesmo o velho *Guardian* parece cada vez mais um artefato de marketing. A BBC se esforça para não ser como a Fox TV, mas de certa forma se sai pior com seu conformismo nervoso. Essa falsa objetividade é o que acaba com tudo. Bem, você deve ter visto que Ell tocou na posse de Obama. Hora de voltar.

Eu não tinha assistido à transmissão ao vivo da cerimônia de posse; perdi Eliot Lincoln Little Jr. tocando violino. Ela não ficou satisfeita:

— Isso é ridículo. Onde você estava? Em algum canto remoto da Bacia Amazônica? Pensei que a televisão tivesse chegado a todos os lugares. Um novo imperador romano é escolhido e ungido, o mundo inteiro está assistindo, exceto você. Não viu mesmo a transmissão ao vivo? É impressionante. Ell se saiu tão bem. O violino dele chorou de alegria. Não é clichê, não é clichê... Bem, mas eu não liguei para discutir. Está livre para jantar amanhã? Ainda solteiro ou gostaria de trazer alguém? Tem uma senhora vinda da sua parte do mundo que está bastante animada para conhecê-lo. Uma amiga do velho Platão.

— A última paixão flamejante dele, espero. Preciso falar com ela.

— Escolha cruel de palavras, meu caro. Nada pode arder sem fogo, e, como sabemos...

— Ally, como você é maldosa. Pode não ser algo físico, mas parece se tratar de um romance intenso, segundo nosso velho amigo. O resultado disso é que estou sofrendo e tenho que conhecê-la. Também será bom ver vocês dois de novo.

— Ell viajou na semana passada. E Jezebel, nossa filha adolescente, voltou para o Brooklyn alguns anos atrás. Ela agora é guitarrista de uma banda neopunk maluca do Brooklyn. Tem só 18 anos. Você vai adorar o nome do grupo. Dezessete de Brumário, o equivalente revolucionário francês a 7 de novembro. Todos os integrantes tinham acabado de completar 17 anos quando a banda foi formada; estavam folheando alguns dos meus livros e encontraram a referência ao 18 de Brumário, e foram ainda mais fundo. Legal, pensaram todos eles. Maneiro. Fechei a casa. Venha ao meu estúdio. Às 8h? Prometo que o jantar será servido pontualmente. Seremos só nós três.

Sua energia artística agora estava focada no trabalho de seu marido e de sua filha. Ao dirigir rumo a Chelsea naquele dia, fiz uma anotação mental para me lembrar de lhe perguntar se tinha voltado a pintar. Ao contrário de sua proprietária, o estúdio havia mudado pouco. Ally estava vestida elegantemente, como sempre, mas era perceptível que o cabelo fora tingido, o que certamente afetava o resultado final, além de ela estar mais gorda. Se bem que todos nós estávamos. Todas as continuidades, porém, superavam as mudanças. A risada de Ally, vinda da garganta, atiçava velhas lembranças, assim como o vinho.

— George ficou com os imóveis; meu outro irmão ficou com dinheiro e mobília. Eu herdei a adega. Estava no testamento. Naturalmente, divido tudo com meus irmãos, exceto os vinhos pré-1986. Ell não bebe.

— Ele é muçulmano?

— Mas querido, você sabe muito bem que ele é... Tenho certeza de que lhe contei.

— Ally, eu a conduzi até o altar na igreja.

— É verdade. É verdade. É claro, foi alguns anos depois que Ell mudou de fé e fez o Hajj. Não liguei muito para ele achar que o islã lhe era mais conveniente que o presbiterianismo. Eu só disse que, caso olhasse de maneira luxuriosa para outra mulher, não contrataria um mercenário da Blackwater para castrá-lo: eu mesma o faria o serviço. Fora isso, a decisão não me incomodava nem um pouco. A maioria dos americanos adora religião, e faz parte do pacote quando você se casa com um deles. O que me chateou foi o fato de ele ter escolhido um nome tão inacreditavelmente pomposo. Foi só quando seu agente lhe disse, com firmeza, que sua fama como violinista fora construída em cima da antiga identidade e que apresentações de al-Hajj Sheikh Mohamed Aroma talvez não despertassem tanto interesse nas bilheterias, que ele decidiu seguir em frente com um nome "falso". Ele é muito frágil e em diversos aspectos, ou então teria descartado o nome antigo como se fosse uma cueca borrada. Depois do terrível 11 de Setembro, entrou ainda mais em pânico e simplesmente parou de usar seu nome muçulmano. Sempre achei isso totalmente patético e beirando a islamofobia. Era como se Muhammad Ali voltasse a ser Cassius Clay. Pelo menos permaneceu muçulmano. Não gosto de nenhuma religião, Dara. Espero que não esteja pensando numa conversão tardia.

— Não seja boba. E por falar em islamofobia, por que Ell precisaria mudar de religião para ser infiel?

— Vou preparar o molho para a salada.

Ela não conseguia explicar o raciocínio por trás da conversão de Eliot. Era algo surpreendente, já que não fora o resultado de um longo período na prisão, onde o Honrado Clássico teve um impacto místico em muitos afro-americanos, especialmente em suas dietas. Fiz uma anotação mental para investigar mais a fundo, mas todos os pensamentos sombrios se esvaíram diante da chegada da outra convidada de Ally.

A aparência de Zaynab Shah me deixou surpreso. Seus olhos castanhos profundos não mostravam abatimento, e sim certa provocação. Seu nariz aquilino lhe emprestava uma expressão altiva, mas, no minuto em que sorria, seu rosto inteiro relaxava. Falava com uma voz animada e grave, sua mente era perspicaz e instintivamente achei que ela desprezava a máscara da hipocrisia. Muitas mulheres de sua classe social apresentam uma duplicidade, preço que pagam por viver e trabalhar na Pátria.

Qualquer que fosse a natureza de seu relacionamento com ela, Platão encontrara uma mina de ouro. Quanto a isso não restava dúvida. Eu fizera meu dever de casa e me dei conta de que conhecia um de seus irmãos, o único decente, como depois ela viria a me dizer. O outro havia preparado a armadilha abominável que arruinara sua vida.

Eu não esperava aquela combinação de inteligência e beleza. Zaynab estava vestida com um *cholo* sindi colorido e um *suthan*, ou seja, uma calça de algodão bem solta, de cor castanho-avermelhada. Ao sentar, cruzou as pernas, e as cores sindis combinaram com o decrépito sofá de veludo verde-oliva desbotado de Ally. Não havia nela o menor traço de formalidade, do tipo que é comumente adotado por beguns de nossa sociedade quando conhecem um estranho. Zaynab era informal e seus olhos alegres e dardejantes implicavam uma visão relaxada da vida. Lembro que lá fora o céu estava escuro.

Um escritor sem quaisquer outros interesses ou preocupações teria produzido uma obra-prima baseada exclusivamente na tragédia que recaiu sobre essa mulher impressionante. Minha versão, infelizmente, pode apenas oferecer um relato prosaico de acordo com as instruções rígidas que recebi do progenitor deste livro e, no atual momento, amigo íntimo da dama. A última coisa que tenho vontade de fazer é questioná-la em relação a ele, mas promessas devem ser mantidas. Farei apenas um esboço básico, e aqui, também, num sinal de minha fraqueza, explicarei o lado histórico e as condições sociais que deram origem a alguém como ela, além de esclarecer por que caiu de amores por meu amigo, Platão. Mas teria ela de fato se apaixonado? O que se esconderia naquele corpo adorável ou por trás de todas as vezes que lançava a cabeça para trás? Será que havia uma alma angelical ou demoníaca? Ou seria uma mistura das duas que afetara Platão de maneira tão intensa? Ela ainda não tinha olhado para mim seriamente, concentrando sua atenção em Ally. A vaidade, um antigo tormento, surgiu de repente e começou a zombar de mim, ao mesmo tempo dizendo que passos em falso poderiam apenas me levar ao abismo. Tal aviso me irritava, pois não era nem um pouco imaturo ou desprovido de experiência, diferentemente de Platão.

Zaynab parecia mais jovem que seus 52 anos; dava a impressão de no máximo 40 e tantos. Era difícil precisar. Vinha de uma família extremamente abastada de proprietários de terra sindis. Aqueles homens eram os soberanos mais primitivos da Pátria, onde a competição nos campos permanece acirrada. Para aumentar o suplício de seus servos, pois os camponeses não eram nada além daquilo, alguns dos proprietários eram santos hereditários ou *pirs*, o que significava não apenas que cada palavra sua era lei, mas também que vinha diretamente do relacionamento especial que desfrutava com Deus. Desafiar tal status os faria lutar como demônios possessos. Quando os britânicos importunaram um primo distante do avô de Zaynab, ele respondera com uma rebelião que durara um ano inteiro e assim forçara o império a deslocar tropas para o interior de Sind. E isso em 1942, quando os soldados britânicos haviam acabado de sofrer uma derrota esmagadora em Cingapura.

Incapazes de resistir aos japoneses, voltaram ferozmente suas forças contra os camponeses hurs, aniquilando-os. Um oficial de distrito inglês envolvido no conflito escreveu um romance, *O terrorista*, baseado nos interrogatórios que conduziu com prisioneiros sindis, alguns deles informantes. Os rebeldes eram retratados como homens irracionais porém corajosos, que seguiram cegamente o *pir*, seu líder religioso. Aquela era, obviamente, uma visão incompleta, uma vez que o oficial colonial encontrava dificuldade em admitir que existia ódio genuíno em relação à força de ocupação e que isto simplesmente fora utilizado pelo *pir*; nesse caso, o tio-avô de Zaynab, que foi enforcado sem alarde, diante da presença de algumas poucas pessoas, provavelmente incluindo o escritor. Diferentemente dos franceses e italianos, os britânicos raramente chamavam atenção para si na Índia: enforcavam seus inimigos sem qualquer tipo de fanfarra, temendo que aquilo inspirasse o surgimento de novos mártires.

Tal evento marcou toda a família. O tio paterno mais velho de Zaynab, novo líder da comunidade, tanto no âmbito espiritual quanto mundano, decidiu se adaptar aos novos tempos e se tornou ultraleal aos britânicos. Nunca parou para pensar nos inúmeros líderes nacionalistas que lutavam pela independência da Índia. Todos os sindis primitivos, como eram chamados por ativistas camponeses que escaparam para a cidade — se sentiam ameaçados pela partida dos britânicos. A única questão que os preocupava era saber se seu mundo fechado de propriedades e servidão sobreviveria. A história registrou que tais instituições sobreviveram bem, assim como privilégios sagrados como o *droit du seigneur*, que não era exatamente o mesmo que os Direitos do Homem, por mais que Ally, em sua época de feminista militante, contestasse duramente tal afirmação.

Zaynab nasceu numa das muitas grandes casas construídas entre as dúzias de povoados e os milhares de hectares que compunham a propriedade de sua família. O local não ficava longe da pequena cidade de Jamsadiq e estava a quatro horas da cidade satânica de Karachi, de modo que todos os confortos modernos lhes eram disponíveis. Alguns dos primitivos exibiam uma personalidade ultracosmopolita quando apareciam no Sind Club.

Quando tinha 8 ou 9 anos, a beleza extraordinária de Zaynab começou a fazer com que se destacasse e recebesse atenção especial. Seu pai, que a adorava, morreu quando ela estava com 12 anos. Seu irmão mais velho, que herdou a parte de seu pai na propriedade, era um homem rústico, severo e obstinado. Ele percebeu o modo como todos que tinham contato com sua irmã mais nova passavam a idolatrá-la. Ela era desprovida de malícia de uma maneira singular. Suas tutoras particulares, todas mulheres, a tinham educado bem. Além de sindi e urdu, ela aprendera a ler árabe e persa e a falar inglês e francês. Possuía uma graça natural, evidente mesmo à primeira vista. Relatos sobre sua beleza se espalharam por toda a província. Os habitantes debateram muitas vezes a questão e muitos jovens estavam determinados a ganhar sua mão. Qual rapaz sua família abençoaria? Apostas foram feitas e, sem que Zaynab soubesse, uma rivalidade feroz já havia surgido. Chegaram propostas de rapazes com ainda mais terras que a família de Zaynab. Todos queriam compromisso imediato, de modo que, logo que ela completasse 17 anos, pudessem fingir que já tinha 18 e consumar as núpcias.

A mãe de Zaynab morreu após o parto e a segunda esposa de seu pai era uma mulher da sociedade, fria e calculista, vinda de Karachi, nem um pouco interessada em Zaynab ou em seus irmãos mais velhos. Na verdade, raramente era vista na propriedade. Seu principal interesse era acumular joias e dinheiro suficientes para se mandar rumo a alguma cidade europeia depois que o velhote morresse. Tal objetivo foi alcançado com sucesso, ainda que não de maneira graciosa, e as últimas notícias sobre ela que chegaram diziam que estava morando em Knightsbridge, próximo a uma mercearia egípcia.

Sámir Shah, o irmão mais velho, era um rapaz mesquinho e fanático, tomado por inveja de sua irmã. Sabia que, se Zaynab fosse homem, ocuparia seu lugar completamente. Ela ainda tinha apenas 12 anos, mas as histórias de seus pequenos gestos de bondade em relação às famílias de servos que trabalhavam na casa já tinham se espalhado por todos os povoados e havia muitas lamentações por ela ter nascido mulher.

Sámir Shar convocou uma conferência entre os homens mais velhos para decidir o destino de sua irmã. Todos concordaram em que o único noivo digno dela era o Corão. Seu irmão preferido, Sikandar, lutou valentemente por seus interesses, mas ele tinha apenas 16 anos à época. O pobre garoto foi brutalmente zombado por sua imaturidade e ainda mais por sua negligência em relação à propriedade. Ele foi embora da reunião aos prantos.

Isso era tudo que eu sabia sobre o passado de Zaynab antes de sua chegada.

Trocamos gentilezas enquanto Ally colocava a mesa e nos oferecia vinho. Zaynab não recusou. Ela perguntou como andava meu livro sobre Platão. Balbuciei uma resposta vaga.

— Diga-me sinceramente — pediu —: há muito sobre o que escrever? Não seria mais simples você redigir apenas um ensaio para acompanhar os quadros dele?

— Platão me pediu para escrever sobre tudo, e muitas partes não seriam adequadas para uma introdução às suas pinturas.

— Não vejo por quê. São pinturas bem explícitas.

— De certa maneira; mas ainda assim exigem um grande esforço de interpretação. Espere até colocar os olhos na coleção que nossa anfitriã queria ver destruída por julgar se tratar de uma completa "fantasia masculina totalmente sexista". Em vez de fazer o que ela desejava, ele me deu a coleção. Como achei que gostaria de conhecer seus primeiros trabalhos, eu os trouxe comigo. Ally estava sendo injusta. Acho apenas que ele tinha visto muitas obras eróticas japonesas, nas quais eles desenham essas coisas em grandes dimensões. Aquela era a versão de Platão, não desprovida de certo charme. Ainda que Ally discorde.

— Dara — disse Ally —, queria lhe pedir algo. Você se importaria em não me chamar mais de Ally? Todos me conhecem como Alice.

— Mas por quê?

— Porque Eliot odeia "Ally".

— Por quê? A pronúncia aqui soa como Ali; dada a fé dele, isso deveria fazê-lo se sentir mais próximo de você. É patético que Platão a chame de Alice. E você, Sra. Stepford, concordando em permitir que um homem decida como deve ser chamada? Que vergonha.

Zaynab, visivelmente entediada com a discussão sobre apelidos, conseguiu mudar o rumo da conversa:

— Adoro o modo natural como você o chama de Platão. Para mim ele é Pervaiz, às vezes Payjee, mas talvez eu comece a tentar Platão. Soa bem o jeito como você diz o nome dele.

Alice anunciou o jantar no exato momento em que Zaynab folheava os pênis de Platão. Ela sorriu diante de algumas gravuras, mas não se fixou em nenhuma. Sabia que o livro permaneceria comigo. Ally espiava sobre seu ombro.

— Zay-Nab, não acha que eu tinha razão? Posso ter amolecido, mas continuo acreditando que essas pinturas não oferecem nada ao mundo nem a nenhuma pessoa.

— Para mim também não — disse Zaynab, num tom reflexivo. — Mas obviamente significavam algo para ele, ou não as teria feito. Acho que Dara, na condição de seu biógrafo, deve manter sua custódia, como dizemos em nosso país. Talvez uma delas pudesse ilustrar a capa de seu livro sobre Platão.

— Ou talvez não. Talvez possam substituir a bandeira da Pátria. Seria algo que representaria melhor as pessoas que comandam o país.

Zaynab riu.

— Farei a sugestão a meu irmão, que agora é ultraministro de alguma coisa.

— Corrupção?

— Hora do jantar, crianças.

Zaynab parecia tão autoconfiante e relaxada com o mundo que eu às vezes me perguntava se sua vida tinha sido aquela tragédia toda pintada por Platão e pelos outros. Eu sabia que Alice tocaria no assunto em pouco tempo, e ela não me decepcionou:

— Zay-Nab, estávamos, hã, pensando. Platão disse que tinha se apaixonado por uma mulher casada. Seu marido está vivo ou vocês se divorciaram?

— Na verdade, nenhum dos dois, Alice.

Alice, levemente intrigada, olhou para nós dois, um por vez.

— Desisto. Qual é o mistério?

— Fico surpresa que Platão não lhes tenha contado. Sou casada com nosso Livro Sagrado.

— O quê? É verdade? Está brincando? Você sabia, Dara?

— Sim. Essas coisas acontecem na Pátria.

Zaynab explicou sua condição a uma perplexa Alice, que julgava saber tudo no que dizia respeito a gêneros. Foi maravilhoso observar seu rosto registrar uma escala crescente de incredulidade à medida que a história de Zaynab prosseguia. O efeito era aprimorado pelo tom de voz perfeitamente calmo com que Zaynab a contava.

— Na minha região do país, os grandes proprietários ficam tão desesperados para preservar suas posses que qualquer coisa que ponha em risco o tamanho de suas terras tem que ser combatida. Como mulher, eu tinha direito a minha parte, que, pela lei islâmica, significava um quarto do que os homens herdavam. Não fosse pela *sharia*, não receberia coisa alguma. É algo para se pensar. Diante da ausência de leis que insistam numa partilha igualitária, esse pouco já é melhor que nada. Não concorda, Alice?

Será que Alice concordaria? Sim, concordaria. Resfoleguei, deliciado, mas fui logo silenciado por um gesto de Zaynab.

— Em nossa propriedade, mesmo um quarto da parte que cabia a um homem significava milhares de hectares, e, seguindo o curso natural dos eventos, toda essa terra deixaria as mãos de nossa família: se eu me casasse e tivesse filhos, minha parte do patrimônio seria dividida entre eles. Mesmo que eu esposasse um primo, meus irmãos perderiam minha parte. Havia apenas um remédio, um esquema elaborado muitas luas atrás: uma mulher cujo direito de herança ameaçasse o patrimônio de sua família poderia se casar com o Corão. Então, uma cerimônia foi realizada quando eu tinha 12 anos, na qual o *pir* local, um habitante local retardado e com o rosto cheio de furos, primo meu, declarou legal e sagrado meu casamento com o Corão.

Por um mês fiquei trancada com nosso Livro Sagrado e nada mais. A comida era deixada do lado de fora e as criadas não tinham permissão para falar comigo. Como desejei que minha mãe ainda estivesse viva.

"O propósito daquele confinamento era que eu me acostumasse com meu futuro. Um ano depois, quando comecei a menstruar, o livro passou a ser retirado durante o período em que eu não estava limpa. Pensavam que, diante desse tratamento, eu me adaptaria à nova realidade ou tiraria minha própria vida. Havia relatos de mulheres em posição semelhante à minha que haviam optado por este último caminho. E, para ser sincera, algumas vezes pensei que seria mais fácil morrer do que viver daquela maneira. Conversei sobre meus sentimentos com algumas amigas, que choravam diante da ideia. Mas uma mulher prometeu que, se eu realmente quisesse, conseguiria obter uma cápsula de cianureto de seu marido, um oficial de alguma agência de inteligência. Jurei que nunca engoliria o veneno sem antes falar com ela, mas precisava de duas cápsulas para casos de emergência. Ela conseguiu as duas. Queria ter certeza de que surtiriam efeito, então dei uma delas ao assustador cão de caça de meu irmão, um animal que lhe custara uma fortuna e era do tamanho de seus pôneis Shetland. Funcionou.

Alice ficou horrorizada.

— Ah, Zay-Nab. Diga que não é verdade. Você envenenou um cachorro galgo de pedigree. Por que não seu irmão?

— Era o Cão dos Shahskervilles, minha cara. Aterrorizava os camponeses. Houve muita satisfação quando a notícia da morte do animal se espalhou. Alguns servos chamavam o cão de Pir Sahib e de início as pessoas pensaram que fora o *pir* de cara furada a morrer, ideia que também lhes agradava, mas o destino da besta foi um alívio, uma vez que já tinha até matado uma criança. Não me diga que cães de caça são criaturas amáveis, Alice. Depende de seus donos. Sámir Shah encorajara o bicho a ser o que era. Querem ver a outra cápsula? Ainda a tenho neste pequeno recipiente de *naswar* que pertenceu a minha mãe.

Ela pegou sua bolsa e de lá tirou uma antiga e minúscula caixinha de rapé prateada. Dentro estava graciosamente disfarçado o assassino, uma cápsula do tamanho e formato de uma pérola. Ela nos contou que, ao saber da morte do cão, seu irmão ficou completamente perturbado, cancelou uma viagem política importante e voltou imediatamente para casa em seu helicóptero oficial. O melhor veterinário do país foi chamado e uma autópsia, realizada. O veneno não deixara traços. O médico, que contrabandeava heroína numa espécie de trabalho noturno, declarou com ar de total confiança que o cão de Shah sofrera um ataque cardíaco fatal. Sámir Shah berrou com ele.

— Nunca ouvi dizer que cachorros tivessem ataques cardíacos, seu charlatão.

— Temo que isso aconteça na Pátria, senhor, especialmente nesta região. Deve ser o calor. São animais acostumados a climas frios, entende? Pastores-alemães são imunes, mas não galgos. O cão do general Farooqi teve um ataque cardíaco há apenas três meses. Se soubesse que seu cachorro tinha coração fraco, poderia ter tentado uma ponte de safena dupla ou providenciado um transplante. Agora é tarde e realmente sinto muito, senhor. Para qual honrável pessoa devo enviar a conta?

Até mesmo Alice conseguiu sorrir enquanto Zaynab continuava sua história:

— O cachorro foi mumificado, e foi assim que vi Platão pela primeira vez, embora à distância. Meu irmão pediu que contratassem o melhor artista do país para pintar a besta. I. M. Malik se encontrava em alguma bienal na Europa, então seu amigo Platão foi incumbido da tarefa. Ele ouviu a história oficial e, sendo Platão, descobriu muito mais conversando com os camponeses. Como sabemos, ele não consegue jamais pintar um quadro realista. O que fez, entretanto, foi brilhante. Retratou uma besta estranha com asas de anjo e, infelizmente, partes pudendas exageradamente grandes, embora fosse a face que se destacava. À primeira vista, um observador pensaria se tratar de meu irmão. A expressão no rosto do animal reproduzia a carranca permanente que desfigurava a face de seu dono. Pensei que meu irmão ficaria furioso, mas não. "Esse pintor é maravilhoso", nos diria ele depois, "capturou a afinidade entre cão e dono de maneira espetacular." O quadro está pendurado no hall de entrada de sua casa.

"Quando pedi permissão para parabenizar o ator pessoalmente, para minha surpresa Sámir concordou. Que homem estranho, meu irmão. Ele era amoral, sem qualquer tipo de escrúpulos, pronto para pisar em tudo e em todos que estivessem em seu caminho, como eu sabia muito bem. Ainda assim, a morte do cão sem dúvida o afetara profundamente. Platão foi muito bem recompensado por seu trabalho e tive minha primeira conversa com ele. Durou exatamente 15 minutos, e depois o Pajero o levou de volta a Karachi. Obviamente, ele percebeu de imediato que eu tinha adivinhado suas verdadeiras intenções e não tentou dissimular. Disse que todos os proprietários de terra e políticos do país deveriam ser pintados como vira-latas. A provocação em seus olhos era atraente, assim como, suponho, o fato de ele ser o primeiro homem fora de minha família, excluindo nossos criados, com quem eu falava, já me aproximando rapidamente dos 40 anos. Aquilo causou um impacto, embora ele não parecesse, nem mesmo num primeiro momento, muito desenvolvido em termos sexuais. Uma mulher em minha posição está mais atenta a esses assuntos do que alguém como Alice, por exemplo. Senti que prazeres físicos não eram uma prioridade para Platão. Há pessoas que conheço, homens e mulheres, que não conseguem aceitar quaisquer sentimentos que eles próprios sejam incapazes de experimentar como algo autêntico. Platão era o oposto. Eu podia ler isso em seus olhos, o que foi confirmado nos meses que se seguiram.

"Estão se perguntando por que não escapei de minha prisão, mesmo tendo a chave da porta em meu bolso? Simples. Eu não tinha dinheiro algum em meu nome. Nem mesmo uma conta bancária. Nada. Não existia. E havia também outro fator. Se tivesse conhecido um homem e me casado, seria um casamento suicida. Os habitantes locais teriam se reunido e decretado que eu desonrara o Corão e os *pirs* não teriam problema algum em declarar minha sentença de morte. Foi só depois que Sámir e o irmão de idade mais próxima à dele, a quem odeio tanto que prefiro nem mencionar seu nome, morreram num acidente de avião e Sikandar voltou para casa para assumir nosso patrimônio que minha vida começou a melhorar.

"Sikandar e sua esposa me levavam a todos os lugares e pela primeira vez passei a sentir como era a vida cotidiana na cidade grande. Sikandar comprou minha parte das terras, me dando o dinheiro e muito mais, incluindo o enorme apartamento em Karachi. Tinha uma expressão infeliz quando me disse que, embora desejasse minha felicidade, seria melhor que não me casasse. Ele não era poderoso o suficiente para impedir que os *pirs* decretassem minha sentença de morte. Na época eu não tinha nenhum desejo nesse sentido, até que Platão entrou em minha vida, trazendo uma felicidade e um conforto intelectual que eu não acreditava existirem. Todos pensam que ele é meu cozinheiro e motorista. Vocês conhecem o rosto dele. Com um pequeno disfarce e certa mudança na linguagem corporal, é capaz de desempenhar qualquer papel. Ele me disse que o enganou, Dara, fingindo ser um zelador bengalês.

Ela lançou a cabeça para trás e riu. Alice parecia chocada. Nenhum de nós disse uma palavra.

— Diga-me, Zay-Nab, o casamento com o Corão é permitido pelo islã? Nunca ouvi falar disso antes.

— Claro que não. Os clérigos atacam essa prática todos os dias, denunciando os proprietários de terras, mas nada acontece. Colocar alguns homens-bomba para assombrar esses caras poderia surtir efeito. Em vez disso, porém, castigam os pobres.

— Um artifício primitivo para destruir os primitivos — falei. — A ideia tem lá seus méritos, mas é o poder econômico deles que precisa ser destruído. Não há sentido em assassinar indivíduos enquanto a instituição sobreviver.

— Que governo fará isso um dia na Pátria, Dara? Esse problema vem se arrastando há muito tempo.

— Isso é tão medieval — disse Alice. — Muito mesmo.

— Talvez seja medieval no mundo europeu, Ally, mas não é medieval no mundo islâmico. Não tivemos o feudalismo. O islã não pode ser culpado pelo tormento de Zaynab. Não foi você que disse uma vez em público que o patriarcalismo somado à propriedade resultava em assassinato?

— Poupe-me de minha juvenília, Dara. Por favor. Há questões mais importantes em jogo. Zaynab, posso lhe fazer uma pergunta pessoal? Podemos pedir a esse monstro que nos deixe a sós, se assim desejar.

— O monstro pode ficar. Pergunte o que quiser.

— Você é virgem?

Pela primeira vez naquela noite seu semblante fechou, e por um momento parecia que Alice tinha ultrapassado uma fronteira altamente protegida. Zaynab suspirou e então respondeu:

— Não me importo nem um pouco com a pergunta. Platão também a fez e ficou bastante chateado quando lhe disse a verdade. Foi a lembrança de sua tristeza que me veio à mente quando você repetiu a pergunta. Não, não sou virgem. Tecnicamente, se é que podemos colocar assim, eu mesma me deflorei com uma vela aos 17 anos. Aquele foi também o ano em que comecei a ler Balzac. Não que os dois eventos estejam relacionados de alguma maneira. É que, ao começar a reler sua obra muitos anos depois, as recordações da vela que queimei em meu altar sempre ressurgiam. As criadas trocaram os lençóis rapidamente. Eram minhas únicas confidentes e amigas. Eu contava tudo a elas, que nunca, jamais me traíram. Eram minhas únicas oportunidades de ter conversas de mulher, e eu as adorava imensamente. Não havia afetações, melodrama ou qualquer sentimento de que estivéssemos entrando em águas perigosas. Nada disso. Eram todas casadas e descreviam suas experiências em todos os pormenores. Duas delas tinham maridos que praticavam o ato como animais. Fizeram uma boa comparação, levando em consideração que sua educação sexual consistira em observar cães vira-latas, burros e cavalos copulando em diversas ocasiões. Já outra tinha um marido mais atencioso, que lhe dava bastante prazer, e ela não se inibia ao descrever as preliminares. As outras apenas riam e pediam que o compartilhasse com elas. O que na verdade acabei fazendo.

Até mesmo eu dei um pulo naquele instante.

— Você fez o quê?

— Quando lhe fiz essa proposta pela primeira vez, ela pensou que eu a estivesse provocando e riu. Insisti que estava falando sério e seu rosto ficou pálido como areia. De início pensei que pudesse ser ciúme de sua parte. Teria compreendido aquilo, ainda que na época eu mesma ainda não houvesse experimentado tal sentimento, apesar de ler bastante sobre o assunto em romances franceses. Se ela tivesse ficado enciumada, eu teria imediatamente retirado meu pedido. Quando lhe disse isso, ela se mostrou envergonhada. Não era nada disso, me garantiu. Depois, admitiu que conversara com o marido sobre mim e lhe contou sobre a vela e os lençóis manchados. Ele lamentara minha condição e praguejara contra os homens que tinham me limitado de tal forma.

"Ela tinha certeza de que o marido não se incomodaria e, de sua parte, ficava feliz em compartilhá-lo. Afinal, perguntou, não tinha eu compartilhado tanto de minha vida com ela e as outras criadas? Seu único medo era que fôssemos descobertos, e também nesse caso não temia por si própria. Se o marido e eu fôssemos apanhados, ambos seríamos condenados à morte. Primeiro, ele. Seria estripado e o queimariam. Ela não suportava a ideia de perdê-lo, ou a mim. Reafirmei, então: era simplesmente uma ideia, e entre a ideia e a consumação do fato geralmente existia um longo intervalo. De qualquer maneira, tudo teria que ser cuidadosamente planejado.

"Quando ela comunicou ao marido minha proposta e suas preocupações, ele imediatamente a tranquilizou. Ao longo dos meses que se seguiram, fomos desenvolvendo nosso plano. Os detalhes não têm importância. Na minha situação, o melodrama nunca estava longe da superfície, e com razão. Então um dia aconteceu, e tudo que sua esposa confessara em relação aos momentos mais íntimos do casal provaram ser verdade. Daquele dia em diante, sempre que eu menstruava ele vinha e satisfazia meus desejos, exceto quando circunstâncias inesperadas tornavam a operação muito arriscada. Foi assim que pude experimentar as delícias de ser mulher. E vocês sabem de uma coisa? Depois de meu primeiro ano em Karachi, quando pude observar a infelicidade de muitas mulheres de minha classe que estavam casadas havia algum tempo e ouvi suas histórias cheias de angústia sobre maridos namoradores e filhos que as abandonavam, comecei a me perguntar se ser casada com o Corão e receber prazer de um homem compartilhado com uma querida amiga não tinha, de certa forma, sido uma experiência menos sofrível."

Alice aplaudiu em bom som, o que me deu nos nervos.

— É realmente maravilhoso — exultou. — Isso restaura minha fé na humanidade. Quando éramos jovens, costumávamos dizer que o casamento era semelhante à prostituição, já que a dependência financeira fazia de muitas mulheres prisioneiras. Posso perguntar por quanto tempo durou esse compartilhamento?

— Nunca terminou, mas segue agora de maneira bastante irregular. Convoco-o uma ou duas vezes por ano. Certa vez tentei um jornalista bastante inteligente, mas infelizmente sua esperteza se limitava às colunas de seu jornal. Era bastante ignorante e bruto na cama, então tive que pedir para que fosse embora antes que seguíssemos adiante. Depois daquilo, quando nos encontrávamos em situações sociais, acho que ele ficava ainda mais constrangido que eu.

"Minha estimada criada se mudou para Karachi comigo, levando seus filhos. Ele vinha uma ou duas vezes a cada quinzena para visitá-los. Assim, nunca perdemos contato. Ele é também um astuto observador do que acontece no mundo. Às vezes, transmito as informações que me passa a Sikandar, que sempre ficava surpreso com minha 'rede de espiões'. Escrevi um poema sobre ele em sindi, mas não soa tão bem em inglês. Foi em louvor ao solo, rico em ardor, que produz tais homens, compelidos a buscar o sol dentro de si mesmos; suas paixões secretas, energias concentradas que mantinham seus músculos retesados e produziam uma voluptuosidade sem traço algum de languidez. Basta. Tenho bastante apreço por ele, embora nossas conversas geralmente se limitem a questões relacionadas à terra. Foi isso que chateou Platão. Ele achou essa história toda um tanto desconcertante. Eu disse a ele que ficaria encantada se pudesse substituir meu camponês envelhecido, mas ele simplesmente não conseguia. Bem que tentamos."

— Nós também — disse Alice, incapaz de resistir à competição. — Foi aí que entrou Dara, que satisfez de maneira elogiável minhas necessidades. Posso recomendá-lo.

— Tudo isso está acabado agora, Alá seja louvado. Minha vida mudou de curso. Estou em meio a uma grande viagem: primeiro à Europa, depois à China.

Saí para ir ao banheiro, ouvindo ao longe suas risadas de zombaria. Podia entender por que Platão se apaixonara de tal maneira por ela. Era uma criatura incrível. Seria ela a inspiração para todas as sereias que pintava agora? Quando retornei, perguntei se tinha se tornado a nova musa e modelo de meu amigo.

— Sim. Poso para ele, que não sabe explicar por que sempre sou retratada como uma sereia.

— Com certeza é algo óbvio, ainda que repugnante — disse Alice. — Ele não quer imaginá-la com suas partes íntimas. Qual outra razão pode existir? O papel das sereias na mitologia antiga é essencialmente o de provocar os membros masculinos.

A observação me irritou. Ela estava tentando aparecer.

— Não seja ridícula, Ally... quer dizer, Alice. As sereias tinham diferentes funções em diferentes...

— Por favor, não vamos discutir sobre sereias. Tive uma noite bastante agradável, mas ainda não falamos sobre seu Platão e estou preocupada.

— Por quê? — perguntamos em uníssono.

— As depressões dele só pioram, nunca melhoram. Vocês podem observar isso em seus trabalhos mais recentes. Há dias em que se sente completamente suicida, razão pela qual nunca deixo esta cápsula em casa. Carrego-a comigo aonde quer que eu vá. Num ataque de melancolia, ele poderia encontrá-la e engoli-la, e o que aconteceria comigo? Vejo-o cada vez menos. Está passando mais e mais tempo no estúdio. Bebendo e pintando, dia e noite, como se estivesse apostando corrida com a morte. O humor praticamente desapareceu de sua obra.

Mas por quê?

— Não sei ao certo. Há essa rivalidade absurda e infantil promovida pela imprensa. Será que Pervaiz Shah é tão bom quanto I. M. Malik? Publicam inúmeros artigos, e gente que não sabe nada sobre arte escreve ensaios longos e tediosos sobre ambos os pintores. Até aqueles que elogiam Platão não têm ideia do que ele é e de onde sua arte se origina. Algum de vocês já viu o trabalho de I. M. Malik?

Alice nunca ouvira falar dele. Eu o conhecia vagamente do passado e tinha visto seus quadros em diversas exposições.

— Sua arte é decorativa, vazia e pretensiosa. Eu tinha essa opinião mesmo antes de conhecer Platão. I. M. Malik pinta para agradar e vender. Bom para ele, mas consigo entender por que Platão fica louco de raiva. Não consigo aceitar, porém, que o sucesso de I. M. Malik seja a única causa. Platão conhece perfeitamente o valor artístico de IMM. Se conseguirem baixar imagens de sua última peça de arte conceitual, verão que até mesmo o velho IMM sabe que merda produz dinheiro. Ele usou estrume de cavalo, bosta seca de vaca e cocô de pombo para criar um imenso bolo de aniversário para seus próprios 90 anos. E existe um problema adicional: I. M. Malik parece um contador enrugado e constipado, o que pode ser levemente desconcertante.

Alice discordou de minha avaliação. Ela achava perfeitamente possível que Platão tivesse entrado em depressão por causa do estado da cultura global.

— É o mesmo em todos os lugares. Como crítica de música, assisto a uma quantidade incontável de óperas e concertos aqui e no Met, em Nova York. Os ingressos são tão caros que muitos amantes da música não têm condições de comprar. Agora tudo se trata de entretenimento de negócios e muitas plateias são bastante burguesas. Os diretores sabem disso e atacam suas fraquezas. O público ri de algum recurso estúpido de pastelão numa ópera de Mozart, depois aplaude uma ária mal cantada apenas porque a estrela para e fica esperando as palmas etc. É deprimente. A capacidade de discernimento está desaparecendo rapidamente na cultura ocidental. As pessoas gostam do que são ordenadas a gostar e, já que pagaram um preço alto por aquilo, se convencem de que o que viram e ouviram foi bom. Não é diferente com o teatro. Qualquer crítica séria é vista como desleal. Depois de uma semana de trabalho, até eu tenho impulsos suicidas.

Eu conhecia Platão melhor que as duas e sabia que sua depressão tinha pouco a ver com a falta de reconhecimento. Aquilo jamais o incomodara. Temia que o problema fosse seu passado e sua impotência, ou mesmo seu amor por Zaynab, o qual podia demonstrar apenas de maneira parcial. Ele se recusara a visitar um analista. Talvez um remédio pudesse ajudá-lo. Parecia cruel, mas me perguntei se Zaynab tinha tentado convencê-lo a usar Viagra ou um de seus equivalentes.

— Ele ficaria horrorizado. Sempre faz piadas maldosas sobre os homens com seus 60 e tantos anos que navegam sem parar pelo triângulo do Viagra em Clifton. A ideia de vê-lo...

— Não estou sugerindo que dê o comprimido em sua mão. Mas você envenenou o cachorro, não envenenou? Misture ao que em Bangladesh chamam de *shag gosht* e ofereça a Platão. Quem sabe o que pode acontecer? Talvez vocês dois se deem bem.

Alice apoiou a sugestão.

— Não há por que não tentar ao menos uma vez. Se funcionar e a depressão for embora, comece a fazer isso regularmente. Se não der certo, você não perdeu coisa alguma. Por que nunca me sugeriu isso, Dara?

— Éramos muito mais jovens então, e você ainda era Ally.

Zaynab ficou preocupada. E se lhe causasse um ataque cardíaco? Ela tinha lido que um ex-presidente da Nigéria morrera em decorrência de uma overdose do medicamento. Aconselhamos que fosse com calma na primeira tentativa. Talvez devesse utilizar metade da dose recomendada. Ela prometeu tentar assim que retornasse. Antes, tinha planejado uma viagem a Paris. Era sua primeira vez na cidade, e ela queria ver com seus próprios olhos o local no Quartier Latin onde Balzac vivera, trabalhara e fugira de seus credores. Os romancistas franceses lhe haviam feito companhia durante os primeiros anos de seu casamento com o Honrado Clássico e ela ainda voltava a eles de tempos em tempos. Sua vida se tornara uma corrida sem fim. Jamais conseguia ficar no mesmo lugar por muito tempo. Até mesmo em sua terra natal viajava bastante, visitando partes não conhecidas do país.

Sua cunhada fazia parte da antiga família governante em Swat e ela frequentemente ia lá no verão, montando base para visitar Gilgit. Foi isso o que me contou enquanto eu a deixava em seu hotel.

— Você já esteve em Swat? É estranho pensar que esteja acontecendo uma guerra por lá agora. Eu e Platão temos dificuldade em apoiar qualquer um dos lados. Um de seus quadros retrata ambos como se fossem um só. Uma besta com cabeças de hidra.

— E nenhuma sereia no cenário?

— Nenhuma. Mas você não respondeu à minha pergunta.

Relatei uma viagem que fizera a Swat mais de quarenta anos antes com um pequeno grupo de estudantes, partindo com o ônibus de Mardan, onde estava hospedado na casa de amigos de família. O veículo foi traçando seu caminho em estradas tão minúsculas que era preciso encostá-lo quando vinha um carro ou caminhão na direção contrária. De repente, um velho Rolls Royce surgiu atrás de nós e o motorista começou a buzinar e a gesticular para que o ônibus saísse da frente. Não era permitido ultrapassar, e nosso condutor, acertadamente, se recusou a dar espaço. A estrada se tornou mais larga 16 quilômetros à frente. O carro nos ultrapassou e freou bruscamente diante de nós. Paramos. O dono do Rolls era o uale de Swat, um tradicional chefe tribal, a quem os britânicos tornaram nobre e colocaram no comando, sendo impiedosamente satirizado por Edward Lear. Ele saiu do carro. Os swatis que estavam no ônibus entraram em pânico. Homens e mulheres cobriram a cabeça e tentaram se esconder. O motorista pashtun, agora tremendo de medo, recebeu ordem para sair do ônibus. Implorou por perdão. Não tinha a menor ideia de que se tratava do carro do uale. Mas seus apelos foram ignorados. O uale tomou o rifle das mãos de um de seus guarda-costas e atirou nele, matando-o. Em seguida, foi embora. Ficamos ali por três horas até que outro motorista chegasse.

— Que Alá nos salve — disse Zaynab. — Aquele era o avô de minha cunhada.

Abri a porta do carro para ela.

— Talvez possamos continuar nossa conversa em Paris. Ficarei hospedada no Crillon por duas semanas.

— Aproveite. Foi ali o quartel-general das SS durante a guerra.

— Isso quer dizer não?

— Não. Mas também não quer dizer sim.

— Por quê? Tenho muito mais para lhe contar, coisas que não quis mencionar na frente de Alice Stepford.

— E precisa ser em Paris?

— Você há de convir que seria mais agradável. Onde mais posso praticar o francês que mademoiselle Verbizier me ensinou na juventude? *Vous comprenez*?

Não fiz nenhum comentário nem assumi nenhum compromisso, mas acenei simpaticamente enquanto ela saía do carro.

# Onze

A notícia estava na primeira página do *International Herald Tribune*. Um ex-general e dois de seus seguranças tinham sido mortos no coração de Isloo, capital da Pátria, uma cidade fortemente policiada. Pelo tom da reportagem, ficava claro que ele tinha apoiado genuinamente as operações ocidentais no Afeganistão; os assassinos estariam ligados à al-Qaeda ou ao Talibã ou a ambos, ou ainda a um derivado dos dois. Em outras palavras, não havia pista alguma. O autor não era um terrorista suicida. Pelo contrário, destacava a reportagem, fora uma execução bem planejada por um ou mais assassinos que fugiram sem deixar traços. Mais uma baixa na guerra afegã, pensei, e virei a página para ler o resto das notícias internacionais, agora quase impossíveis de serem encontradas na maioria dos jornais britânicos.

Foi então que meu telefone, um objeto pouco utilizado, começou a tocar. Era Jindié, ligando de Isloo. Teria que cancelar nosso jantar programado para aquela noite. O general morto, informou ela, era seu genro. Parecia tranquila, talvez até demais, pensei, enquanto lhe dava os pêsames. Disse que telefonaria quando voltasse, ou seja, dali a duas semanas. Zahid poderia permanecer por quarenta dias. Ela não.

Paris me acenava. Zaynab ainda estaria lá por mais três dias. Telefonei. Ela ficou surpresa e, penso eu, satisfeita. Reservei um quarto em meu recanto favorito no Quartier e comprei minha passagem num trem vespertino rumo à França.

Eu estava ansioso para me encontrar sozinho com Jindié e discutir os eventos em Yunnan que transformaram a vida de sua família. A carta descrevendo os últimos dias do sultanato Dali me afetou mais profundamente do que eu pensava. Ao menos não tinham decapitado o cadáver dele diante dos olhos de suas mulheres e filhos. Para quê nos importarmos, devem ter pensado, se vamos estuprar e assassinar todas elas? O que teria acontecido à bela espiã e sua filha? Teriam sobrevivido na Cochinchina? Que maravilha seria se um de seus descendentes tivesse lutado contra os americanos no Vietnã. Eu pensava frequentemente nos imperadores que, desde os tempos antigos, nunca tinham prestado atenção ao resto da humanidade.

Jindié tinha me dotado de conhecimentos geralmente disponíveis apenas para especialistas. A Rebelião Taiping e a Guerra dos Boxers figuravam em praticamente todos os livros sobre a história chinesa moderna. Por que não as de Yunnan e Dali? Colocados em qualquer balança, 18 anos de semi-independência defendida contra repetidos ataques manchus não são um feito banal. Eu não conseguia compreender a razão pela qual haviam apagado essa rebelião da história.

Privado da companhia de Jindié por mais duas semanas, eu teria tempo de sobra para ler seu diário, coisa que comecei a fazer enquanto o trem partia de Londres. Ela havia providenciado trechos em fotocópia para mim. Era tudo escrito à mão, mas com o rabisco caprichado que ela e outras aprenderam na escola do Convento de Jesus e Maria, na Pátria, e que nunca melhorava, pelo contrário, só piorava, quando as garotas de maior sorte concluíam sua educação no Nairn College. Os trechos que recebi começavam no dia de seu casamento. Isso me deixou bastante irritado, ainda que o evento tivesse recebido uma anotação de apenas três linhas, datada de janeiro de 1970. Por que ela censurara os anos anteriores? Eu queria comparar sua versão dos acontecimentos com a minha. Em vez disso, recebi um relato detalhado dos filhos, da alegria de amamentar, de problemas de dentição, escolha de creche, o uso do mandarim junto ao panjabi e os romances que lia, todos descritos sem qualquer reflexão mais profunda. Seu pai morrera em 1974. Sua mãe vendeu a loja e o belo apartamento colonial nos Edifícios Elphinstone e se juntara a eles em Washington, possibilitando que Jindié ficasse mais livre de suas obrigações familiares, passando, assim, mais tempo na biblioteca da universidade. A anotação sobre Confúcio me prendeu mais a atenção que as outras. Mesmo que ele houvesse se tornado um maoista ferrenho e cortado relações com seus amigos contrarrevolucionários revisionistas, eu ainda tinha um fraco por ele. Confúcio era um físico brilhante e havia poucas dúvidas de que, caso permanecesse na Pátria, o teriam obrigado a trabalhar no desenvolvimento de nossa bomba atômica. Os líderes procuravam desesperadamente físicos nucleares. Mas Confúcio, assim como o maoismo, desaparecera havia muito. Todas as tentativas em Washington e em Isloo de fazer com que a embaixada chinesa ajudasse a localizá-lo tinham falhado. Ele era fluente em chinês escrito e falado. Teria assumido uma nova identidade, trocado de nome, rompido com seu passado recente e saído em busca de novas raízes ou fora assassinado numa batalha contra uma facção rival? Ninguém sabia. Eu não podia acreditar que estivesse morto.

*Junho de 1979, Washington D.C.*

*Mamãe ficou bastante agitada ao ver as cenas na Praça da Paz Celestial no noticiário da noite. Tem certeza de que viu meu irmão. Tentei explicar que Hanif teria pouco em comum com a maioria daqueles estudantes. Teria os classificado como "caronas-do-capitalismo" e "revisionistas". Mas ela não me dá ouvidos. Seus olhos estão vidrados na televisão nos últimos dias. Estamos todos preocupados. Não recebemos uma só carta de Hanif há quase quatro anos. Antigamente, ele costumava escrever ao menos uma vez a cada três meses. Gostaria que não tivesse ido à China. "Tenho que participar da Grande Revolução Cultural Proletária, Jindié. Está acontecendo agora. A história está sendo escrita. Não posso ficar de fora." Em 1969 ele requisitou, na embaixada chinesa em Isloo, um visto de estudo com duração de um ano, e então desapareceu. Será que o encontraram e o colocaram na cadeia por não ter documentos legais? O grupo da Guarda Vermelha ao qual se juntara havia debandado. Escreveu dizendo que estava ensinando inglês numa escola em Kunming. Depois veio o cartão-postal de Dali. Três cartas de Pequim e então, silêncio. Tenho certeza de que escreveria a nossa mãe se pudesse. Será que ainda está vivo?*

*24 de janeiro de 1984, Washington D.C.*

*Mamãe morreu em paz hoje. Fiquei em choque quando levei seu chá e a encontrei deitada, rígida, com a boca e os olhos bem abertos. Gritei. Zahid lhe tomou o pulso. Examinou-a e chegou à conclusão de que devia ter morrido algumas horas antes. Seu coração parou de bater, mas ela não fez nenhum ruído, nenhuma tentativa de chamar meu nome. Aconteceu enquanto dormia, o que é um alento. Fiquei pensando em todas as coisas que eu deveria ter feito por ela. Acho que nunca lhe disse o quanto a amava e como dependi dela em minha juventude. Mesmo naqueles dias ela só dizia algo se fosse necessário. Era papai quem conversava conosco e nos castigava. Ela observava, com um sorriso no canto da boca.*

*Com meus filhos foi diferente. Eles depois me disseram que ela ria e brincava com eles quando Zahid e eu não estávamos. Falava ininterruptamente sobre Yunnan e os últimos dias de Dali, contando as mesmas histórias que ouvi da Vovó Velhinha e da Vovó Mais Nova, histórias que deixei de lado por não querer sobrecarregar as crianças com lembranças que não lhes significavam coisa alguma. Foi depois que minha mãe morreu que Neelam passou a rezar e a vestir um* hijab.

*O desaparecimento de Hanif foi um grande peso para minha mãe, e não falar sobre o assunto deve ter tornado tudo pior. Sempre que eu mencionava seu nome, ela pedia que eu me calasse. Simplesmente não queria falar sobre aquilo.*

*Estamos todos chorando bastante. As crianças, que a adoravam, insistiram para ficar em casa hoje. No final da tarde a enterramos no cemitério muçulmano. Zahid despachou furiosamente o imã que disse que eu e Neelam não deveríamos estar presentes.*

*Ela nunca foi de muitas palavras depois que meu pai morreu, sempre achando que era um fardo para nós. Quantas vezes eu lhe assegurava de que não poderíamos viver sem ela? Era verdade. Ela amava as crianças e cozinhava para elas, as levava para passear quando Zahid e eu estávamos viajando. Seu único pesar era não ter visitado Yunnan para prestar tributo a seus ancestrais.*

*Fui aos quartos das crianças para lhes dar beijos de boa-noite. Suleiman estava chateado demais para conversar. Neelam perguntou:*

*— Quem é Dara?*

*Respondi rapidamente:*

*— Um velho amigo de seu pai.*

*Ela insistiu:*

*— Também é amigo seu?*

*Perguntei-me se minha mãe tinha lhe dito algo, mas isso parecia bastante improvável.*

*— Por que não me responde, mãe? Eu li o seu diário.*

*Dei-lhe um safanão, e depois chorei e a abracei. Naquela noite destruí meu antigo diário.*

*— Que diferença faz se ela souber? — foi a reação aborrecida de Zahid.*

*Fazia diferença para mim. Neelam nunca mais tocou no assunto. Não dormi a noite toda. Fui até a cozinha, preparei chá da maneira que minha mãe costumava fazer e continuei a cair no choro à medida que as diversas lembranças dela se enfileiravam em minha mente. Ela nunca lamentou a perda de seu passado, mas as crianças confirmaram que ele nunca a havia deixado. Fui ao sótão e abri a pasta cheia de fotografias antigas. Eu ainda estava lá quando as crianças acordaram na manhã seguinte.*

Mas o que havia nos diários que ela destruíra? Não era do seu feitio queimar qualquer coisa relacionada ao passado. Seu pai tinha deixado claro para os filhos que os arquivos são partes importantes da história de uma família. Uma família sem arquivos é porque tem vergonha ou porque tenta esconder seu passado por algum motivo qualquer. Ele disse isso em minha presença numa determinada ocasião. Aquele era um assunto doloroso em minha casa, onde os criados venderam sem pensar os arquivos completos de meu pai para o mascate de reciclagem que vinha recolher os jornais velhos todos os meses. Meu pai era culpado por não classificá-los corretamente, mas jogou a responsabilidade sobre minha mãe, por guardá-los em sacos deixados próximo aos jornais descartados. Espero que não tenha sido o trauma de ler os diários, agora destruídos, que fez Neelam se voltar para a religião. A causa mais provável é a política de identidade que amaldiçoava a vida nos campi americanos. Continuei a folhear, saltando descrições de feriados até bater os olhos na palavra Nathiagali numa das páginas. Torci para que fosse uma anotação mais reflexiva.

*5 de julho de 1986, Nathiagali*

*Está mudada. Cheia de gente, cada casa nova e feia se intrometendo na outra. Nada de planejamento. É deprimente estar aqui, e é só nossa primeira semana. O lugar está cheio de monstruosidades. Derrubaram tantas árvores que as florestas de pinheiros ficaram completamente nuas. De longe, as montanhas parecem ovelhas tosquiadas. As crianças ouviram tanto sobre a magia deste lugar que estão se perguntando o que fazia Zahid gostar tanto dali. Ele também ficou perplexo.*

*— Agora está como Murree, e, comparado àquilo, este lugar era o paraíso.*

*O velho clube não funciona mais. Dei uma espiada através da janela quebrada da biblioteca. A goteira no teto nunca foi consertada. Livros destruídos. Zahid insistiu em caminhar até a agência dos correios. Ainda está lá, mas nenhum sinal de Younis. O novo carteiro, um homem velho, reconheceu Zahid. Disse que Younis morreu faz alguns anos. Cirrose. Há um novo subgerente. Um jovem de barba se apresentou. Ofereceu chá, mas recusamos. Este jovem nunca permitiria que D. e Z. lessem cartas que não fossem endereçadas a eles. Ontem caminhei até a igreja. Ainda é o mesmo lugar onde D. e eu nos sentimos próximos pela primeira vez. O que ele pensaria daquele lugar agora? Será que voltou lá alguma vez? Quando? Não consigo deixar de pensar nele aqui... Caminhamos todos pela estrada que leva a Mokshpuri e descemos em Doongagali, que tinha menos gente e parecia muito mais agradável. Será que D. também pensaria assim agora? Ele costumava criticar Doongagali, ainda que dois de seus amigos morassem aqui. Sempre os provocava. As crianças também preferiam aquele* gali, *e Zahid perguntou aos locais sobre a oferta de terras. Eles nada disseram.*

*Os dias se arrastam e meu astral está baixo. Quero ir embora para Lahore.*

Eu tinha sentido o mesmo em relação ao local quando retornei em 1984, embora as monstruosidades estivessem distantes do lado do hotel Green's de Nathia. Mesmo ali se falava bastante dos refugiados afegãos e campos de treinamento nas proximidades para os jihadis que combatiam os russos no Afeganistão. Muitos habitantes locais se queixaram de que os afegãos estavam arruinando o ambiente. A região está muito pior agora. Tento não pensar muito sobre o lugar. Esperava encontrar um relato admirável sobre Zahid em seu diário, algo que me desse indícios sobre suas trajetórias profissional e pessoal. Jindié nunca foi tão abertamente politizada quanto seu irmão ou o resto de nós, mas simpatizava com o que costumava ser o nosso lado. Ouvia atentamente, fazendo observações ocasionais e às vezes classificando o pobre Confúcio como um tolo fanático. O adjetivo era mal colocado. Eu certamente não me encontrava preparado para o que estava prestes a ler.

*4 de dezembro de 1986, Washington D.C.*

*Hoje, em algumas poucas horas, tudo o que construí em minha vida nos últimos nove anos e meio entrou em colapso. Tudo o que resta são as crianças. Isto é muito, muito pior que o caso com a enfermeira. Aquilo jamais me incomodou. Na verdade, me senti aliviada, já que nunca poderia lhe oferecer a paixão da qual ele precisava desesperadamente. Mas isso é inaceitável. Ele chegou em casa na hora de sempre. No meio do jantar, disse no tom de voz mais casual possível que tinha decidido se filiar ao Partido Republicano. Os médicos oriundos da Pátria que residiam nos Estados Unidos estão divididos. Os recém-chegados gravitam em torno dos democratas ou são apolíticos. Os antigos médicos desbravadores, agora ganhando pequenas fortunas, vão na direção a que seus investimentos os levam. Reagan é melhor para os negócios, então seguem os republicanos. Zahid costumava classificá-los como piranhas. Agora se tornou uma. É uma verdadeira degeneração e uma grande mudança de sensibilidades. Por quanto tempo posso continuar a viver com ele? Até nossos filhos saírem de casa? Mais cinco anos.*

*No lado pessoal, não tenho do que reclamar. Nosso casamento foi uma conveniência. Nenhum de nós fingiu estar apaixonado. Conhecíamo-nos razoavelmente bem, o que ajudou. Era melhor que casar com um completo desconhecido. Não havia segredos em nossas vidas. Ambos tínhamos nossos fantasmas. Ele sabia tudo sobre mim e Dara. Eu sabia um pouco sobre ele e Anjum. Sua perda tinha sido mais dolorosa do que ele jamais admitiria. No início de nosso casamento tentei fazê-lo falar, mas o sofrimento era muito grande. Ele me disse: "Conversar com você ou com qualquer outra pessoa sobre ela não vai ajudar. Caso contrário, eu o faria." Nunca mais mencionei seu nome.*

*Depois que ele anunciou sua nova filiação política, deixei a sala. Ele não tentou me seguir para explicar o salto filosófico que dera. Havia apenas uma explicação. O oportunismo surgido da ganância. Ele é médico. Pode voltar o microscópio para si próprio. Agora o evito. Nossos filhos sabem que há algo de errado.*

*Hoje tentou me confrontar. Vãs ameaças. Ele não acreditava naquilo, mas os outros tinham insistido. Contribuiria para a comunidade de médicos da Pátria. E o que me importava, se nunca tinha demonstrado o menor interesse em política? Deixei que chafurdasse em autopiedade por um tempo antes de responder: "Jamais fui politizada como você, mas o motivo pelo qual o admirava e pelo qual me casei com você foi ter pensado que você tinha alguma integridade. Certos princípios nos quais acreditava. Isso significava bastante para mim. Agora o acho detestável. Jamais conseguirei respeitá-lo novamente. Você não é diferente de seus colegas de trabalho, que ainda organizam jantares com segregação de gêneros só para mostrar seu afeto pelo velho país. Você se tornou um deles. Se não fossem nossos filhos, eu o abandonaria agora e faria questão de contratar um bom advogado."*

*Ele não respondeu, e não resisti a dar o golpe de misericórdia: "Dara estava certo quando me disse que não eram instituições como o casamento que importavam. As únicas uniões que funcionam têm que ser baseadas em paixões verdadeiras. Amor e política."*

*Ele permaneceu em silêncio.*

*Contei aos nossos filhos. Tampouco eles responderam.*

Pobre Zahid. Provavelmente ficou tão perplexo diante dessa reação quanto eu estava agora. Eu tinha dito isso a ela? Lentamente fui recordando. Deve ter sido naquela noite nos Jardins de Shalimar. Foi uma resposta em relação a algo que ela dissera relacionando amor a casamento. Então com 18 anos, Jindié tinha uma ideia fixa do amante/marido perfeito. Talvez tivesse uma identificação com Dai-yu, a heroína etérea da obra-prima de Cao Xueqin, mas certamente seu amante ideal não poderia ser Bao-yu — ou será que a ficção se tornara tão verdadeira que usurpara a realidade? Ainda assim, não Bao-yu. Não. Era instável demais. Ela certamente havia mudado desde aqueles dias. A experiência geralmente é a melhor professora, mas o que poderia ter feito com que continuasse com ele, ainda mais depois que seus filhos saíram de casa? Hábito? Conveniência? Eu queria respostas. Ela teria que voltar logo. Duas semanas era muito tempo.

O trem chegou à Gare du Nord.

# Doze

Eu não sabia ao certo por que estava em Paris. Zaynab era um pretexto, uma vez que retornaria a Londres. Estava velho demais para relembrar meu francês. A época de *J'aime, tu aimes, il aime, nous aimons* já tinha passado havia muito. E um velho e querido amigo que morava lá, Mathurin, um compositor de talento, já falecera. Geralmente, Matho era a primeira pessoa para quem eu telefonava. Dentro de poucas horas nos encontrávamos para trocar nossas impressões sobre o estado do mundo e o mundo de nossas vidas pessoais, seguindo depois para um café próximo a Saint-Germain, onde ele me contava os detalhes das últimas atrocidades cometidas por certos intelectuais parisienses, tomados por vaidade e presunção, aos quais nós dois passamos a odiar. Eles eram os "ultras" da nova ordem: liberais políticos, econômicos e sociais, detestavam os próprios passados radicais e agora se opunham até mesmo ao *gaullismo* tradicional conservador e ao republicanismo por serem muito *gauchistes* e *étatistes*. Suas chorumelas, longe de causar noites de insônia a seus pretensos alvos, simplesmente provocavam risos.

Matho me enchia de minuciosas fofocas, relatos completos do que realmente se passava debaixo da superfície. Casos políticos e sexuais eram naturalmente combinados em sua narrativa. O que o enfurecia era que até mesmo uma fração da extrema esquerda francesa fora parcialmente contagiada pela ideologia neoliberal; o *Libération* agia como principal condutor dessas ideias e muitas vezes era menos interessante que os periódicos conservadores tradicionais. Os paladinos dos mercados financeiros eram vistos como corajosos desbravadores, abrindo caminho para os subalternos do consumismo excessivo. Não foi por inveja que Mathurin azedou. Foi uma mistura de desprezo e raiva gerada pela nova ordem. Contava que alguns colegas do mundo da música tinham ficado tão tensos que sufocavam a música pela qual eram pagos para tocar. Mencionava nomes do passado, amigos em comum ou mulheres que ambos conhecíamos e descrevia suas atividades correntes. Falava bastante sobre uma mulher em especial, uma *ouvrieriste* para quem tinha sempre um espaço reservado no coração — algo como aquelas placas irritantes de vagas especiais em estacionamentos públicos — que agora se tornara uma bem-sucedida contrabandista de armas e comprara para si uma fazenda onde criava cavalos de raça e os montava como atividade de lazer. Rimos. Ele estava plenamente convencido de que aquilo terminaria mal para os vira-casacas.

— E mesmo assim — dizia Matho com sua voz rouca — às vezes ainda sinto falta dela. Havia algo de belo e tenro por baixo do seu exterior duro. A tristeza, em certos casos, pode durar anos. Compus uma sinfonia de despedida para ela, que veio à estreia com um de seus clientes do Golfo. Foram embora depois de 15 minutos. Os críticos não gostaram da obra. Acho que tinham motivo. Era sentimental demais, ainda que tenha vendido bem. Bem demais em Paris e não tão bem em outras partes. Depois descobri que uma empresa de relações públicas que ela utilizava estava comprando os CDs aos montes de todas as lojas por aqui. Um gesto estranho, mas meu banco ficou feliz.

Numa ocasião, quando estávamos à sua mesa no Café de Flore, um antigo conhecido veio em nossa direção. Matho me preveniu:

— Ele está integralmente com os ultras, mas por algum motivo desconhecido prefere fingir que está ao nosso lado.

Também gosta de chafurdar numa nostalgia tosca e não tem nada a dizer. Por favor, não o encoraje. Não suporto ver suas pernas de sucupira caminhando até nós.

Enquanto Matho era vivo, eu vinha com frequência a Paris. Estava preso nos confins da Pátria, sem acesso a um computador ou telefone celular, quando ele morreu, 15 anos atrás. Por isso não pude comparecer ao seu enterro. Depois, praticamente parei de visitar a cidade. Sentia sua falta. Sentia falta de sua língua afiada, sua energia, seu senso de humor maldoso e sua recusa em se render ao mundo no qual vivemos.

Certa vez, após uma longa ceia de fim de ano, à espera de 1976, no apartamento de sua amante, onde muitas garrafas de vinho tinto já tinham sido consumidas antes das borbulhas que saudariam o novo ano, pensei que Matho tivesse caído no sono e que não ouviria nossa conversa, sabendo que ele tinha a capacidade de apagar em toda ocasião em que se sentia intelectualmente exausto. Havia esquecido que seria uma tolice levar muita fé naquela soneca, pois, no momento em que discordava, o que fez ao me ouvir falar sobre os eventos em Lisboa com sua namorada, acordava imediatamente e retomava o fio do debate que ocorria a seu redor. Naquela mesma noite, Matho abriu os olhos e ficou furioso de verdade quando confessei ao grupo ali reunido que nunca tinha lido Stendhal. Para compensar o *faux pas*, citei os romancistas franceses que eu havia lido e admirava, mas logo fui repudiado por ele:

— Não há necessidade de exibir sua ignorância, meu caro. Leia-o e garanto que se apaixonará. Não sei quais são as melhores traduções para o inglês, mas em francês não há quem se equipare a ele. Zola é basicamente um jornalista; Proust é um gênio autoindulgente; Balzac, claro, é brilhantemente previsível; mas Stendhal é algo diferente. Seu modo de revelar um conflito de ideias e as emoções decorrentes é magistral. Um leitor desavisado incapaz de compreender o raciocínio do autor em sua totalidade pode perfeitamente simpatizar com um personagem cujas crenças radicais sejam bem diferentes das suas. Antes que se dê conta, foi fisgado. A felicidade e a tristeza muitas vezes são relacionadas à ascensão e à queda da política revolucionária. Leia-o, Dara. Esta é uma instrução do Comitê de Segurança Pública.

Graças a Matho, foi exatamente isso que fiz, e nunca mais parei. Os livros de Stendhal se tornaram o equivalente a uma amante indispensável. Acompanham-me sempre em todas as viagens. O que há de mais espetacular neles é o modo pelo qual quebram as regras, tanto políticas quanto literárias. Ele escreve num ritmo invejável e em algum lugar de seus romances explica: "Escrevo muito melhor assim que começo uma frase sem saber como devo terminá-la."

Depois que comecei a ler seus livros, Stendhal se tornou um tema recorrente em minhas conversas com Matho, e uma nova questão surgiu. Teria ele alguma vez dormido com uma mulher sem ser em um bordel? Eu achava que não. Seus biógrafos fracassaram em me convencer do contrário, mas Matho ficou indignado com essa acusação, ainda que não tivesse qualquer tipo de prova em contrário. Já eu fiquei bastante satisfeito em descobrir que o grande romancista compartilhava tal incapacidade com meu amigo pintor, Platão.

Enquanto arrastava minha mala na direção da fila do táxi, me perguntei o que o intelecto refinado de Stendhal pensaria sobre a França moderna, onde os ultras a quem tanto odiava tinham retomado o controle da política oficial. O amor não correspondido que dominara sua vida e seus livros se entrelaçou com as lembranças de paixões políticas e esperanças não cumpridas. A visão de Paris, se você não mora lá, traz de volta todas essas memórias.

Stendhal e Balzac tinham caminhado por aquelas ruas, o último intrigado sobre como poderia não haver uma só referência a dinheiro em *A cartuxa de Parma*. Antes deles, muitos outros passaram também por ali: Voltaire e Diderot, Saint Just, Robespierre e, posteriormente, Blanqui e os *communards*, seguidos por Nizan, Sartre e Beauvoir. Era a oficina intelectual do mundo. Ali as iniciativas pessoais de filósofos e revolucionários haviam se tornado parte de um continuum que certamente compunha um lado da história intelectual da França. É isso que torna a cidade preciosa para forasteiros e exilados, mesmo em épocas ruins. Aqueles que amam a história têm que amar Paris. Passear pelas ruas tarde da noite no Quartier e observar suas placas de identificação: esse é um antídoto renovador contra os modismos prevalecentes.

Matho não está mais entre nós, mas seu círculo de amigos ainda existe, uma valente minoria de editores, intelectuais e trabalhadores dissidentes que brava e regularmente desafiam a ordem estabelecida e sua midiocracia: homens e mulheres que vivem numa bolha gigantesca, incapazes de pensar por si próprios, e que de forma alguma veem isso como um problema, pessoas que raramente questionam as realidades sócio-históricas que as produziram, nem mesmo quando todas essas realidades entram em erupção e ameaçam soterrar seu futuro em lava.

Mantive contato com muitos desses dissidentes, boa gente, mas nenhum deles pode substituir Matho. O questionamento "Por que lutar quando ninguém o faz?" não era parte de sua filosofia. Se ainda estivesse vivo, talvez eu tentasse lhe explicar os motivos desta viagem e ele me perguntasse por que eu iria jantar com uma senhora tão incomum oriunda da Pátria e por que ela estava hospedada no Crillon. Posso ler muitas outras questões como se as visse em seus olhos, Matho, velho amigo. Sua ausência o tornou ainda mais vívido, posso ouvir sua música e sua indignação claramente.

Para minha surpresa, ela esperava por mim na estação, levemente tensa e vestida de maneira um pouco exagerada. Não a reconheci de imediato. Não poderia ser a mulher que eu vira em Londres. Estava transformada. Um terninho de alta-costura, maquiagem, um corte de cabelo impecável e uma abundância de joias.

— Dara!

— Você deveria ter me avisado. Vamos a um jantar a rigor?

— Não seja maldoso. Por que eu deveria passar o resto da minha vida lamentando o passado? Tenho uma fonte de renda razoável porque meu único irmão decente possui uma consciência. Sou livre para fazer o que quiser. Ou não tenho o direito?

— Você sabe perfeitamente bem que não é uma pergunta boa a fazer, nunca será. Está deslumbrante.

— Mas você ficou decepcionado.

— Paris fica sempre melhor depois de um pouco de chuva, a cidade se purifica e o céu volta a ser azul.

— Parecia preocupado quanto lhe telefonei. Em quem pensava?

— Stendhal.

A resposta me trouxe uma lembrança; ri comigo mesmo. Ela insistiu em saber qual era a piada, e, percebendo que seus olhos cintilantes e seus lábios vermelhos não me deixariam em paz, resolvi contar. Certa vez, em Berlim, procurando um livro logo após a queda do Muro, voltei ao hotel e recebi uma mensagem dizendo para telefonar para Vera Fuch-Coady, uma acadêmica da Costa Leste que estava na cidade trabalhando sobre as transmissões de rádio de Walter Benjamin para crianças, na Universidade de Wissenschaft. Telefonei. Ela obviamente estava distraída. Perguntei se a estava atrapalhando. Poderia ligar mais tarde.

— Não, nem um pouco. Não estou fazendo coisa alguma. Quer jantar comigo?

Concordei. Ela ligou de volta alguns minutos depois:

— Dara, quando você ligou, há alguns minutos, eu disse que não estava fazendo nada. Não era totalmente correto. Na verdade, estava pensando em Adorno. Até mais tarde.

Fiquei sem palavras, balbuciei algo sobre como estava ansioso para encontrá-la e que esperava que gostasse de ostras, depois coloquei o fone no gancho e caí na gargalhada.

Zaynab sorriu educadamente.

— Quem é Adorno?

Felizmente um táxi ficou livre bem naquele instante. Ela parecia nervosa, exasperada por dentro ou assustada. Quando perguntei se algo a afligia, ela descreveu um episódio que acontecera naquele mesmo dia. Enquanto andava pelo Quartier e aproveitava o sol, fora surpreendida pela visão de um grupo de policiais saídos de uma van. Eles cercaram um africano, o colocaram contra a parede, o revistaram, exigiram documentos que ele não tinha em mãos, o jogaram na van e foram embora.

— Isso acontece o tempo todo na Pátria, Dara, mas aqui também? Fiquei chocada. As pessoas viram tudo em silêncio e deram as costas.

— Exatamente como na Pátria — falei. — Acontece em toda a Europa. Na Itália, adoram queimar ciganos e insultar muçulmanos. Diante de tudo isso, repressão e covardia se tornaram corriqueiros. Africanos vindos das colônias e crianças vindas dos *banlieus* são normalmente tratados como folhas mortas, colocados de lado. Você vai se acostumar com isso.

— Você se acostumou?

Não respondi.

Naquela noite, enquanto nosso jantar era servido, tentei conversar sobre a vida dela com Platão, que era, afinal, o suposto motivo de minha viagem. Ela estava decidida a discutir literatura. Entramos em acordo. Minha referência a Stendhal a tinha intrigado.

— Devo confessar que ainda sou apaixonada por Balzac. Consigo relacionar muitas de suas histórias com eventos equivalentes que ocorreram na Pátria. Dinheiro e poder, corrupção alimentando mais corrupção e as origens de cada família rica geralmente revelando um crime.

O único Stendhal que ela lera tinha sido o compêndio *Do amor*.

— Nunca me identifiquei com os ramos cristalizados das minas de Salzburgo. Europeu demais. Claro que não é culpa dele. Tentei transferir seu método para Sind. Aqui, eu diria, a areia é que reina suprema. As tempestades de areia, os ventos quentes que ressecam a pele e a mente, nos deixando entorpecidos e temporariamente paralisados e perturbados. Isso, também, é como o amor. Você já leu o tratado de Ibn Hazm sobre o amor? Ele o escreveu em Córdoba, oito séculos antes de Stendhal. É brilhante. Agora o surpreendi. Você prefere me ver como uma provinciana martirizada de uma Ásia retrógrada.

Até então não tinha certeza, mas naquele momento soube que queria passar a noite com Zaynab. Ela tinha lido meu rosto.

— Sabia que meu luxuoso quarto, com sua cama imperial antiga, já foi uma câmara de tortura? Pelo menos foi o que me disse a arrumadeira.

— Ainda ama Platão?

— Não. Amei-o durante as primeiras semanas, mas era pura fantasia. Ele foi bastante honesto comigo no que dizia respeito a sua condição e nos tornamos amigos íntimos. Eu podia falar sobre qualquer coisa com ele.

— Ele sempre adorou provincianas martirizadas. Por que você insistiu para que eu escrevesse um livro sobre ele?

— Só para ver se conseguiria e se você se disporia a fazê-lo. E, se estivesse, teríamos que nos conhecer.

— Fico lisonjeado, mas nunca passou por sua mente provinciana que poderíamos ter nos conhecido sem inventar essa história de livro?

— Se você fosse um compositor, eu teria insistido numa sonata para Platão. Se fosse pintor, teria encomendado um retrato, apenas para saber como o via. Tente entender, Dara. Eu estava entediada.

— Hum.

— Ele me disse que certa vez você se apaixonou por uma chinesa. Onde diabos a conheceu?

— Em Lahore. Era uma chinesa panjabi.

— Que meigo. Conte-me mais.

— Não. Provincianos que tentam ser condescendentes com seus superiores sempre parecem ridículos. Ela estará no livro sobre Platão. Hoje é tudo sobre o meio social, não apenas o indivíduo e suas ideias.

— Preciso que me aconselhe.

— Como poderia ousar dar conselhos a uma mulher obstinada e singular como você? Conseguiu se virar muito bem sozinha até agora.

— Estou comovida. Isso significa que passará a noite em minha câmara de tortura?

— Gostaria que eu o fizesse?

— Sim, mas só depois da sobremesa. São deliciosas neste restaurante.

— Tem certeza de que não se trata de um subterfúgio inapropriado?

Ela riu enquanto fazia o pedido, e depois de bebermos nossos espressos sugeri tomarmos um pouco de ar fresco antes de nos recolhermos. Pegou-me pelo braço e caminhamos pelas ruas de Paris, que lentamente se esvaziavam à medida que a cidade começava a adormecer, discutindo sua história e as voltas do mundo. Falei sobre o país onde não pude viver, do qual as pessoas eram expulsas, forçadas a procurar refúgio no exterior, e onde a dignidade humana naufragara. Sua própria vida era um exemplo lamentável de um ser humano apodrecendo na imundície que era nossa Pátria.

— Você odeia tanto assim nosso país?

— Não o país, mas seus governantes. Uma corja. Monstros cegos e insensíveis. A Pátria precisa de um tsunami para afogá-los e a seus ganhos ilícitos.

Ela ficou em silêncio.

Depois que fizemos amor, ela voltou a perguntar sobre Jindié. Contei-lhe a história.

— Outra mulher obstinada e singular. Você parece ser especialista nesse tipo. Como pôde ela se envolver com Zahid? Vocês dois eram tão amigos!

— Talvez seja por isso que Platão, diferentemente de Zahid, tenha continuado a ser um grande amigo.

— Não se preocupe com ele. Platão sabia que estávamos destinados um ao outro. Ele me disse que toda mulher que ele ama mas não consegue satisfazer acaba na cama com você.

— Certamente foram mais de duas.

Ela riu sem censura, destacando outra qualidade de sua personalidade.

Na manhã seguinte, durante o café, Zaynab me perguntou se deveria se mudar para Londres permanentemente. Em hipótese alguma voltaria à Pátria. Tinha medo de que Karachi viesse a explodir e houvesse uma guerra civil entre norte e sul, pashtuns contra pessoas de língua urdu, com os sindis assistindo a tudo e aplaudindo, esperando que um lado destruísse o outro mas temerosos de que o exército panjabi viesse em socorro.

— E Platão?

— Platão está morrendo. Não quis lhe dizer ontem à noite, Dara, por puro egoísmo. Não queria que pensasse em qualquer outra coisa.

Aquilo foi um grande choque, me deixou bastante perturbado. Por determinado tempo, nenhum de nós dois falou. Outro velho amigo estava para morrer e, junto dele, parte do meu próprio passado e lembranças conjuntas de catamitos aos quais tínhamos xingado. Senti uma lágrima salgada e solitária rolar pelo rosto. Zaynab a secou.

— Fiquei mesmo intrigado quando ouvi a voz dele ao telefone. Soava rouca, mas isso lhe acontecia às vezes após uma noite ruim. Qual é o problema?

— Um câncer no pulmão, que se espalhou. Foi diagnosticado há alguns meses. Insisti para que viesse comigo ao estrangeiro, mas ele não aceitou. Recusou a quimioterapia. Vive à base de analgésicos. Tudo o que faz é pintar. Disse que você apreciaria os quadros, pois vêm de dentro dele, como as primeiras gravuras a água-forte. Só que agora pinta telas imensas. Tem uma escada no estúdio. Antes de minha partida, disse: "Veja só este. Meu último trabalho. Esse gato gigante sou eu, estou observando a Pátria. Olhe, aqui estão os quatro cânceres da nação: a América, os militares, os mulás e a corrupção. O gato tem apenas um câncer, mas morrerá primeiro. A Pátria está sob quimioterapia intensiva. Estão usando todos os tipos de novas drogas, mas elas podem acabar produzindo novos cânceres." É um quadro tenebroso, Dara. O círculo interno do inferno. Ele quer que você escreva sobre a obra.

— Vou fazer isso, depois de vê-la. Mas por que ele não me contou?

— Ele não queria que você e Alice Stepford soubessem. Não sei por quê. Por isso estava tão desesperado para que você escrevesse sobre ele. Não tem nada a ver com qualquer pedido meu.

Quando Platão morresse, Zahid e eu seríamos praticamente os únicos sobreviventes da mesa ao redor da qual nos tornamos todos amigos. De todos nós, Platão era o que reunia as qualidades mais extraordinárias, e, embora algumas delas pudessem ser observadas em sua arte, era possível sentir que nunca se permitira florescer totalmente. Era ao mesmo tempo o mais honrado e o mais impiedoso dos homens.

Acho que ele sentiu tal incapacidade quando o levei a Cambridge tantos anos atrás; pude observar seu olhar concentrado enquanto examinava os últimos lançamentos de uma área que nunca se tornara a sua. Sorriu de uma maneira estranha, o que interpretei como arrependimento, embora provavelmente não o fosse.

— Ainda entende desse negócio, Platão?

— Um pouco, mas avançou muito. Fiquei muito aquém agora. O frio teria me matado. Como o pobre Ramanujan, incapaz de tolerar o convívio entre extremos.

— Pensei que tivesse sido seu homossexualismo reprimido o que o fizera voltar correndo para a Índia.

— Ou poderíamos dizer que o homossexualismo reprimido do grande matemático que o chamara aqui assustara o pobre sodomita.

— Podemos os dois estar certos.

— Evitemos esse melodrama panjabi. Acho que morreu de uma tuberculose contraída aqui, mas não sei ao certo.

Era um dia claro de novembro, mas fazia um frio terrível. Tínhamos caminhado por uma hora ao longo do rio, e um poeta amistoso no Kings College nos ofereceu almoço. Platão nunca falava muito na companhia de outros, e, quando o fazia, não havia rodeios. Por esse motivo, fiquei surpreso quando não me contou que estava morrendo. Seria mais característico dele fazer alguma piada sobre o assunto e lamentar o fato de não crer, caso contrário estaria esperando ansioso por pelo menos uma *houri* e por ter sua enfermidade instantaneamente curada. Nosso céu era para os velhos. Quando voltávamos de Cambridge, ele não demonstrou qualquer arrependimento. Tudo o que disse foi que não se pode determinar completamente o caminho que sua vida vai seguir. Outros fatores sempre intervêm de modo a dar forma a nossas biografias. Perguntei se tinha em mente algo específico.

— Se não tivesse havido a Partição, talvez eu tivesse vindo para cá.

— Mas nunca teria tido tempo para pintar.

— Não teria precisado de tempo para pintar.

Zaynab pediu mais café.

— Talvez você devesse ter deixado a cápsula de veneno para ele.

— Estaria morto a essa altura, mesmo se vendo desesperado para terminar a pintura.

— Ele nunca vai terminar. Não vai conseguir. Ele sabe disso, e vai ficar só enriquecendo as cores.

— Ouça, Dara. Contratei duas enfermeiras para ficarem ao lado dele o tempo todo. Falei com um médico que atende a emergências e ele me prometeu que as últimas horas de Platão seriam tranquilas. Eu simplesmente não suportaria estar ao lado dele quando morresse. Ele sabia disso, e por isso me pediu para deixar o país.

Acreditei nela. Subitamente, senti uma vontade desesperada de falar com ele pela última vez. Para dizer algumas coisas que nunca tinha lhe dito. Sobre como ele fora importante para todos nós. Ou sobre como o prazer que tinha em desafiar a opinião pública havia contagiado a todos nós, de uma geração posterior, e como seus ataques incessantes contra os oportunistas durante uma ditadura militar nos deram coragem.

— Zaynab, por favor, telefone para a enfermeira. Quero falar com ele.

Ela discou o número. Ninguém atendeu.

— Continue tentando, continue tentando.

Finalmente a enfermeira atendeu. Estava numa ambulância. Platão tinha desmaiado algumas horas antes e se encontrava inconsciente. Estava sendo levado para o hospital. Zaynab e eu nos abraçamos e choramos. Passamos a maior parte do dia no Louvre, caminhando anestesiados, sentando diante de um Poussin e ficando ali por um bom tempo, pensando em Platão e tentando imaginar se ele já havia morrido. Quando voltamos ao hotel, havia dúzias de mensagens. Subimos direto, sem comer. Primeiro choramos e depois rimos ao sentar na cama e conversar sobre ele. Fizemos uma interrupção para beber conhaque e fomos para a cama, mas custamos a dormir. Imagens de Platão em diferentes períodos de sua vida me mantiveram semiacordado, e, quando eu tremia, as mãos suaves de Zaynab massageavam minha cabeça.

Platão deixara instruções bem definidas para seu funeral. Nenhum dinheiro deveria ser pago para garantir um lugar em cemitério algum. Ficaria feliz de ser devorado por cães. Levando-se em consideração que sua pintura do cachorro morto, feita para seu irmão morto, tinha elevado o valor dos patrimônios dos Shah, Zaynab sugeriu que fosse enterrado próximo ao local onde o vira pela primeira vez. O *pir* Sikandar Shah fez os arranjos necessários para que o corpo de Platão fosse transportado até suas terras e enterrado no cemitério da família Shah, sem uma lápide, como é de costume naquela região.

— Posso falar com ele na próxima vez que visitar a prisão de minha juventude. Posso lhe pedir algo?

Estava claro que passaríamos o dia sem fazer coisa alguma, mas eu precisava de uma caminhada para refrescar as ideias e Zaynab não fez qualquer menção de se vestir.

— O quê?

— Se tivesse que me descrever para uma pessoa que não tem a menor ideia de quem eu sou, o que diria?

— Uma matrona sindi cuja beleza natural está inextricavelmente ligada à sua vaidade.

— Por que matrona? Estou mesmo ficando gorda, seu cão insensível? A não ser por "matrona", gostei da descrição.

— Mantenho o "matrona". Denota maturidade e autoridade, mais do que um excesso de peso.

— Você nada disse quando a Sra. Stepford me perguntou sobre assuntos íntimos. Isso significa que não tenha questões ou que elas foram reprimidas?

— Me veio à mente que, para seu amante rústico, fazer amor com você deveria ser como namorar uma freira. Não que ele pudesse entender essa referência. E não que você fosse uma freira. Freiras são pessoas cheias de devoção, e o pecado de ter um amante lhes provoca um frisson único, que não pode ser fingido. A devoção produz a paixão. No seu caso, penso, não havia nem uma coisa nem outra. Era puramente mecânico.

— Pode pensar o que quiser. Foi puramente mecânico esta manhã?

— Eu não estava falando de nós dois.

— Que bom. Ontem foi um pouco triste. Eu ouvi o tempo todo uma elegia sindi em minha mente enquanto tentava excitá-lo. Precisa ir embora hoje?

— Sim. Tenho que preparar meu discurso para uma conferência. E passar alguns dias na biblioteca.

— Isso me parece um pouco exagerado. Quando sua amiga chinesa retorna do inquérito pelo assassinato em Isloo?

— Como sabe disso?

— Mexi meus pauzinhos. Meu irmão disse que não têm ideia de quem matou o general. Não foram os suspeitos de sempre, aqueles que são culpados por tudo atualmente.

— Nunca pensei nessa possibilidade, mas por que está tão interessada?

— Por causa do seu interesse. Por você, me sinto parte disso. Achei que, se eu descobrisse algo, você poderia transmitir a informação à sua amiga. Uma coisa que meu irmão disse foi que o general Rafiq tinha inúmeras amantes.

— Um crime passional?

— É sempre possível, não apenas em nossa amada Pátria. E haverá outro se algum dia você me der as costas. Gosto de você.

— Fique calma. Somos ambos matronas, temos que manter certo decoro. Não há por que voltar à adolescência. Desculpe, isso não se aplica ao seu caso.

— Quando você volta?

— Dentro de duas semanas.

— Acha que devo comprar um apartamento em Londres ou Paris? Tem que ser uma cidade grande.

— Berlim.

— E deixá-lo em paz para arranjar uma amante chinesa em Londres? De jeito algum. Vou comprar um apartamento em Londres. Os preços estão caindo cada vez mais e Alice encontrou um imóvel interessante.

Sentei-me e dei-lhe uma sacudidela.

— Preste bem atenção. Jindié é uma amiga do passado, que vive com Zahid, outro amigo, contra o qual certa vez cometi uma injustiça. Ela não é minha amante.

— Logo será. Tenho certeza. Não vamos discutir. Saberemos quando isso acontecer. Na verdade, prefiro Paris. Vamos dar uma olhada nos apartamentos hoje.

— No Faubourg Saint-Germain?

— Por que não? Quero algo no Quartier Latin. Não seria legal se encontrasse algo na Rue Balzac? E qual dos livros de Stendhal devo ler primeiro?

— Difícil dizer. Compre todos e tire na sorte. Feliz você por poder lê-los em francês. Amo todos os livros dele, mas se me apontassem uma arma e eu tivesse que escolher, ficaria com *Lucien Leuwen*. Este e os outros dois mais conhecidos têm que ser relidos a cada dois anos. Na minha idade, a cada seis meses. Sempre se aprende algo novo. Também recomendo fortemente suas memórias, levemente disfarçadas.

— Quando você voltar, terei terminado todos eles. Leio bem depressa.

— E a compreensão acompanha esse ritmo?

— A insolência acompanha seu charme?

— Reformule.

Ela falava sério sobre comprar um apartamento, de forma que passamos algumas horas procurando imóveis disponíveis em diversas ruas. Gostou de um na Rue de Bièvre e ficou agitada quando lhe disse que Mitterrand e um intelectual marxista polonês tinham ambos morado ali, acrescentando que o restaurante preferido de Balzac ficava também naquela rua. Ela ligou para o corretor a fim de ver o apartamento. Era um lugar imenso para uma rua tão pequena, mas ela hospedaria amigos frequentemente e faria muitas reuniões. Não houve pechincha. Pagaria o que lhe pedissem. O corretor me lançou um olhar de perplexidade, como se perguntasse se aquilo era sério. Sugeri que fechasse logo o negócio antes que ela visse algo na Rue Balzac.

— Bem, esse assunto está resolvido. Vamos agora procurar alguns móveis antigos?

A sala era especialmente ampla, então sugeri que o espaço acima da lareira poderia se tornar um lar para a obra-prima inacabada de Platão. Ela deu um berro.

— Por Alá, nunca! Nem pensar. Aquele quadro é assustador. Você nem mesmo o viu. E também é grande demais para este apartamento ou qualquer outro. Deveria ficar num lugar público.

— E onde está neste exato momento?

— Em nossa casa em Sind, espero, cuidadosamente coberto com lençóis muçulmanos para que seque adequadamente. Platão teve medo de que larápios locais saqueassem seu estúdio quando a notícia de sua morte se espalhasse. Todos os outros quadros estão num armazém. Esse último agora está em casa. Precisamos de um museu na Europa ou na América do Norte que possa abrigá-lo e de alguém como você para escrever um texto de apresentação. Realmente é necessário. Consegue pensar em algum título?

— Canceristão?

— Não seja bobo. Algo simples, que não seja provocador, como O Inacabado...

— Reflexões Moribundas Sobre a Última Nação?

— Cala a boca. Mais uma tentativa e eu...

— Estruturas Artísticas de Significado Político num País Desconhecido. Inacabado, 2009.

— Brilhante. Será esse o título. Na verdade, considerando que você ainda não o viu, se aproxima bastante do que trata a obra e soa obscuro. "Desconhecido" no sentido de ser desconhecido para seus governantes. Sim? Ótimo.

Ganhei um beijo no rosto. Acabei descobrindo que ela era a única testamenteira dos bens de Platão; assim, me concedeu autoridade plena para negociar a venda de *Estruturas Artísticas de Significado Político num País Desconhecido* para museus de arte moderna sérios onde quer que eu desejasse. Ela faria os arranjos para que o quadro fosse fotografado e me enviaria os slides.

— A não ser que queira pegar um avião e vê-lo ao vivo.

— Não neste mês, mas talvez o faça qualquer hora. Sempre ajuda. De qualquer forma, o curador de qualquer museu que o compre com certeza vai querer vê-lo antes de fechar o negócio, ou então mandar um especialista.

— Esse livro que você está escrevendo... Não é apenas sobre Platão?

— Não, e não é uma biografia. É ficção.

— Que Alá o proteja.

— Não há motivo para Alá ficar chateado. Só fico triste porque Platão nunca o lerá. Ele era uma das 16 pessoas para quem o estou escrevendo.

— Estou incluída?

— Platão e eu nos conhecemos há 45 anos. Quanto a você, não faz nem uma semana.

— Sinto que já faz muito mais tempo. Além disso, o livro foi ideia minha. Serei uma das 16. Mantenha este número.

No trem de volta a Londres, eu pensava principalmente em Platão, já que um jornal me pedira para escrever seu obituário. Sua vida raramente tinha sido tranquila ou feliz antes que Zaynab lhe oferecesse um refúgio. Mas tampouco havia morrido física ou mentalmente acabado, como aconteceu com muitos homens mais ricos de sua geração, cujas vidas transcorreram sem um pingo de generosidade ou compaixão. Homens que justificaram, em nome do lucro vil, horrores indescritíveis do mundo moderno. Platão morreu com seu orgulho e respeito próprio intactos.

Numa noite de verão em Lahore, discutíamos o destino do islã no Ocidente. Primeiramente, Platão zombou da nostalgia e da sentimentalidade que prevaleciam sobre o tema — um sinal indubitável de completa ignorância, salientou. Zahid o apoiou, e quando outro amigo disse que a decisão dos muçulmanos em al-Andalus de comer carne de porco para sobreviver era um crime, Zahid defendeu o direito deles de comer bosta de vaca se isso fosse necessário para sua sobrevivência. Um sorriso estranho e triste serviu como prefácio para a resposta de Platão:

— Uma coisa é comer carne de porco para sobreviver. Eu teria feito o mesmo. Mas eles queriam que engolíssemos nossa história, nossa cultura, nossa língua, nosso passado inteiro, e isso tudo não é algo fácil de digerir.

# Treze

No 25° dia após o assassinato do general Ilyas Rafiq, comandante do Batalhão de Ataque dos Serviços Especiais, encontrei-me com sua sogra para jantarmos. Incapaz de suportar ainda mais hipocrisia, Jindié recusou-se a ficar para o *chehlum*, o 40° dia após o enterro, que conclui o ritual do luto oficial. Deixou Zahid encarregado de consolar a filha do casal e voltou a Londres. Propôs levar consigo os netos, para dar a eles e à viúva Neelam um descanso, mas a proposta foi recusada.

A refeição que ela serviu, diferentemente da história que a acompanhava, tinha certa leveza, um pouco saudável demais para meu gosto, mas tudo o que eu queria saber naquela noite era quem matara Rafiq e por quê. Nenhuma prova real surgira até então, ainda que esse pequeno detalhe esteja longe de impedir que uma boa história circule na Pátria. Segundo Jindié, os colegas dele suspeitavam de diversas pessoas por diferentes motivos. Esfreguei as mãos, maravilhado. Era uma clássica história de conspiração na Pátria. Três versões pairavam no ciberespaço, disse ela, e qualquer uma poderia ser verdadeira, embora ela não se importasse mais. No que lhe dizia respeito, seu genro era um patife e tivera o fim que merecera. Outro momento *Rashomon* de nossa elite aviltada, pensei comigo mesmo. Dificilmente assassinos são descobertos na Pátria, aumentando ainda mais seu charme.

O primeiro relato, no qual a maioria das pessoas acreditava, ligava a morte às maquinações de outro general, Mohamed Rifaat, que comandava uma guarnição numa cidade crucial nos limites das terras erodidas, onde os mísseis choviam regularmente sobre os povoados e os rios haviam se tornado vermelhos. Como se sabia, os dois generais, amigos próximos desde a escola, vinham compartilhando uma amante, Khalida "Atrevida" Lateef, a esperta esposa de um suboficial louco para ser promovido. Numa ocasião, os encantos de Atrevida Lateef levaram os dois homens a trocar sopapos na presença de outros oficiais. O adultério, especialmente envolvendo a mulher de um suboficial e atos de indisciplina, era um delito passível de punição.

O general Rifaat, que não provocara o ataque, foi repreendido oficialmente, uma mancha negra que servia de presságio para a aposentadoria precoce numa embaixada estrangeira — Cazaquistão ou, se tivesse sorte, Áustria.

O general Rafiq foi repreendido em particular por seu superior e avisado, com palavras fortes, que tais conflitos eram indecorosos. Nada mais. Ele era um componente local importante na "guerra contra o terror" e visitante habitual da embaixada americana na Pátria. Um furioso general Rifaat decidiu, então, que esse desenlace era inaceitável e planejou uma vingança particular com a ajuda de seu velho colega de classe, o general Baghlol Khan, um pashtun inexpressivo que comandava a Inteligência Intrasserviços mas que não se destacara por sua própria inteligência, tampouco por qualquer outro motivo, exceto obedecer às ordens de seus superiores. Baghlol detestava Rafiq por causa de rivalidades departamentais, mas havia também outras razões. Rafiq, logo após assumir o comando dos Atacantes — como seu batalhão era conhecido —, descobriu dois agentes infiltrados da IIS entre seus oficiais. Determinou então que retornassem imediatamente à base a que pertenciam, enviando suas saudações, que incluíam uma gama variada de insultos, entre elas uma referência desnecessária ao comandante da IIS como general

Bunda-de-Camelo. O epíteto não era de improviso, Rafiq o inventara ainda quando jovem oficial, durante seus dias na Arábia Saudita, muitos anos antes, na ocasião em que os soldados da Pátria defenderam o reino de ameaças internas. O apelido logo se espalhou, aumentando a popularidade de Rafiq com as tropas. Bunda-de-Camelo era também como as tropas viam o general.

Diante desse histórico, o general Baghlol Khan demonstrou extrema alegria em atender àquele pedido pessoal de seu velho amigo, o general Rifaat. Convocou então um dos oficiais a quem Rafiq ofendera e enviara de volta à base; juntos, preparam uma armadilha simples mas eficaz. Atrevida foi levada ao QG da IIS e lhe disseram que, a menos que fizesse o que lhe pedissem, seu marido, o general Lateef, teria o prazer de assistir a vídeos da IIS que a mostravam em ação com pelo menos três generais. Mostraram-lhe trechos de todos os três vídeos, nos quais ela era a protagonista. Perplexa, Atrevida fez o que lhe ordenaram. Telefonou para Rafiq e marcou um encontro. Sua missão era provocá-lo, levando-o a fazer observações pouco lisonjeiras sobre as aventuras amorosas de seu chefe, o comandante geral do exército, a quem Washington pretendia destituir por motivos não relacionados àquele caso sórdido.

Relaxado, Rafiq maravilhou-se diante do encontro não programado e ofereceu a Atrevida um relato picante das aventuras amorosas de seu superior, com detalhes precisos de onde suas muitas amantes viviam em cada cidade, casas que por esse motivo passaram a exigir segurança 24 horas, desviando para essa função alguns de seus soldados envolvidos na guerra contra os terroristas. Como ele poderia saber que Atrevida tinha um gravador escondido num orifício ainda a ser explorado por ele? Por meio do minúsculo dispositivo instalado em um brinco de nariz, a conversa inteira foi monitorada pelos capangas de

Rifaat na IIS, os quais sabiam que tudo o que Rafiq dissera era verdade. Enquanto isso, uma câmera de vídeo secreta, instalada para o caso de o encontro se tornar bastante fogoso e o anel cair, filmara todos os eventos daquela tarde. Parte desse material bruto foi vendido por operadores da IIS nos mercados ferventes de pornografia de todo o país e amplamente visto nas zonas de guerra, onde os homens tinham fome de afeto.

Baghlol foi até o comandante geral do exército e exibiu a fita. O general Sohail Raza ficou lívido. Não por causa das mulheres. Aquilo não o incomodava de maneira alguma, e sim o risco potencial contra sua própria vida. Rafiq foi confrontado e demitido na mesma semana, mas Sohail tinha certa afeição pelo imprudente general, que o lembrava a própria juventude, e sabia que, numa situação parecida, talvez tivesse se comportado exatamente da mesma maneira.

Ofereceu, então, ao general Rafiq uma sinecura: seria chefe de um setor comercial-chave do complexo militar-industrial, onde receberia o dobro do salário do qual tinha desfrutado como general na ativa, somado a comissões regulares de contratantes em potencial do Ocidente, que triplicariam aquele salário já dobrado. Além disso, o emprego vinha com uma enorme mansão, que ele poderia comprar, obviamente, por um preço reduzido quando estivesse próximo de se aposentar. Não havia qualquer responsabilidade, uma vez que todas as decisões importantes eram tomadas por técnicos em combustíveis para foguetes ou outros especialistas. Rafiq, tomado por uma fúria cega e estúpida, recusou essa oferta extremamente generosa. Seu orgulho fora ferido. Sentiu que estava sendo punido injustamente e sabia quem estava por trás de tudo aquilo.

Deixou o Exército contando apenas com sua pensão, que, se comparada ao que lhe tinham oferecido, não era nada, mas que bastaria para alimentar mensalmente uma centena de famílias pobres da Pátria. Depois de passar algumas semanas de mau humor em sua barraca e de realizar posteriores visitas ao bunker imperial em Isloo, Rafiq escreveu ao seu contato mais elevado na Agência de Inteligência de Defesa no Pentágono uma carta, que foi enviada do bunker cifrada por um código de segurança máxima. O general foi imediatamente convocado a Washington e longamente interrogado.

Ele não tinha apenas rompido a hierarquia, mas também divulgado um importante segredo de Estado ao aliado ocasional da Pátria, um país que muitos membros das Forças Armadas consideravam mais inimigo que amigo. A informação que ele divulgou era explosiva. Os generais Rifaat e Baghlol foram acusados de vazar ao inimigo planos secretos das investidas de seu batalhão contra acampamentos terroristas nas zonas de fronteira. Em três ocasiões, disse ele aos guardas, seus soldados altamente treinados e escolhidos a dedo sofreram emboscadas e foram assassinados pelos terroristas. Sugeriu, então, que a AID levasse adiante sua própria investigação em relação aos dois generais citados e deixou para trás uma sacola cheia de provas e pistas. De modo nada surpreendente, uma vez que vinha financiando o exército da Pátria, o Pentágono decidiu agir rapidamente. Tratava-se, alegou, não só da questão da ruptura da soberania de um país como de uma auditoria necessária para proteger os interesses financeiros imperiais em tempos difíceis. Ele esperava que ficassem emocionados com sua preocupação.

Quando as notícias desse ato de perfídia chegaram a seus alvos na Pátria, tais alvos decidiram eliminar o general Rafiq e desacreditá-lo em todo o país como traidor. Assim o fizeram, e as mecânicas empregadas pouco interessam. Esse era o fim da primeira versão.

— Isso lhe parece plausível, Dara?

Dei de ombros.

— Todo aquele universo é tão obscuro que qualquer coisa é possível. Se o general Rafiq realmente agiu segundo conta essa versão, então acredito que a teoria seja crível.

— É o que acha a pobre Neelam. Está convencida de que foi uma decisão do Exército.

— Só para que possamos excluí-las, quais são as outras duas possibilidades?

A primeira, praticamente idêntica a um relatório oficial divulgado pelo Exército a jornalistas, sugeria que o assassinato fora uma execução bem planejada e pelas mãos do Talibu. Rafiq era conhecido como um general que não brincava em serviço, intimamente ligado a agências de inteligência ocidentais. Seu esquadrão localizara e executara um alto comandante do Talibu e, quando estes descobriram que ele não era mais protegido pelos militares, obtiveram do marido de Atrevida, o major Lateef, da inteligência militar, informações sobre sua movimentação. Não cometeram erros. O Talibu, segundo Jindié, é uma tropa especial do Taliban cuja missão é penetrar no Exército e na Polícia da Pátria. São inteligentes, imberbes e geralmente se vestem com roupas ocidentais e óculos escuros. Quando um de seus membros foi capturado e torturado, o oficial americano que supervisionava o interrogatório elogiou suas roupas e comentou com o torturador que as pessoas se vestiam então daquela maneira em Malibu. O prisioneiro respondeu com raiva, num sotaque da Costa Oeste: "Somos o Talibu, não Malibu." Foi dessa maneira que descobriram a existência dessa unidade especial, ou pelo menos é o que dizem. O prisioneiro não soltou mais nenhuma informação e foi assassinado.

— E então? — perguntou Jindié ao terminar.

— Não podemos excluí-la.

— Não. Exceto pelo fato de um membro do Talibu ter feito uma visita secreta a Neelam e jurado pelo Corão que não foram eles os responsáveis.

— Pode ser uma contrainformação. E a terceira versão?

— Estúpida demais, porém sustentada por muitas pessoas a quem Rafiq costumava se referir desdenhosamente como ralé. Dizem que foram os americanos.

Resfoleguei, extasiado.

— Pensei nisso. Geralmente é a primeira resposta. E não se pode negar que, quando se trata de planejar execuções aqui e ali, sempre encontram bons alcoviteiros.

— Eu sei, Dara, mas neste caso é ridículo. O mundo todo sabe que Rafiq era um dos generais pró-Ocidente mais ferrenhos de todo o país. Três agentes da inteligência britânica vieram a nossa casa e se sentaram nesta sala para oferecer suas condolências a mim e a Zahid antes de sairmos para o funeral. Por que matariam um dos seus? Ah, você está brincando. Tinha esquecido esse lado seu. Na última vez que nos vimos você se comportou tão bem. Comeu o suficiente?

— Não.

Ela caiu na gargalhada, o que me lembrou nossa juventude. Deixamos a mesa da cozinha e fomos para a sala. Eu queria conversar sobre seus diários e temas relacionados, mas ela estava preocupada com a filha.

— O que as faz tão religiosas, Dara?

— Maridos cafajestes, o desejo de se agarrar a algo num mundo dominado pelo dinheiro ou quem sabe puro desespero?

— Por esses critérios eu deveria estar num convento... Mas falaremos sobre isso em outra ocasião.

— Quando Neelam tomou esse rumo? Os seus diários sugerem que isso vem da época da escola em Washington.

— Sim, mas ela havia superado essa fase. Suas melhores amigas eram duas meninas afro-americanas de família muçulmana. Quando foi para Vassar, que, a propósito, agora é mista, não existia qualquer traço disso em sua vida. Parecia feliz. Suleiman me contou que Neelam tinha um namorado chinês que não era nem um pouco religioso e tudo parecia bem.

— Onde conheceu Rafiq?

— Em nossa casa em Washington, receio. Era um diplomata militar na embaixada. Zahid o convidou a fazer um discurso para um grupo de médicos da Pátria pró-Bush. Rafiq disse que só o faria se fosse um encontro misto. Assim, esposas, filhas, sobrinhas e outras mulheres marcaram presença. Neelam e Rafiq gostaram um do outro. Ele pediu permissão para vê-la. Dois anos depois, estavam casados.

— Então deve ter algo a ver com ele. Você gostava de Rafiq?

— Não, mas ela sim. Nem Zahid nem eu víamos com bons olhos que ela se casasse com um militar.

— Deve ter sido algo relacionado a Rafiq. Não faz sentido outra coisa. Já perguntou a ela?

— Neelam nunca me contaria. Está completamente alienada, pelo que sei. Tínhamos uma xilogravura de nosso sultão Suleiman, de Yunnan. Pertencia à Vovó Velhinha e provavelmente foi herança de sua mãe. Neelam a emoldurou e ainda o adora, mas o sultanato de Dù Wénxiù nunca foi como ela imagina que o islã deveria ser e como deveria se impor na sociedade. Eu disse isso a ela certa vez e ela rosnou feito um cachorrinho: o sultão Suleiman tinha sido derrotado por não ser um verdadeiro fiel; ele permitia muita liberdade às pessoas, e isso é corrupção. Nesse ponto eu perdi o controle e lhe dei um tapa no rosto. Ela me retribuiu com um sorriso triunfante e saiu. Sei que foi estúpido da minha parte. O que me deixa furiosa é a maneira como ela vem criando seus filhos. Estão sendo doutrinados. O garoto tem 10 anos e recebeu ordens de não falar com meninas. À garota, de 8 anos, estão ensinando como vestir o *hijab*. Será que ela enlouqueceu? Não é de estranhar que Rafiq tenha procurado prazeres fora de casa.

Conversamos sobre Neelam por algumas horas, mas sem chegar a nenhuma conclusão. Eu estava prestes a ir embora quando me lembrei de algo. Perguntei a ela o que tinha escrito na parte destruída do diário que incomodara tanto Neelam em sua adolescência. Será que aquilo poderia ter provocado sua conversão? Jindié ficou levemente ruborizada.

— Era um simples relato de nossa juventude, de como fomos próximos, do meu amor por você. Talvez uma parte tenha sido expressada de maneira forte e passional. Agora não recordo mais, a não ser por tê-lo intitulado com base em um velho ditado: a fama é doce, mas a juventude é ainda mais.

— Certamente não é um provérbio chinês. Ou será que substituiu "ancestrais venerados" por "juventude"? Como sabemos, eles são mais doces que qualquer outra coisa. Um sentimento que começo a apreciar ainda mais a cada ano que passa.

— Não é chinês, é romano.

— Bem, eles sempre apreciaram rapazes. Você deve ter escrito algo que chateou a jovem Neelam.

— Ela pensava que era um segredo, que o pai não sabia de nada daquilo. Zahid era sensível e carinhoso com ela. Não tenho queixas nesse sentido. Ele contou a ela toda a história da amizade entre vocês e lhe disse que sabia de nós dois antes do casamento. Achei que tinha sido bom para ela. Seus pais eram pessoas de mente bem aberta. Eu não devia ter destruído isso. Estava de mau humor.

Ao me levantar e agradecer pela saudável refeição, ela me perguntou se eu não queria ficar. Havia um quarto de hóspedes confortável, e assim poderíamos continuar nossa conversa. Pedi-lhe um café. Não havia café na casa. À meia-noite, porém, me ofereceu uma taça de vinho tinto.

— Por que você continuou com Zahid depois que ele se tornou republicano? A raiva em seu diário me surpreendeu, mas parece que esse sentimento não teve continuidade.

— Nossos filhos...

— E depois que eles saíram de casa?

— Talvez porque eu não tivesse outro lugar para ir. Às vezes me arrependo amargamente de minha decisão.

— Jindié, como isso poderia ser um motivo para alguém como você? Que ideia absurda. Você poderia viver confortavelmente em qualquer lugar do mundo, ou ainda mais confortavelmente em Lahore ou Dali.

— Embora Zahid tenha mudado bastante, às vezes ele se parece muito com você. Isso foi exatamente o que ele disse numa fase terrível de nosso relacionamento, e também deixou claro que eu nunca passaria necessidade. Foi quando sugeriu a separação que eu mudei de ideia.

— Só para se fazer de difícil?

— Em parte. Não havia uma alternativa, e eu já tinha me acostumado a conviver com alguém que não significava muito para mim. Passei a enviar seu dinheiro a Ralph Nader e aos democratas. Tudo mudou depois do 11 de Setembro. Ele aprendeu a lição.

— É verdade que ele salvou a vida de Cheney em 2000 ou isso é apenas outra lenda da Pátria?

— Sim, é verdade, mas ele fazia parte de uma equipe. Não parava de se vangloriar. As crianças ficaram sem falar com ele por um mês.

— Era um bom motivo para você ter ido embora.

— Menos de 24 horas depois dos atentados de 11 de setembro, Cheney instruiu seus funcionários a excluir Zahid de sua equipe médica. O termo "muçulmano" era o suficiente. Quando ele chegou em casa naquela noite, parecia um cão abandonado. Vendemos tudo e fomos para Londres alguns meses depois. Sabia que ele esbarrou com Anjum por acidente?

— Essas coisas acontecem. Quem diria que eu a encontraria novamente? Ou a Zahid. Onde ele encontrou Anjum? Em Isloo?

— Não, em alguma cidade aprazível de Norfolk. Estava lá para uma conferência médica exclusiva e saiu para caminhar junto ao mar. Ela o reconheceu. Zahid ficou perplexo. Ela usava saia e blusa e tinha um crucifixo no pescoço.

— O quê? Virou católica? O que aconteceu àquele idiota com quem ela se casou?

— Era um alcoólatra. Um inútil. Infértil. Impotente em todas as áreas. Todos os seus projetos de negócios fracassaram. O último foi uma tentativa de parceria com uma empresa de construção irlandesa para pavimentar estradas no interior de Sind. Trabalhavam muito devagar. Perderam o contrato. O engenheiro-chefe estava hospedado com eles. Anjum foi embora da Pátria com esse homem. Ele era um fundamentalista católico abstêmio ligado à Opus Dei. Eles são parecidos com o Falun Gong. Pode imaginar? Ele a forçou a se converter, ir à igreja todos os domingos e fazer visitas regulares ao confessionário. Zahid disse que ela estava tão infeliz que começou a chorar à medida que as histórias de terror brotavam.

— Por que então não lhe deu refúgio em Richmond?

Jindié riu.

— Ele ofereceu, mas ela disse que o marido a encontraria. Tinha bastante medo dele. Aquilo chateou muito Zahid.

— Ainda bem que ela o abandonou naquela época.

— Por quê? Talvez tivessem dado certo. Estou com sono.

— Não consegue passar a noite acordada?

Ela começou a rir.

— Estou velha demais para passar a noite no jardim com você.

— Nenhum de nós é mais jovem. Não há sentido em enganarmos um ao outro ou exacerbar emoções que eram fortes porém juvenis. Ainda não esqueci que você me chamou de *Hsi-men*. Por que estava lendo *Chin Ping Mei* naquela idade?

— Encontrei-o em casa, uma edição muito antiga na coleção do meu pai. Tanto eu quanto Confúcio costumávamos lê-lo em segredo, com bastante cuidado para não estragar o livro. Nenhum adolescente chinês que se prezasse naquela época poderia admitir não ter lido pelo menos algumas partes. Em nossa língua, pelo menos, é muito engraçado e também erótico.

— É verdade, até mesmo na tradução. Mas como você explica o fato de não existir nem um só personagem, masculino ou feminino, com quem se possa identificar?

— O autor, anônimo, provavelmente pertencia a alguma seita religiosa obscura que via a natureza humana como algo maligno e imutável.

— Uma visão fria da humanidade.

— Mas nem um pouco surpreendente na China do século XVI, onde a corrupção, as extravagâncias e o uso de mulheres como máquinas de prazer afetavam a todos. Esse foi um dos motivos para o autor permanecer anônimo. O sexo, que tanto agrada aos leitores ocidentais, era algo desprovido de alegria. Fazia parte da degeneração da sociedade chinesa, e era isso que ele queria expor.

— Jindié, não estou seguro de que o autor tenha descrito o ato de fazer amor como algo triste. Exploratório, dominado pelos homens, mas não sem alegria.

— Assim me pareceu.

Ela deixou a sala e voltou com um de seus livros.

— Quero ler algo para você. É de autoria de Hsun-tzu, que era bastante hostil ao argumento de Mêncio de que a natureza humana é essencialmente boa, porém corrompida pela sociedade.

— Concordo com Mêncio.

— Mas o autor de *Chin Ping Mei* não. Ele concordava com Hsun-tzu, que afirmava que a desgraça de um homem nada mais é do que uma imagem de sua virtude. Ouça: "A carne, quando apodrece, cria vermes; peixes velhos e secos dão origem a larvas. Quando o homem é descuidado, preguiçoso e esquece de si mesmo, é aí que o desastre acontece." Ele atacava os governantes da época por sua recusa em aceitar responsabilidade moral.

— Uma chaga universal no que diz respeito a governantes, tanto naqueles tempos quanto hoje. Ainda não fui convencido de nada disso... Fico imaginando como meu velho amigo, seu irmão, Confúcio, teria interpretado o romance.

— É óbvio. Uma obra degenerada refletindo uma época degenerada. Aquela era a abordagem maoista em relação a tudo que era clássico durante a Grande Revolução Cultural Proletária.

Tentei imaginar quais entre os homens que levaram a revolução chinesa à vitória teriam lido o romance. Mao certamente teria gostado, e parte de seus anos mais avançados davam a impressão de terem sido inspirados por Hsi-men, embora o personagem fictício jamais tivesse que enfrentar uma esposa cabeça-dura como Chiang Ching. Nunca tive simpatia por ela, mas não podia deixar de admirar sua firmeza e arrogância ao confrontar seus acusadores no tribunal antes de ser sentenciada à prisão perpétua após o colapso da Camarilha dos Quatro. Aquilo contrastava com a conduta de intelectuais bolcheviques submissos nas farsas judiciais estalinistas dos anos 1930, confessando “crimes” que nunca cometeram. O que teria o lahori Confúcio pensado daquilo tudo? Seus depoimentos seriam de fato interessantes. Desejei que estivesse vivo. E Jindié, o que achava? Ela balançou a cabeça.

— Acredito que tenha morrido sob um nome falso.

— Sinto que ainda está vivo, nos vigiando a distância. É só uma sensação. Puramente irracional. Seu filho, Suleiman, ainda está em Yunnan?

— Sim, vou visitá-lo mês que vem. Nunca estive lá, sabe. É hora de dizer adeus a meus ancestrais. Quer ir conosco? Zahid ficaria contente.

Era uma proposta tentadora; prometi pensar.

— A China está passando por um ciclo memorável em sua história. Como vai terminar?

— Não sei. Às vezes um país cresce, em apenas uma década, mais do que em um século, mas houve tantas décadas e séculos no passado chinês que qualquer profecia se torna impossível. Se puder, acompanharei você à China. Não há outra pessoa com quem eu gostaria de estar em Yunnan.

— Aceitarei isso como um elogio.

Recusei graciosamente sua oferta do quarto de hóspedes, embora graça não seja vista frequentemente como uma de minhas virtudes, além de ser encarada como uma afetação na maior parte de Punjab.

— Foi ótimo, Jindié. Fico bastante feliz de finalmente termos passado uma noite juntos sem discutirmos.

Ela me deu um beijo na testa.

— Por que não quis ficar? Está com medo de ser estuprado por mim, disfarçada de Hsi-men?

— Só não gosto de acordar numa casa onde não há café.

Ela me empurrou lentamente porta afora.

Dirigi rumo ao norte de Londres enquanto começava a amanhecer. Qualquer que seja a época do ano, esse é o melhor horário do dia para estar acordado em Londres, pouco antes de a grande cidade acordar. Atravessei o rio em Kew, parando por alguns minutos para verificar se uma casa que dividira com amigos depois da universidade ainda estava lá. Não estava; levemente decepcionado, prossegui viagem, chegando em casa em 15 minutos. Morar numa praça do início da era vitoriana a dez minutos da estação de St. Pancras tem suas vantagens. Romancistas e solteiros têm algo em comum: ambos estão permanentemente à mercê de caprichos impulsivos. Preparei dois espressos para mim mesmo, fiz a barba, tomei banho, deixei uma mensagem na secretária eletrônica de Zaynab pedindo que comprasse alguns croissants, arrumei minha mala às pressas, colocando alguns livros, fones de ouvido e meu iPod, e fui a pé para a estação. Às 6h15 eu estava num trem rumo ao continente.

# Catorze

Os croissants estavam frios depois que terminamos de fazer amor, mas mergulhar a ponta gelada de um deles numa taça de café com leite quente às vezes pode ser uma experiência igualmente sensual. Zaynab Corão, nome de solteira Shah, morando sozinha em Paris havia um mês, me ofereceu um relato emocionado de sua vida social.

— Não sei se tomei a melhor decisão, D. Amo esta cidade e a cultura francesa, mas algo aconteceu. Já ouviu falar de uma mulher da Pátria chamada Lateef Atrevida? É assim que se apresenta.

Zaynab ficou perplexa quando descrevi as últimas aventuras de Atrevida na Pátria. Balançava a cabeça sem cessar, como se não pudesse acreditar.

— Está escrevendo um livro de memórias e já começaram a promovê-la. Deixe-me mostrar a revista.

Atrevida estava na capa da *Feminisme Aujourd'hui*, uma publicação da qual eu nunca ouvira falar e repleta de propaganda de perfume, lingerie e afins. Atrevida, uma hui de Isloo, ganhara a matéria de capa. Antes disso, eu não tinha ideia de como ela era, mas a imagem na capa não me provocou surpresa. A modéstia sugerida pela echarpe Armani que cobria sua cabeça era imediatamente renegada por seus dois "amigos" logo abaixo, que se projetavam orgulhosamente como se dissessem "Vejam, vejam, também temos destes na Pátria". Seu visual era típico das vedetes de nosso país, as quais desgraçavam uma tradição cinematográfica que já era abismal: pele clara, olhos castanho-esverdeados ou azul-acastanhados, um sorriso de anúncio de pasta de dente, cabelos ondulados, seios fartos e uma expressão de, claro, atrevimento.

Era aquilo o que homens pouco perspicazes do alto comando das Forças Armadas da Pátria procuravam em suas horas de descanso e relaxamento; até porque era melhor que suas necessidades fossem satisfeitas por mercadorias locais. Assim poupava-se o trabalho de ter que importar garotas de programa do Leste Europeu, amplamente disponíveis ao resto do mundo após a queda do comunismo e agora abundantes nos inúmeros bordéis de Cabul e nas diversas monstruosidades de cinco estrelas no Golfo.

As belas esposas dos suboficiais e não-tão-suboficiais mais obedientes eram consideradas presas fáceis, ocasionalmente cedidas com o total consentimento dos maridos, que assim agiam visando a uma promoção instantânea ou a uma sinecura nas empresas industriais-militares, positivamente surpresos pelo fato de suas esposas terem se tornado investimentos tão lucrativos. Esse era o mundo tão bem escrito na obra anônima *Chin Ping Mei*. O alto comando da Pátria estava repleto de tipos como Hsi-men, a quem seus subalternos ficavam felizes em imitar.

A entrevista com Atrevida ocupava seis lustrosas páginas. Ela interpretava o papel de uma muçulmana injustiçada, descrevendo sua opressão em ricos detalhes. O número de vezes que tinha sofrido abusos por parte de homens, totalmente contra sua vontade, as lágrimas que rolavam após cada experiência e como, ao reclamar disso a um sábio religioso, recebera de volta um olhar cheio de raiva e a resposta “Mulheres como você deveriam ser apedrejadas até a morte”. Pura ficção, levemente disfarçada de fato para o mercado europeu, especialmente França e Holanda, onde a remuneração por esse tipo de material era alta. Ela informava aos leitores que estava trabalhando num livro para uma grande editora alemã e suas subsidiárias na América do Norte, França, Grã-Bretanha e Espanha.

Não que mulheres injustiçadas e oprimidas estivessem em falta na Pátria — ainda que seu sofrimento não fosse resultado exclusivo de questões religiosas —, mas Atrevida não era uma delas. Eu mal podia esperar para ler seu livro. A ficção era tão descarada que estava destinada a gerar uma reação. Não consegui segurar o riso ao pensar nos caprichos do mercado. Livros de memórias falsas sobre o comunismo e o Holocausto tinham se tornado populares algumas décadas antes, com as editoras justificando suas biografias fictícias como uma tentativa de enfrentar uma experiência singular terrível, em vez de encará-las como de fato eram, ou seja, esforços de mau gosto para explorar uma tragédia histórica com o intuito de engordar as contas bancárias de certas pessoas.

Agora a temporada de caça ao islã estava aberta. Qualquer lixo era bem-vindo, contanto que mirassem nos seguidores do Profeta, especialmente porcarias vindas de mulheres com aparência agradável, pois seriam mais fáceis de vender no mercado ocidental. Eu compreendia por que Zaynab, casada à força com o Corão, ficara bastante chateada pela entrada dramática de Atrevida no palco europeu. Zaynab tinha realmente algo para contar, uma história centrada no Livro Sagrado, relatando como proprietários de terra gananciosos e cruéis O usavam para oprimir suas irmãs e filhas. Nunca dissera uma só palavra sobre aquele assunto enquanto estivera na Europa. Confessou-me que não tinha a intenção de espalhar as chamas do preconceito.

Ela jogou a revista na lixeira da cozinha.

— Deixemos que se decomponha alegremente na companhia de verduras podres e ovos vencidos.

— Por que está tão brava? Atrevida apenas tenta reafirmar sua independência e ganhar um troco com isso. Não é a primeira, nem será a última.

— Talvez não, mas você tem ideia de como a situação está ruim nesta cidade? Em três jantares nos últimos 15 dias, aos quais compareceram pessoas de tipos completamente diferentes, no minuto em que descobriram que fui criada na fé muçulmana a mesma pergunta foi exaustivamente repetida, geralmente por indivíduos solidários e cultos, sempre com um sorriso simpático no rosto: Por que sua religião insiste na circuncisão feminina? Eu ficava indignada com tal absurdo. De onde será que tiraram aquilo? Mantive a educação nas primeiras vezes e respondi educadamente que, pelo que sabia, milhões de muçulmanas na Indonésia, na China e no Sul Asiático nunca haviam sofrido tal prática. Isso era algo restrito a algumas partes da África, tinha origens tribais. As mulheres cristãs daquelas regiões também eram mutiladas. Não existe nada no Corão ou nas tradições, que conheço bem, que determinasse aquilo. E eu me orgulhava bastante de que fosse assim. Para mim era algo incontestável. Na terceira vez que essa situação se repetiu, levantei a voz. Se os homens podem ser circuncidados, por que não as mulheres? Era um sinal de nossa igualdade. Podíamos suportar qualquer coisa que um homem sofresse.

— E?

— Choque. Horror. Pelo menos até compreenderem que eu estava sendo debochada, quando então descarregava tudo sobre eles. Não os poupei. O último jantar aconteceu numa propriedade bastante elegante e educada, diria até da alta burguesia. Ainda assim fizeram a pergunta. O nível de ignorância era tão elevado que houve um momento em que pensei que deixaria minha cápsula de veneno cair no vinho do anfitrião.

"Para mudar de assunto, perguntei se alguém na mesa era religioso praticante, já que eu certamente não me incluía naquela categoria. Dois jovens, ambos *normaliens*, admitiram sem qualquer traço de timidez que eram praticantes do catolicismo romano e que, para constrangimento de seus pais, mantinham uma postura filosófica defensiva firme. Perguntei-lhes sobre o aborto. Eram contrários. O divórcio e a contracepção eram questões que poderiam ser debatidas, mas aquela não era uma reverência romântica à tradição religiosa. Era a realidade.

"Então estão todos praticando a religião, pensei comigo mesma. E a França, assim como a Itália, apesar de pretensões contrárias, é um país católico. A máscara do Iluminismo está caindo bem depressa. Por que nos atacar? *Munafiqeen.* Hipócritas. Você não pode imaginar o alívio que foi escapar de tudo aquilo e voltar para a cama e para o meu Stendhal. Você estava certo. Adoro os livros dele. Stendhal escrevia num ritmo tão acelerado que somos obrigados a lê-lo na mesma velocidade. Por que esse olhar sentimental no rosto? Estou errada? Fico feliz que você tenha voltado. Não pode se mudar para cá? Você poderia, de Paris, viajar para dar suas palestras, em vez de fazê-lo de Londres.

Nunca imaginei que um dia ouviria Zaynab defender a fé com tanta gana, mas a eurocracia já provocara esse efeito em muitos muçulmanos, fiéis ou não, que agora viviam e trabalhavam no continente. Um mês naquela cidade tinha recarregado suas forças. Eu sabia que ela ficara bastante deprimida com a morte de Platão e por não conseguir ficar lá e vê-lo sofrer e morrer. Mas se recuperava rapidamente. Era essa qualidade de Zaynab, sua recusa em fingir apenas para agradar, como muitos de nossos conhecidos faziam, que eu achava bastante atraente. Tal qualidade criara uma afinidade. Desde quando a conheci, fiquei encantado por sua falta de afetação, fosse quando estávamos sozinhos ou na companhia de outros, como ocorreria naquela noite, já que eu convidara uma dúzia de pessoas para jantar num restaurante situado convenientemente próximo à entrada de seu prédio. Era ali que geralmente fazíamos nossas refeições, uma vez que, como muitas das outras mulheres que conheci, não era uma cozinheira por natureza. Aquele era o momento para uma confissão.

— Zaynab, não tenho a menor ideia se Balzac alguma vez colocou os pés neste lugar. Só disse aquilo para apressar sua decisão de comprar o apartamento.

Ela riu, e seus olhos lançaram chamas em minha direção.

— *Hai*, Alá. Isso é tão engraçado. Fiquei toda animada quando você me disse isso. Depois que passei a conhecer os proprietários, decidi compartilhar essa informação com eles. Ficaram tão empolgados que colocaram um enorme retrato de Balzac no saguão de entrada, como você vai ver esta noite, e também uma citação de *O pai Goriot* no cardápio. Dara, estão até mesmo pensando em mudar o nome do restaurante para *O pai Goriot*. O que devemos fazer?

— É assim que a história se escreve hoje. Que assim seja. Mas podemos sugerir que *Eugénie Grandet* talvez seja um nome melhor para o lugar. Trata-se de um ataque impiedoso à mesquinhez, portanto pode encorajar os clientes a gastar mais. Uma série de citações apropriadas pode ser utilizada para enriquecer o cardápio e aumentar o impacto. Fazem tudo isso para aumentar sua receita. Ganhar dinheiro. Uma verdadeira homenagem a Balzac.

— Como devo apresentar você aos outros convidados? Não me refiro a sua profissão, mas...

— À nossa relação?

— Algo assim. Um dos franceses é casado com uma antiga beldade de Karachi, então o que for falado chegará aos ouvidos na Pátria. Disso podemos ter certeza. É impressionante como estou assimilando seu jargão estúpido.

Discutimos a questão por um longo tempo. Alternativas eram consideradas e descartadas. Zaynab muitas vezes exercia julgamentos um tanto rígidos, algo que não lhe era estranho desde seus anos de piedade e isolamento forçados da adolescência.

— Posso dizer que é meu cunhado e que está me visitando por alguns dias.

— O Corão tem irmãos?

— Seu bobo. Quis dizer o cunhado de meu irmão.

— Ou quis dizer o irmão de sua cunhada?

Um ataque de riso a paralisou por alguns instantes. Sugeri uma solução mais simples: eu seria apenas outro convidado. Isso evitaria qualquer ladainha desnecessária. E assim chegamos a um acordo. Um telefonema da antiga beldade, à tarde, trouxe ainda mais alívio. Surgira uma emergência e ela e Jean-Claude teriam que ir a Lyon confortar o filho do casal. Zaynab tinha agora dois convidados a menos, o que a preocupava. Sugeri que chamasse um de meus editores de não ficção. Se Henri de Montmorency estivesse na cidade, seria uma presença divertida e ela perceberia que Paris ainda possuía suas mentes críticas, ainda mais desgostosas da cultura oficial do que ela própria parecia ser. Ele estava disponível. Tinha uma nova amante tunisiana, Samira, e ambos ficariam contentes em se juntar a nós para jantar. Mas havia um pequeno problema. Henri concordara em encontrar, para um drinque, um autor chinês, que escrevia um livro sobre Xangai, e talvez chegassem um pouco atrasados.

Sugeri que ele levasse seu autor chinês para o jantar. Subitamente a festa começou a parecer mais promissora. Zaynab havia originalmente organizado o jantar para ser polido, retribuindo a hospitalidade dos islãmófobos que a tinham alimentado no mês anterior. Ela sabia que a ocasião tinha tudo para ser uma noite maçante, e, como era a anfitriã, ficar sentada em silêncio desdenhoso — uma opção satisfatória em outras situações — não era uma possibilidade.

Na verdade, a noite correu tranquilamente até que Henri de Montmorency e seu grupo chegaram. Samira não se dera ao trabalho de vestir boas roupas, o que surpreendeu alguns. O autor chinês graciosamente distribuiu sorrisos para todos nós. Foi Henri quem começou a discutir logo de início, quando ainda consumíamos o primeiro prato. Anunciou que acabava de voltar de Gaza e começou a falar de crimes e atrocidades cometidos por Israel. Mesmo nas melhores ocasiões, esse não é um assunto muito apreciado pela sociedade polida de Paris. Uma das mulheres presentes, casada com um editor de um jornal liberal, pediu desculpas e nós a ouvimos vomitando ruidosamente na toalete. Seu marido acorreu em seu socorro enquanto o silêncio reinava na mesa. Então o casal voltou, o jornalista pediu desculpas por sua mulher, que não se sentia bem, e foram embora.

Henri, cujo sobrenome ocultava suas origens sefaraditas (das quais tinha um orgulho imenso), não se compadeceu:

— Não é a primeira vez, sabem. Ela ficou enjoada em outro jantar a que compareci há alguns anos. Eu estava voltando de Jenin. Não acredito que ela realmente passe mal. É mais um ato de protesto. No minuto em que a vi soube que uma menção a Gaza a mandaria direto para o banheiro.

Continuamos com o prato principal. Outro dos convidados de Zaynab, que trabalhava para o Crédit Suisse, perguntou-me onde eu estava hospedado. Enquanto eu pensava no nome de um hotel, Zaynab respondeu por mim:

— Na minha casa. E não no quarto de hóspedes.

— Ah — disse Henri —, vocês estão juntos. Fico feliz. Que bela notícia, Dara.

Até então o autor chinês, Cheng Chiao-fu, ficara em silêncio. Olhei para ele mais atentamente. Sorriu. Eu tinha a certeza de que o conhecia de algum lugar.

— Que livro está escrevendo para Henri, ou é um segredo?

— Henri acha que é sobre um famoso escândalo bancário em Xangai que levou a três execuções públicas. Será um pequeno livro. Estou trabalhando numa obra muito maior, sobre a história ou, mais precisamente, sobre a sociologia dos festivais na China. Existem muitos, e suas origens sempre me interessaram. Os livros que tratam deles não são bons.

O inglês de Chiao-fu era perfeito, sem um traço do sotaque chinês, mas, antes que eu pudesse interrogá-lo, Zaynab tentou iniciar uma conversação com a companheira de Henri:

— Você trabalha para Henri?

— Posso dizer que trabalho nele.

A essa altura já estávamos terminando a refeição, mas, não desejando ouvir nada mais nessa veia, os outros convidados de Zaynab alegaram falta de tempo e nos deixaram. Zaynab explodiu em um riso de alívio. Instalou-se na casa uma atmosfera mais relaxada. Eram apenas 22 horas; mais vinhos e queijos foram postos na mesa. Perguntei a Chiao-fu se ele tinha estudado na Grã-Bretanha ou nos Estados Unidos.

— Em nenhum dos dois.

— Onde aprendeu inglês?

— Não consigo lembrar.

A maneira como falou isso me pareceu familiar. Olhei para ele mais atentamente.

— Acha que já nos encontramos antes? — perguntou. — Isso poderia ser interessante.

— Importa-se em tirar os óculos?

Ele assim o fez, e eu tive quase certeza. Falei com ele em panjabi, uma frase que ele usava muito nos velhos tempos:

— Seu cachorro, Confúcio, seu sodomita de coração gelado. Por onde andou todos esses anos?

Ele respondeu em panjabi:

— Quem é você? Nos conhecemos?

— Em Lahore. Eu conhecia seus pais e Jindié. Ela mora em Londres agora.

Ele ficou pálido, e algo que nenhum de nós havia considerado uma possibilidade era agora uma certeza, a não ser que estivesse blefando. Mas logo ficou claro: ele havia perdido a memória, ao menos parcialmente. Continuei falando com ele em panjabi e ele respondeu e fez perguntas.

— Desistiu da física?

— Não sei. Cursei economia na Universidade de Pequim.

Zaynab viu que eu estava à beira das lágrimas. Ela perguntou:

— Confúcio, você se lembra de Platão?

— Sim, acho que sim. Ele me fazia rir. O que aconteceu com ele?

— Morreu faz poucos meses.

— Fico triste em saber. E você o conhecia também?

Henri imediatamente percebera que o que estava acontecendo parecia sério. Expliquei rapidamente num francês arrevesado quem era realmente Chiao-fu e ele me respondeu que era considerado um dos principais economistas do país, mas que fora repudiado por causa de comentários cáusticos que fizera sobre o rumo que a China estava tomando. Não pude reprimir algumas lágrimas. Um pouco do Hanif Ma-Confúcio ainda restava nele. O que acontecera com aquele rapaz? Que identidade teria assumido ou ganhara, e em que circunstâncias? Sua confusão era agora palpável. O fato de que podia de súbito falar uma língua totalmente diferente, da qual não tinha ideia de que existisse dentro de si, abalou sua autoconfiança. Perguntei se podia telefonar para sua irmã e informá-la a respeito.

— Depois, por favor. Vamos apenas conversar agora. Em panjabi.

Zahid e Jindié chegaram na manhã seguinte e todos nos encontramos no final do dia. Confúcio ainda estava desnorteado. Não reconheceu Jindié, mas aceitou racionalmente que ela poderia ser sua irmã apesar do seu chinês claudicante. Ela recaía frequentemente no panjabi, lembrando a ele sua infância, usando frases que misturavam panjabi e mandarim que eram do passado de ambos, sendo conhecidas só por eles. De vez em quando ele sorria, o único lampejo de reconhecimento. Mais progressos exigiriam tempo. Pude ver que ela havia chorado e tentei consolá-la.

— Obrigada por encontrá-lo.

— Pura sorte.

— Mas você tinha convicção de que ele estava vivo.

Nos abraçamos calorosamente.

— Vá com ele a Pequim e descubra mais. Fique o tempo que for preciso, Jindié.

— Vou escrever para dar notícias.

Apertei a mão de Confúcio e disse "até logo" em panjabi.

— Vamos nos encontrar de novo, Confúcio. Estou tão feliz de que Zahid e eu não somos os únicos sobreviventes que restam da mesa na faculdade!

— Existia alguém que chamávamos de Respeitável?

Zahid e eu gritamos em coro:

— Sim!

— Por que me chamam de Confúcio?

— Deixarei Zahid explicar isso detalhadamente para você. Estou ansioso para ler seu livro.

O intenso afeto que Jindié sentia por ele só podia aumentar a dor que ela sentia quando ficava óbvio que ele não a reconhecia. O que sabia ele? Lembrava-se de seus dias maoistas? Seria seu passado um branco total? Não podia ser, se falar em panjabi o lembrara o Respeitável. Talvez estivesse tudo dentro dele à espera de uma oportunidade para voltar à superfície. Zahid confiava em que algo de tudo aquilo seria recuperado, embora fosse provável que o choque ou acidente que causara a perda da memória tivesse ocorrido muito tempo antes. E isso seria um problema.

Voltei à Rue de Bièvre exausto. Zaynab tinha saído, então liguei o computador para ler sobre perda de memória. Nada definitivo. Variáveis demais. Uma estatística interessante, porém, revelava que em sessenta por cento dos casos estudados na Califórnia a memória tinha sido recuperada, se não completamente, ao menos grande parte.

Eu pensara seriamente em ir a Kunming e Dali com Jindié e Zahid, para conhecer o jovem Suleiman e descobrir o que restara dos monumentos da época da rebelião. Quanto da Cidade Proibida de Dali ainda existia? Teriam os manchus, assim como os guardas vermelhos de um século depois, descarregado sua vingança na arquitetura também? Mas agora tudo teria que esperar. Confúcio havia se tornado o centro do mundo de Jindié.

O dia seguinte, mesmo não marcando oficialmente a estação, foi quando começou realmente a primavera. Paris era acariciada por brisas deliciosamente quentes; Zaynab e eu caminhamos praticamente o dia inteiro. Ela ouvira falar, por meio de Platão, de Jindié e de mim, de Zahid e sua vida, e claramente sabia de alguns detalhes. Virando-se para mim, parecia ligeiramente preocupada:

— Acho que Jindié ainda o ama.

— *Aflatuni ishq*. Amor platônico.

— Nosso Platão não pensava assim. Ele não lhe contou que quando estava sendo descoberto, graças à sua ajuda, ela perguntava a ele de você e de sua vida?

— Nunca me contou. Era obviamente trivial demais para ser repetido. De qualquer forma, nada significa. Gosto dela. Nada mais. Ela e Zahid são muito próximos sob determinada perspectiva e a vida dos dois adquiriu um ritmo que é conveniente a ambos. Acontece com casais que estão juntos há muito tempo. Você parece contrariada.

Ela não respondeu, e fiquei pensando se isso teria algo a ver conosco. Perguntei isso a ela.

— Acho que sim, de certo modo. Quando nos tornamos íntimos, eu não sabia o que sentia realmente por você, mas agora me acostumei à sua presença. Sinto saudade quando você não está aqui, e isso não é bom. O que acha?

— Acho que precisamos encontrar para você um brinquedinho sexual. Um jovem vigoroso que possa acompanhá-la pelo mundo inteiro. Um jóquei capaz de montar qualquer égua. Um chofer ao estilo de Platão, só que jovem e viril.

— É sério, Dara. Não estou brincando.

Eu enxergava inúmeros obstáculos a qualquer arranjo permanente, mas podia também ver o lado atraente do que ela propunha. Eu me acostumara tanto a ficar sozinho e a apreciar minhas atividades que uma ruptura completa na minha velha rotina não me atraía. Talvez pudéssemos ficar juntos em fins de semana prolongados, e até mais, se quiséssemos, mas eu podia ver também que, depois de um longo intervalo, o destino oferecia uma nova possibilidade numa bandeja, e isso também era gratificante.

— Vamos falar disso depois e ver o que faremos. Como deve saber, eu me apeguei a você.

— Não tanto a ponto de me convidar para o seu apartamento em Londres.

— Vamos amanhã. E verá por si mesma.

— Está falando sério?

Sim, eu falava sério. Então ocorreu-me que nenhum de nós dois havia informado Alice Stepford da morte de Platão. Naquela noite telefonei para ela em Nova York. Alice exigiu saber por que não tínhamos contado antes a ela. Achei que deveria ser sincero:

— Esquecemos.

Ela ficou injuriosa, mas depois se acalmou e chorou sentidamente.

— Saiu algum obituário?

— Dois, no *Art Monthly*. Ambos bons.

— Eu quis dizer no *New York Times*.

— Não.

— Vou escrever um. Suponho que Zaynab seja a testamenteira e que todas as pinturas agora pertençam a ela.

— É verdade, Ally.

— Alice. Bom. Ele fez um nu meu certa vez. A coisa usual. Seios iguais como balões e todo o resto a que se tem direito. Você poderia dizer a Zaynab que, se não foi vendido, eu gostaria de comprá-lo dela? Eu não gostaria de pensar nesse quadro pendurado por aí. Talvez eu mande um e-mail para você pedindo alguns detalhes da juventude dele, mas fora isso vou escrever principalmente sobre sua obra.

Foi o que ela fez, apresentando Platão a um público de arte que ele nem conhecera nem cobiçara. Era o único dos meus amigos que, no tempo todo em que o conheci, não demonstrou nenhum interesse, seja negativo ou positivo, nos Estados Unidos, nem qualquer desejo de visitá-lo. Essa ausência de curiosidade me incomodava, e, quando eu o repreendia, ele desdenhosamente dava de ombros, mas nunca oferecia uma explicação.

Podemos voltar depois ao impacto do obituário de Ally, mas enquanto isso Zaynab me espera no restaurante para ouvir minhas ideias sobre nosso futuro. Pensei em todas as coisas de que gostava nela, algumas das quais já foram enumeradas. Outra qualidade sua que eu apreciava era a incapacidade de ficar de conversa fiada e de dar sua atenção integral a pessoas que não apreciava ou não admirava. Melhor não falar do que fingir. E embora estivesse agora no início da casa dos 50 anos, conservara uma qualidade juvenil, graças principalmente a seus olhos cheios de malícia, que ocultavam sua idade. Todos esses traços não podiam ser o resultado de sua educação singular, ou outras infelizes em posição similar também teriam igualmente se beneficiado. Nem havia traço algum de amargura nela. Não desconfiava de motivos espúrios nas pessoas das quais gostava, nem fazia conclusões ácidas em relação a suas ações. Tenho certeza de que foi isso o que atraiu Platão, não só a mim, e de que era esse o motivo para ele a adorar tanto.

Minha hesitação era puramente egoísta. Eu não queria novas rupturas na minha vida, mas receava que isso pudesse acontecer, então criei uma fórmula conciliatória que satisfizesse a nós dois: fins de semana e feriados juntos e a cada três semanas uma mudança de cidade. Ao entrar no restaurante, a primeira coisa que notei foi que o retrato de Balzac havia desaparecido da parede. Zaynab estava sentada à sua mesa perto da janela, sorrindo. Quando me aproximei, ela apontou para o cardápio para indicar que a citação de Balzac também havia desaparecido. O que acontecera? Aconteceu aquele sodomita do Henri de Montmorency. Voltou numa hora do almoço e informou ao proprietário espanhol que o local era posterior à morte de Balzac e que, de qualquer forma, aquela não era uma rua muito visitada pelo romancista. Eu deveria ter alertado Henri sobre a piada, mas ele havia escrito uma história de Paris muito recomendada e provavelmente ficaria zangado comigo. A História era sagrada, e ai daqueles que tomassem liberdades com ela. Tentamos não rir. Zaynab lhes dissera que era um erro honesto da minha parte, ela me contou aos sussurros.

Conversamos, e ela pareceu perfeitamente feliz com minha solução, contanto que pudesse ficar comigo em Londres. Por que seria isso um problema? Ela gesticulou como se sugerindo que eu sabia. Fiquei genuinamente intrigado.

— Você não preserva Londres pura para Jindié?

Era ciúme. Explodi numa risada, repeti o que já tinha dito, expliquei por que não havia ficado no quarto de hóspedes de Richmond e contei-lhe a desculpa que eu dera a Jindié. Por um minuto fui alvo de um olhar fixo e intenso, depois ela explodiu numa risada.

— Sei como você é exigente em relação ao seu maldito café. Essa pode ter sido também a verdadeira razão. Então houve duas razões para não ficar. Agora estou convencida.

Ela tomou mais vinho do que o usual naquela noite e a certa altura foi tomada por uma crise de riso, aos quais era inclinada. Dessa vez não havia razão aparente. Finalmente ela falou:

— Jurei segredo total, e se isso aparecer em alguma parte vou perder uma grande amiga em Nova York. Ela nunca me perdoará. É sobre um professor de nossas partes.

— Em que partes está pensando?

— Geográficas. Nesse caso, do sul da Ásia.

A história tinha a ver com egos acadêmicos. Uma das principais professoras no departamento de literatura de uma universidade do Meio-Oeste fora convidada a Harvard algumas semanas antes, onde ela deveria receber um diploma honorário, seguido por um banquete permeado de discursos. Seu melhor trabalho já havia ficado para trás, mas a ajudara a adquirir uma enorme reputação e um culto de seguidores por motivos que, até mesmo então, no auge da onda pós-moderna, no final do anos 1980, só podiam ser parcialmente identificados. Depois disso ela havia fenecido, produzindo livros que seus alunos eram obrigados a ler mas que não faziam parte da lista curricular de outras instituições. As universidades de Nova York, em especial, haviam ignorado seu trabalho recente e deixado de convidá-la para palestras. Por essa razão, o título honorário em Harvard e o frisson que o cercava vinham em boa hora para ela.

Durante o jantar, ao qual a amiga de Zaynab estava presente, a convidada de honra foi ignorada pela maioria dos velhos à mesa. Essa falta de atenção a abalou profundamente e ela irrompeu em lágrimas silenciosas, que não foram notadas, e então começou a chorar copiosamente. Todo mundo ficou em silêncio; agora ela era o centro das atenções. Um bondoso professor aposentado na casa dos 80 anos enlaçou-a com o braço e perguntou-lhe por que estava tão transtornada.

— É o seguinte — disse a visitante. — Depois de uma longa temporada a seco, arranjei um namorado egípcio no mês passado. Tudo correu bem até ontem, quando ele se recusou à queima-roupa a fazer uma cunilíngua por causa de sua religião. O episódio agora me veio à cabeça e me fez chorar.

Houve um silêncio sepulcral. Ela encarou a plateia com um ar de súplica e implorou por algum conselho sábio.

— Algum de vocês sabe por que a Igreja Copta proíbe a cunilíngua?

Eu ri quando Zaynab terminou a história. Foi um dos desabafos mais originais e abrangentes que já ouvi a respeito dessa professora em vinte anos. E assim que ia saindo do restaurante, acho que consegui convencer seu hirsuto proprietário de que não fazia a menor diferença se Balzac tinha ou não comido naquele local. Seu espírito agora pairava sobre toda a área, se não sobre o país como um todo, e ele deveria recolocar o retrato e a citação. O espanhol prometeu considerar o caso.

Mais tarde naquela noite concordamos em que, como amigo de Platão e seu possível biógrafo, eu acompanharia Zaynab às propriedades da família dele e estudaria sua obra inacabada.

— Já lhe disse que odeio a obra, D. Se sua opinião for a mesma e aquilo não tiver nenhum valor intrínseco, vamos deixá-la por lá mesmo. Por que a impor ao mundo? Platão teria respeitado a decisão.

O sono não veio fácil naquela noite. A toda hora Zaynab se sentava na cama, acendia a lâmpada e me fazia perguntas.

— D., qual era aquela canção panjabi boba que Platão costumava cantar ou cantarolar e que tinha um primeiro verso engraçado mas no resto era convencional?

Lembrei:

— O primeiro verso era contribuição de Platão e o resto da canção era Bollywood dos primeiros tempos, da safra 1958, eu acho.

— "A visão dos teus seios me faz dormir." Platão idiota.

Meia hora depois:

— As pessoas idiotas costumam ser mais felizes que as inteligentes?

— Zaynab, são quase 2 da manhã.

— E daí? Ora, não consegue dormir? Mas primeiro responda minha pergunta.

— E como eu vou saber? Faça uma lista dos membros da sua família e responda à sua própria pergunta.

— Conheço algumas pessoas realmente idiotas, mas não é isso o que eu quero dizer. O que eu quero saber é se elas entendem ou não o conceito de felicidade.

Apaguei a luz e apertei-a em meus braços.

# Quinze

Seis meses depois, quando voltei a Paris, foi difícil ignorar o fato de que Latif Atrevida havia conquistado a cidade. Seu livro tinha saído. Fora vendido para toda grande editora do mundo. Os adiantamentos tinham sido modestos, pois a indústria passava por severa crise, mas subvenções para o livro haviam sido prometidas por várias fundações e organizações culturais a fim de cobrir as perdas. Viam-se cartazes com a imagem de Atrevida por toda parte. Ela mudara o nome para algo que era ao mesmo tempo familiar e exótico. Agora se chamava Yasmine Auratpasand. O mercado reagiria bem ao nome, com um pequeno encorajamento dos diretores de marketing da editora. Sua esperteza e seu cinismo garantiriam, ambos, boas vendas e, muito mais importante, a projetariam diretamente no mundo das celebridades. Ao contrário de seus equivalentes masculinos, ela não precisava de nenhuma ajuda médica na área dos implantes capilares ou do que é tecnicamente descrito como uma rinoplastia. Atrevida era uma garota panjabi saudável com uma beleza rústica. Tudo o que precisava era trabalhar um pouco sua dicção do inglês, mas não demais, e seu sorriso exageradamente ansioso, ao qual lhe pediram para conferir um toque mais refinado, um pouco mais modesto, o suficiente para que não parecesse estar adorando seu novo status tão intensamente quanto de fato o adorava. Os midiocratas foram aconselhados a pegar leve com ela e, ao mesmo tempo, a garantir que ela se tornasse uma celebridade da noite para o dia. Isso era importante, pois Atrevida precisava ser usada para justificar, da maneira mais doce e suave possível, toda atrocidade ocidental em terras muçulmanas que exigisse justificação e simultaneamente ajudasse a preparar a opinião pública para aceitar futuros crimes. O que deveria ser evitado era uma comparação muito precipitada dos seus escritos com os de Voltaire. Aquela alegação fora seriamente desacreditada numa operação anterior desse tipo e Washington fora forçado a intervir e transportar a heroína em questão para a segurança de um grupo de pesquisa da ala direita. Talvez dentro de seis meses a frase "existe um toque de Diderot na sua obra" pudesse ser sugerida a Jean-Pierre Bertrand, o anfitrião do Orinico.com, um show itinerante de livros transmitido pela France 2, que foi filmado num avião cargueiro e patrocinado pela companhia do mesmo nome.

A entrevista com Atrevida no *Le Monde* fora conduzida ou *inventada* — se os leitores me perdoarem uma verdade caseira — por um dos convivas dos jantares de Zaynab, que, como a maioria dos jornalistas veteranos do mundo ocidental, escreviam textos tão imaginativos como aqueles capitães galantes que avivavam o século XVI com relatos de aventuras em mundos desconhecidos onde tinham matado incontáveis bandoleiros e um vasto número de pagãos. (Aquelas histórias haviam, na sua época, inspirado ou provocado centenas de sonetos satíricos e às vezes extremamente vulgares, que eram secretamente admirados por muita gente.)

Em nosso século XXI, as virtudes reais de uma mulher muçulmana não podem ser apreciadas por si só, mas, assim como as dos capitães aventureiros, precisam ser temperadas com histórias, imaginadas ou reais, de coragem diante de obstáculos avassaladores; no caso dela, da tirania islâmica. E como a luta contra essa tirania é liderada por políticos humanitários e generais com altas ligações no mundo ocidental, eles e sua rede global de acólitos se tornam os árbitros finais do valor dos livros dessas mulheres. Zaynab, uma valorosa mas subestimada heroína muçulmana, tinha acompanhado as bizarrices de Atrevida com uma sensação de horror, mas também com admiração crescente.

Ela consultou o relógio e correu para ligar a televisão no canal Arte.

— É a única coisa que vale a pena assistir... às vezes. Havia debates mais sérios nas redes de TV da Pátria durante o período militar. Não agora.

— O que estamos vendo?

— Shhh.

A Arte tinha decidido transmitir uma entrevista dupla com Atrevida e uma crítica sua, uma francesa do Magreb com vestes *hijab*. Os dois pontos de vista seriam exibidos aos espectadores como uma escolha do tipo este-ou-aquele. Zaynab não me deixava desligar a TV nem permitia que eu saísse da sala. Era ao vivo, disse ela, e qualquer coisa podia acontecer, coisa de que eu duvidava muito. Era raro essas coisas serem deixadas ao acaso, e a espontaneidade imprevista costumava receber uma focinheira no momento em que erguia sua inoportuna cabeça.

O entrevistador, em uma camisa de seda que deixava entrever um pedaço de seu peito peludo, era o onipresente Bertrand, que apresentou as duas mulheres numa voz francesa roufenha. Preferi ler as legendas em alemão.

— Yasmine Auratpasand, naturalmente, é conhecida de vocês. Sua luta por luz num mundo de escuridão nos inspira fortemente. No canto direito está Yusufa al-Hadid, uma jovem professora que publicou uma crítica nada diplomática da obra de madame Auratpasand no *Le Monde Diplomatique*, onde mais podia ser?

Ele tentava nos divertir com sua terminologia de pugilismo, destinada também a nos garantir que era o único juiz. Sua tarefa era separar as combatentes se a luta se tornasse muito violenta, impedir golpes sujos e fazer uma nova pergunta toda vez que considerasse encerrado um assalto. A fim de criar a atmosfera para essa nova objetividade, ele mostrou à audiência um filme de dez minutos sobre o mundo de Atrevida e a sociedade que a havia produzido. Barbas, bombas, cenas terríveis de capangas do Talibã chicoteando uma mulher, estatísticas de crimes de honra, tudo isso "compensado" por entrevistas com algumas boas pessoas da Pátria, principalmente mulheres, que apontavam que a maioria das mulheres condenadas era morta na família e não por fundamentalistas. Vieram então entrevistas com muitas pessoas ruins que queriam mais guerras, apoiavam os ataques por aviões não tripulados e aceitavam, com expressão de tristeza, que os efeitos colaterais eram o preço a ser pago pela liberdade. Será que eles diriam isso caso suas famílias tivessem sido exterminadas? Entrecortadas a tudo isso apareciam imagens de Atrevida na pacífica Paris, refletindo sobre a diferença entre os dois mundos. Material maravilhoso. Igualzinho a uma luta de boxe cujo resultado já fora decidido antecipadamente — contanto que o perdedor cumprisse o combinado. Presumi que em Yusufa al-Hadid eles tivessem encontrado uma jovem islamita particularmente obtusa que nocautearia a si mesma, uma vez que Atrevida tinha de obedecer ao próprio roteiro e era incapaz de um golpe mortal. Mas eu estava enganado.

A jovem de cabeça coberta começou a falar. Numa voz enganosamente suave, ela parabenizou o diretor por nos ter oferecido um filme do qual todas as imagens desagradáveis de policiais parisienses agredindo negros tinham sido eliminadas. Isso não era um feito fácil na "nossa Paris". Por que haviam filmado madame Auratpasand exclusivamente nas arcadas? Bertrand ocultou sua irritação com um sorriso paternalista. Cabia a ela, naturalmente, o direito de opinar, porque, afinal, a França era um país livre. Essa observação, naturalmente, implicava que al-Hadid não era francesa, mas de uma outra nacionalidade não especificada. Então ele começou a plantar suas perguntas pomposas mas banais.

Atrevida fora eficientemente orientada e cuidadosamente treinada. Seu francês melhorava a cada dia. A certa altura ela disse, com um suspiro:

— Que alegria é ler Diderot.

Bertrand foi ao delírio:

— Devo confessar que depois de ler sua obra eu disse a Justine, minha mulher, que aliás é uma famosa cantora de ópera e grande fã do seu trabalho, que na minha opinião temos um novo talento entre nós. Uma mulher de uma zona de guerra com um toque de Diderot.

A câmera se demorou primeiro no peito dele, depois no dela. Antes que ele pudesse continuar, Yusufa interrompeu numa voz calma e ponderada:

— Perdoe-me, madame Auratpasand, mas poderia compartilhar conosco qual obra de Diderot lhe deu tanta alegria?

Coitada de Atrevida, ficou aturdida, à beira do pânico. Enxugou um pouco do suor do rosto e tomou um pouco d'água. Bertrand interpôs-se agilmente:

— Você disse antes que era *A religiosa*.

— Sim, sim — disse Atrevida, agradecida. — É isso mesmo. Brilhante, brilhante, muito brilhante.

Yusufa persistiu.

— Gosto dessa também. Com que personagem se identificou mais?

Desta vez Bertrand estava preparado:

— Podemos discutir Diderot em outra ocasião. Agora eu gostaria de perguntar à Sra. Auratpasand se chegou a usar a burca alguma vez.

Ela assentiu com a cabeça e um olhar tristonho tomou conta de seu rosto. Zaynab esperava que algumas lágrimas se seguissem, mas foram represadas, embora seus cílios tremulassem numa tentativa de arrancar algo lá de dentro.

— Fui forçada a usar a burca por meu pai, quando comecei a frequentar a escola. Sentia-me terrivelmente constrangida. Era como se meu cérebro fosse comprimido. Depois que me casei, meu marido não insistiu em que eu usasse, exceto quando outros homens, estranhos, vinham a nossa casa, mas não quando eu saía para fazer compras.

Bertrand virou-se para Yusufa.

— Comecei a usar um *hijab* só quando ele foi proibido nas escolas francesas e algumas municipalidades ameaçaram torná-lo ilegal nos espaços públicos. Agora até que gosto de usá-lo como um gesto de desafio, ou deveria dizer de liberdade?

— Ah — disse Atrevida, que claramente não havia entendido o que a outra dissera —, lamento que seja obrigada a usá-lo. Não sente um peso opressivo na mente? Sufocante, esmagando seus pensamentos?

Em resposta, Yusufa recitou um verso cujo efeito era tão hipnótico que chegou até a silenciar Bertrand por alguns segundos:

*Eu disse a minha amada de faces rosadas, "Oh, você com sua boca de pétalas,*
*Por que mantém o rosto escondido como uma garota namoradeira?"*
*Ela riu e replicou, "Ao contrário das beldades do seu mundo,*
*Na cortina eu sou vista, mas sem ela eu me escondo."*

*Suas faces não podem ser vistas sem uma máscara,*
*Seus olhos não podem ser vistos sem um véu.*
*Enquanto o sol brilhar,*
*Seu rosto jamais será visto.*
*Quando o sol banha nossa esfera com sua bandeira de luz,*
*Ofusca a visão distante;*
*Quando ele resplandece por trás de uma cortina de nuvens,*
*É possível vê-la sem baixar os olhos.*

Atrevida comoveu-se, embora não o devesse. Suas observações fora do script poderiam tê-la destruído.

— Tão bonito, Yusufa. Tão bonito. Foi você quem escreveu?

— Não, não, é de Jami.

— Ah, Jami — disse Bertrand. — Os árabes faziam poesia tão boa...

Yusufa o corrigiu:

— Ele era persa e morreu em 1492, não muito depois da queda de Granada.

No que dizia respeito a Zaynab e eu, a jovem francesa havia nocauteado tanto Atrevida quanto o juiz. O resto da entrevista foi um jogo de cartas marcadas, mas o espírito de Yusufa impôs o seu brilho e Bertrand ficou passado e obviamente irritado consigo mesmo. O pesquisador que descobrira Yusufa iria sentir a ira de Bertrand.

Ao descermos para comer, Zaynab destacou outro triunfo. Henri de M. havia sido derrotado. O restaurante tinha se reinventado como o de Eugénie Grandet, e, ao entrarmos, vimos que o retrato de Balzac estava de volta na parede, junto a capas emolduradas de muitas de suas obras. E o cardápio estava de novo brazonado com uma citação.

Zaynab confessou agora que Henri tinha lhe pedido para escrever um pequeno livro sobre a ascensão de Atrevida e sua conquista do mundo, para sua pequena mas seletiva editora. Ela havia concordado. E encontrara-se com Atrevida.

— Como conseguiu isso?

— Escrevi uma carta de fã sublinhando nossas afinidades e ela escreveu de volta sugerindo que nos encontrássemos.

— Enganação.

— Pura e simples.

— E os resultados?

— Tenho toda a história, mas Henri virá logo nos encontrar, por isso você vai ter que esperar. Seria tedioso ouvir a história duas vezes.

Não tive que esperar muito. Henri entrou e riu ao ver como o local estava transformado.

— Esta você ganhou — admitiu.

Ele também tinha assistido à entrevista na Arte. Expressou deleite com a atuação de Yusufa. Tentaria contatá-la para julgar se daria ou não um livro, mas enquanto isso ele investia em Zaynab para erguer o véu sobre madame Auratpasand.

— A resposta dela sobre o poema sufi deve ter preocupado seus seguidores.

Apontei que foi um pequeno lapso e que eles logo o corrigiriam. Na pior das hipóteses, havia humanizado Atrevida um pouco. Podiam usar aquilo em seu proveito. Henri sacou a edição daquele dia do *Herald Tribune* e colocou-a sobre a mesa. Lá estava Atrevida na primeira página, flanqueada por Bertrand e alguns pioneiros no próprio campo dela, que incluíam um romancista destoante e inchado, permanentemente embriagado por sua fama ou vergonha, dependendo do ângulo pelo qual fosse visto, exibindo um sorriso torto para as câmeras enquanto seus olhos ardentes estavam voltados desavergonhadamente na direção das bem torneadas mamárias de Atrevida (ou *mammas*, como são afetuosamente conhecidas em *panjabi*, e imortalizadas como tais, pelo menos para seus amigos, no verso de Platão em sua honra).

— Ela está cotada para dois ou três prêmios este ano — disse Henri com um riso maníaco. — Qual será o conteúdo do seu livro, Zaynab? E quando posso esperar o manuscrito final?

— O conteúdo é óbvio. É sua história como ela me contou. Em suas próprias palavras, mas com minhas explicações, quando necessário. Numa frase, a verdade sem retoque.

Teria Zaynab gravado a conversa?

— Sim, e com o conhecimento dela.

Fiquei atônito.

Ela confiou completamente em você?

— No final, sim. E estávamos errados. Ela não é um monstro. Podia ter sido, mas acabou recuando.

Henri, sempre cético, perguntou se Atrevida tinha noção de que esse material que fornecera poderia ser publicado.

— Como você verá pela transcrição, informei-lhe dessa possibilidade e ela concordou com um riso nervoso. Sua única condição, que também está na fita, foi de que eu a avisasse com antecedência. Está em transe com sua nova paisagem, mas tem poucas ilusões. Devo confessar que gostei dela. Não tem um osso ideológico sequer no corpo e sabe muito bem que está sendo usada, como foi toda a vida. Ela quer que os filhos saibam a verdade, eles não falam mais com ela. Bertrand queria que ela embarcasse com força nesse aspecto da operação: sua coragem é medida pelo desafeto de seus filhos, dos quais teve que abrir mão. Diderot e Medeia numa só pessoa. Ela se recusou. Se os filhos fossem mencionados em algum jornal, todo o acordo seria cancelado.

— Isso é notável — disse Henri, depois de ter digerido a informação. — É melhor fazermos cópias de tudo, e vou consultar nosso advogado quando estivermos prontos. Isso poderia ser explosivo.

Zaynab entregou-lhe três cópias da transcrição e três CDs.

— Você é uma verdadeira profissional, madame Corão.

Ao ler as transcrições, na manhã seguinte, também achei que Henri de M. tinha um bom livro nas mãos. As histórias de Atrevida com seu marido e os generais, um relato ininterrupto de corrupção moral, política e financeira, eram de interesse muito maior para nós do que para leitores ocidentais, mas sua narração de como fora perseguida pelos recrutadores da inteligência francesa e seduzida para assumir seu novo papel trazia uma visão fascinante do mundo sombrio da moderna propaganda de guerra. Sempre fora o mesmo jogo, mas novas condições e novos inimigos exigiam novos métodos e a terra onde nascera o Iluminismo estava perfeitamente situada para levá-los a efeito, muito mais sutil naquilo do que os cabeças-duras holandeses e dinamarqueses, que eram estouvados e brutos em seus métodos.

Atrevida tinha dado a Zaynab uma versão detalhada do que exatamente lhe acontecera. Dera nomes aos bois. O nome do encantador jovem francês fluente em urdu, pashto e persa que primeiro estabeleceu contato com ela depois que o general Rafik foi morto; os nomes de seus colegas nas embaixadas em Cabul e Isloo que informaram a ela que sua vida não estava mais segura. Eles haviam interceptado mensagens secretas e os terroristas tinham até contratado um assassino profissional para matá-la. Depois, ela achou que isso não podia ser verdade, porque havia involuntariamente prestado um favor aos insurgentes. Eles detestavam Rafik. Mas aí já era tarde demais: ela já estava instalada num esconderijo perto de Rambouillet, fazendo aulas de francês intensivo e de impostação para melhorar seu inglês. Pelo menos ela nunca lamentaria essa parte da operação.

Então *monsieur* Bertrand apareceu nas transcrições, sob a forma de seu orientador para atuação na TV. Ele lhe ensinou os truques do ofício e, enquanto o fazia, tentou atacar as pobres mamárias. Ela se esquivou, mas ele nunca pediu desculpas, simplesmente deu de ombros como quem diz "sou francês e você sabe como amamos as mulheres". Ela não estava desacostumada com esse tipo de comportamento, mas a comparação entre seu amante militar preferido e Bertrand definitivamente não ajudaria na reputação do francês.

Se o relato dela não era simplesmente uma sagaz série de falsidades, então ela havia concordado com toda a operação basicamente por questões financeiras. Já lucrara 1 milhão de dólares com o livro e não precisara escrever uma única palavra, exceto pela sua assinatura no contrato preparado pelo agente. O livro era o resultado da colaboração de um conhecido jornalista da Pátria e seu equivalente francês. Foram pagos por essa tarefa apenas, mas com o dinheiro adicional que estava previsto para ela, Atrevida confidenciara a Zaynab, seu lucro líquido chegaria a 2 milhões de euros. Isso lhe permitiria viver com independência onde quer que desejasse e, talvez, até criar a base para uma reconciliação com seus filhos, que ela agora queria que estudassem no estrangeiro.

Era uma situação em que a moralidade não desempenhara nenhum papel, de nenhum lado. Pessoalmente, eu duvidava que fosse possível para Atrevida viver de novo na Pátria depois de toda aquela publicidade, porém coisas mais estranhas acontecem o tempo todo e, quem sabe, talvez a entrevista com Zaynab pudesse ajudar, mas só se o novo livro causasse o escândalo que se esperava.

Muitas pessoas hoje sabem tudo sobre aqueles acontecimentos e, no entanto, literatos e outros picaretas seguem os mesmos passos sem uma palavra de protesto, ocultando a realidade sob um verniz de belas palavras como "civilização", "liberdade de expressão" etc. Daqueles desejosos de escrever a verdade, a maioria revela apenas uma parte muito pequena dela, mascarando suas revelações com metáforas tão obscuras e uma linguagem tão ambígua que o resultado final é tedioso de decifrar até para aqueles de nós que sabemos; para os outros, é simplesmente ilegível. Existe mais do que uma praga mortal assolando o mundo hoje, mas poucos conseguem chamar os males que nos afligem pelo nome certo.

Zaynab trabalhava no manuscrito e eu começava a ficar inquieto. Ela ainda tinha um bom caminho a percorrer. A entrevista fora feita numa mistura de urdu e inglês e agora Zaynab precisava enxugar o texto e traduzi-lo para o francês, depois do quê Henri o leria e decidiria nosso destino. Enquanto isso, Zahid havia me mandado um e-mail dizendo que estava de volta e que gostaria de saber se poderíamos nos encontrar. O presente parecia tão bom como qualquer outro tempo. Zaynab protestou fracamente e então concordou, insistindo apenas em minha presença quando Atrevida fosse almoçar ou jantar com ela na semana seguinte, na volta de sua triunfal turnê à Mãe de Todas as Pátrias que são os Estados Unidos da América. Prometi não perder essa cúpula-chave G2, a conferência de duas novas autoras. Ela jogou uma sandália na minha direção.

No dia seguinte fui ver Zahid e encontrei Neelam, que tinha chegado para ficar um tempinho com seus filhos. Encarou-me com curiosidade, mas foi perfeitamente agradável. Transmiti minhas condolências. As crianças disseram *salaams*. Os cheiros de dar água na boca que vinham da cozinha eram da refeição que ela preparava para todos nós. Zahid e eu saímos para uma caminhada pelo Parque de Richmond.

De Confúcio, ainda não havia notícias positivas. Ele permanecia num estado de confusão. Zahid tinha deixado a China pouco depois de ver Suleiman em Kunming. Seu filho prosperava e demonstrava pouco interesse em voltar para o mundo das finanças, que já lhe tinha dado suficiente riqueza para viver sem erguer um dedo pelos vinte anos seguintes. Estava profundamente imerso em História e estudava várias fases do Império Chinês depois do século XVI. Jindié estava em Pequim naquele intervalo de tempo. Não podia deixar o irmão, e Confúcio tinha um amplo apartamento onde ele e a mulher a faziam sentir-se muito bem-vinda. Era óbvio que Zahid, um panjabi provinciano até a raiz dos cabelos, não queria realmente discutir a China. Preocupava-se com a Pátria.

— Mas estamos sempre preocupados com a Pátria. Algum dia não estivemos?

Ele insistia em dizer que em nossa juventude tínhamos altas esperanças e que, em retrospecto, todos aqueles verões em Nathiagali durante os anos 1950 e 1960 não pareciam tão ruins. Lembrei-lhe que, enquanto ansiávamos por garotas nas montanhas, estudantes radicais que conhecíamos sofriam torturas de pingentes de gelo sendo enfiados em seus traseiros, poetas estavam na prisão e o declínio da Pátria já pairava no horizonte.

Ele concordou.

— Mas, comparado com o que veio depois...

— Se entrarmos em valores relativos, meu velho amigo, estamos perdidos. Quero dizer, você e eu. O país já está no fundo do poço.

— Soube de Jamshed?

Assenti com a cabeça. Nosso antigo amigo comprara sua ascensão a altos cargos e fora metralhado por uma gangue contratada pelo pai de uma jovem que ele e o filho haviam estuprado. Jamshed morrera. O filho estava encarcerado em Dubai. Alguns jornais sustentavam que tinham sido os terroristas, mas ninguém acreditava nisso.

— Você se importou com a morte dele? Seja sincero.

Sacudi a cabeça.

— Nem um pouco. Fiquei indiferente. Comparado a Platão, ele valia menos que cocô de pombo.

— Eu também. No entanto, ele era um sujeito que estava sempre conosco, Dara.

— Meio século atrás, num outro país.

— Velhas amizades morrem, mas algumas podem ser revividas.

— Como a nossa. Embora, se fôssemos amigos na época do seu desvio republicano, teríamos trocado duras palavras.

— Se estivéssemos em contato e próximos, aquele desvio talvez jamais acontecesse. Foi instinto de manada. Jindié quase me deixou por causa disso e as crianças ficaram raivosas e alienadas. Foi uma escorregadela. Nada sério.

— E a operação de Cheney?

— Não me venha de novo...

Começamos a rir. Então voltei aos dias de nossa juventude e exigi um relato completo da vida com Jindié. Primeiro ele resistiu, mas a magia da linguagem panjabi o dominou e Zahid começou a falar. A maior parte eu tinha ouvido de ambos, mas ele foi franco. A relação havia funcionado em muitos níveis, mas nunca fisicamente. Ele não tinha a menor ideia do motivo, mas tinha certeza de que teria sido a mesma coisa comigo ou com qualquer outro. As mulheres que gostam de sexo podem desfrutá-lo de maneiras diferentes com homens diferentes. Obviamente, ele argumentou, é mais intenso com alguém que você ama. E o oposto é verdade, também. Muitas mulheres não gostam de fazer amor.

— Fico triste em saber disso, Ziddi...

— É a primeira vez que me chama assim em quase cinquenta anos.

— Já perguntou a ela por quê?

— E você, já perguntou?

Fiquei ligeiramente surpreso.

— Como poderia?

— Acho que você poderia e deveria. Ela poderia lhe contar, se é que existe algo a contar. Sempre imaginei que todas as jovens estão à espera de um amor apaixonado, mas Jindié não era uma delas.

— Dai-yu — murmurei.

Zahid era familiarizado com o romance. Jindié o havia forçado a ler nos primeiros dias de seu casamento, e ele gostara. Ainda pensava naquele romance.

— E, por favor, não diga que foi o único que eu li. Caso esteja interessado, li até um romance seu. Embora se passasse numa época muito remota, acho que reconheci alguns velhos amigos.

Ele concordou que havia muito de Dai-yu em Jindié. Os torvelinhos das paixões, mas a incapacidade de resolvê-las. Não admira que Bao-yu tivesse corrido tão sofregamente atrás das garotas.

— Ele nunca correu atrás de garotas. Ele esperava que tudo lhe acontecesse.

— Ele me lembrava um pouco Anis. Está lembrado dele?

— Como poderia esquecê-lo? Sei que era um grande amigo seu, mas era tão afetado que nunca realmente gostei dele. Até no jeito de andar. Como se tivesse alguma coisa enfiada no rabo. Eu só era educado com ele porque sabia que as famílias de vocês remontavam a muito tempo atrás.

Pobre Anis. A opinião de Zahid sobre ele era muito comum. Era também injusta.

— Ouça, Ziddi. Não foi culpa dele o pai tê-lo mandado para um internato na Inglaterra. Sabe Alá o que lhe aconteceu por lá. Houve um incidente e ele foi expulso. Era gay. Tivesse nascido dez anos depois, tudo ficaria bem. A mãe dele era uma paranoica. Ficava espionando Anis depois que ele voltou. Pagava garotas para se relacionarem com ele. A coisa ficou demais. Incapaz de enfrentar a vida, ele deixou o palco da única maneira que conhecia. Suicídio.

— Eram crianças mimadas, Daraji. Tinham tudo. Se ele queria homens, qual era o problema? A Pátria era desprovida dessa mercadoria, por acaso? Eu não o conhecia tão bem quanto você, por isso não posso falar muito mais. E como está Zaynab?

— Está bem.

— Só bem? Não está prosperando, apaixonada por você, conseguindo fazê-lo sair de Londres para Paris? Está bem, só isso. Entendo.

Ele sempre me fizera rir. Ri naquele momento, mas não disse nada.

— Se acha que as notícias não chegaram à Pátria, pode parar de se enganar. Todo mundo sabe que você e Zaynab estão juntos. Eu invejava o fato de você ter cumprido seu dever biológico e voltado a ser solteiro. Mas parece que me enganei.

— Vivemos separados, mas estamos juntos. E, já que perguntou, a inteligência dela é proporcional à beleza.

— Claro. Como poderia ser diferente? Como você poderia escolher apenas a beleza?

Por uma incrível coincidência, naquele exato momento meu telefone apitou, indicando uma mensagem de texto de Zaynab:

> Quando o prazer cumpriu inteiramente seu curso, é claro que recaímos na indiferença, mas uma indiferença que não é a mesma de antes. Esse segundo estado difere do primeiro por dar a impressão de que não conseguimos mais encontrar deleite em desfrutar o prazer que acabamos de experimentar... mas se no meio do prazer formos arrancados dele, o resultado será sofrimento.

Mostrei a mensagem a Zahid, que deu um assobio de aprovação.

— Você encontrou um filão de ouro.

— Ela não escreveu isso. É tirado de Stendhal, e eu sei que você não o leu.

— Pelo menos ela sabe onde procurar. Você parece feliz e relaxado. Os filhos vão bem?

— Sim. E os netos.

— O que acha das anotações de Jindié sobre a China e seu diário?

— Ambos estavam incompletos, mas o material da China era interessante. Eu buscava no diário algumas referências picantes sobre nossa juventude, mas foram destruídas.

— Eu li. Não eram tão apimentadas. Insisto em lhe dizer que ela não é uma pessoa apaixonada.

— Pare com isso. De qualquer modo, não sei se a sua avaliação nessa área é confiável. É tarde demais. Quantas enfermeiras e médicas você encontrou para tentar compensar as deficiências de Jindié?

— Não tantas assim.

— Nada sério.

— Podia ter sido, mas Jindié foi rápida e pôs um fim à história. Os detalhes são sem graça.

— Ela me contou de Anjum, que você a encontrou por acaso em Norfolk.

Ele parou de caminhar. Encontramos um banco.

— Dara, aquilo foi mesmo deprimente. Ela estava uma ruína completa. Parecia uma velha cristã corcunda. Lembra quando começamos a ir para Nathiagali? Havia velhas inglesas que eram simpáticas com a gente. Não suportavam a ideia de voltar para a Inglaterra. Eram velhas, mas ainda cheias de vida, ativas, fazendo longas caminhadas. Anjum estava o total oposto. Não era só sua aparência que parecia murcha. Ela secou por dentro também. Fiquei muito triste quando me contou sua história. O primeiro marido foi um desastre alcoólico; o segundo, um abstêmio religioso maníaco. Não teve filhos com nenhum dos dois.

— Por que as irmãs dela não pegaram um avião e foram socorrê-la?

— Eu perguntei isso. Ela não disse a ninguém onde está agora. Me deu seu endereço e seu número de telefone, mas só para emergências. Ela é que é um caso de emergência. Enfim, mandei um e-mail para Nazleen, a irmã mais nova dela. E dei-lhe os detalhes. Ela deve ser resgatada desse monstro.

— E aquela antiga paixão?

— Aquilo desapareceu no século passado, quando recebi notícias de sua vida familiar. Uma cena tirada de um romance russo.

— Qual?

— Bastardo. Cão. Catamito. Deveria tentar Dostoiévski?

— Bom palpite. Mas o que dizia?

— Quando soube o que acontecia, por meio de amigos em comum, fiz uma tentativa de vê-la.

— Pré- ou pós-Jindié?

— Pré. Fui de carro até Sahiwal. Nos encontramos no local marcado e segui o carro dela até um fim de mundo. Um riacho minúsculo e poucas árvores... só me lembro disso. Conversamos por algumas horas, mas ela não estava preparada para largar o bêbado, que ainda por cima a agredia, com ou sem bebida no sangue. Não tinham filhos. Eu não conseguia entender por que ela não o deixava.

— Ora, eu consigo. Vergonha de ter fracassado, medo de chatear o pai, de causar um escândalo na sociedade, tudo isso a afetava, mas havia um problema básico que você evitou discutir comigo e que quando insinuei em certa ocasião você me mandou calar a boca e fez um gesto indicando que, se eu não o fizesse, você me obrigaria.

— Não lembro, mas o que foi?

— Ela não era muito inteligente. Lamento, mas é verdade. Era muito bonita, sabia brilhar nas reuniões sociais, mas além do dinheiro e de ser uma esposa de sociedade não havia nada mais nela. Tagarelava sem parar sobre suas férias no exterior, como um papagaio. Um alegre cérebro de passarinho. Nada mais. A riqueza a tornou detestável. Você ficou muito zangado quando sugeri perguntar a ela se já havia lido algum livro. E finalmente, desesperada e sentindo-se perdida, ela foi para a cama com um idiota de um engenheiro irlandês que lhe ofereceu a salvação, embora não do tipo que ela queria. Eu me pergunto o que você teria feito com ela.

Ele ficou pensativo.

— Não sei. Talvez você tenha razão. Às vezes acho que se ela tivesse filhos e viesse para os Estados Unidos a coisa poderia ter funcionado.

— A felicidade suburbana como solução. É o que você acha? Outras mulheres como ela, todas levando vidas vazias. Ela poderia se enquadrar no esquema. Está certo. Teria aprendido a cozinhar e fazer bolos e tudo o que produzisse seria muito delicioso, e um dia ela perceberia que não tinha futuro com você, pois você viveria o tempo todo no hospital, e então fugiria com o primeiro sujeito que a abordasse. Teria sido melhor para ela, mas e para Ziddi Mian? Você afundaria, rapaz. Fundo do poço. Jindié pode não empolgar você, mas foi uma boa mãe e é extremamente espirituosa. Você nunca se sentiu entediado com ela.

— É verdade, mas ela foi um pouco dura com Neelam, o que me lembra que temos uma galinha *biryani* à nossa espera em casa. Jindié disse, da última vez que você nos visitou, que você se queixou sem parar dos dotes culinários dela.

— Ela quis dizer dos não dotes culinários dela.

— Neelam é ótima na cozinha. Mesmo você tem que admitir isso.

Caminhamos de volta para casa.

— O que fez com todas as suas propriedades? Quatro endereços? Quatro residências? Por que fez isso?

— Meu contador fez por mim. Dois eu dei de presente a Neelam e os outros dois, a Suleiman. Acho que Neelam vendeu a casa de praia em Miami. Ficamos com o apartamento em Nova York, você pode usá-lo sempre que quiser.

A descrição que Jindié me fizera de sua filha tinha me dado a impressão de que era uma jovem fundamentalista fanática casada com sua fé reencontrada e sem interesse pelo resto do mundo. Essa não foi a impressão que eu tive, e não apenas por cozinhar maravilhosamente bem. Seu jeito de cuidar dos filhos, de dirigir-se ao pai e colocar-me à vontade era admirável. Havia muito da jovem Jindié nela.

Depois que as crianças foram para a cama, nós três nos sentamos na sala, que era desfigurada por uma grotesca cabeça de veado que havia escapado à minha percepção em visitas anteriores e que agora eu insisti com Zahid para retirar. Ele o fez na hora e colocou o objeto cheio de galhadas fora da sala. Na sua ausência, Neelam tornava-se muito mais acolhedora. Eu não havia levantado o assunto, mas ela falou de Jindié com grande afeto e disse que a vida de sua mãe não fora fácil, nem muito feliz.

— Ela queria que eu tivesse a vida que ela nunca teve e, quando me apaixonei por Rafiq, não tentou me deter, mas eu sabia que desaprovava. Ele era muito impetuoso, muito cheio de si mesmo, e minha mãe sentia instintivamente que eu não seria feliz com ele. E foi o que aconteceu. Jamais contei a meus pais nem um terço do que se passou. Madrugadas alimentadas por álcool e mulheres. Bêbado na frente das crianças: isso eu não podia perdoar. As amantes dele telefonando para nossa casa sem parar e fingindo serem minhas amigas. A vida militar. Cometi um erro terrível, mas felizmente as crianças vieram cedo. Tornaram-se a única coisa que me importava. Agora estão mais crescidas. Eu planejava deixar Rafiq; disse isso a ele na mesma semana em que foi morto. Mamãe ficou horrorizada quando me tornei religiosa, mas, acredite em mim, era a única forma que eu encontrei de conseguir enfrentar a vida. As crianças precisavam de um código de normas, e no nosso país, como você sabe, existem poucos modelos de conduta. Então me voltei para o Profeta. Mamãe acha que sou uma fanática, mas isso não é verdade. Eu precisava de Alá para fazer frente a Rafiq e seus amigos.

— Quem o matou?

— Não foi o Talibã, nem o Talibu ou qualquer grupo como eles. Isso ficou bem claro. Não foi terrorismo suicida, mas uma cirurgia clínica, como a que Abu fez em Dick Cheney. Tudo cuidadosamente planejado. Sem deixar quaisquer traços. Foi morto por sua própria gente, por contar demais aos americanos. Aquela horrível Atrevida Lateef é pior que uma prostituta. Fazem isso pelo dinheiro. Viu como o Ocidente se apropriou dela? Eles são assim tão estúpidos? Ela nunca poderia ter escrito aquele livro. É analfabeta.

Será que eu deveria contar a Neelam sobre os agitos em Paris? O instinto soou um alarme. Contive-me, dizendo apenas:

— Ela está recebendo educação.

Neelam explodiu numa gargalhada.

— Imagino que isso seja bom.

— Neelam, não quero me intrometer, mas não há como você ficar amiga de sua mãe de novo?

— Pode dizer o que quiser. Acho que você é a única pessoa que ela considera um amigo próximo. Ela adora as crianças e isso é sempre uma ponte importante. Vou tentar. Vou levar as crianças a Pequim para verem o tio, Suleiman, e conhecerem o tio-avô Hanif Ma. Meu filho quer aprender chinês. Isso vai deixar mamãe feliz. Por que não deu certo entre vocês dois?

— Nunca fui do tipo casamenteiro. Você parece desaprovar, apesar de seu casamento e de como descreve a vida de sua mãe.

— Não foi um olhar desaprovador de modo algum. Ninguém nunca me disse isso.

— Ficou abalada com o que leu sobre mim no diário dela?

— Ela contou isso a você? Não é verdade. Fiquei comovida e comecei a perguntar-lhe por que tinha se casado com meu pai. Foi ela quem ficou abalada e rasgou as páginas. Ficou realmente alterada. Eu não fiquei chocada de modo algum. No máximo, satisfeita; mas eu tinha algumas perguntas.

— Dai-yu.

— Aquele *Sonho da câmara vermelha.*

Ela o leu pelo menos uma dúzia de vezes. É o Honrado Clássico dela.

A menção ao Livro Sagrado me fez pensar em Zaynab e em seu convidado para o jantar. Em poucos dias eu estaria sentado à mesma mesa com a mulher que havia alterado a biografia de Neelam, possivelmente para melhor.

— Neelam, quais são seus planos? Espero que tenha algum projeto.

— Foi bom ter perguntado. Eu me formei em direito pela Washington State. Sou qualificada, você sabe. Mas nunca pratiquei, e isso foi outra razão para a irritação de minha mãe. Agora estou estudando lei islâmica. Os tribunais da charia vão precisar de mulheres advogadas para defender mulheres e, espero, de algumas mulheres juízes também, como no Irã. E vou começar a trabalhar em breve.

Sugeri que ela considerasse trabalhar num tribunal comum também, caso as oportunidades de emprego nos outros escasseasse. Alguns teólogos sunitas argumentariam contra a permissão para as mulheres advogarem.

— Talvez então pudéssemos organizar uma ONG sunita para lhes dar o troco e encontrar outros teólogos que os desautorizem.

Seu cinismo era divertido.

— Está ficando tarde. Tem certeza de que não quer ficar? A cama é muito confortável e tem um banheiro na suíte.

— Tem algum café decente na casa?

— Claro. Meu pai não pode passar sem café. Ele vai fazer um espresso para você no café da manhã, ou o que você quiser. Só não o deixe ficar se gabando muito disso. Já ouvimos as histórias de café dele um milhão de vezes.

— Então vou ficar.

# Dezesseis

Detectei um leve pânico quando abracei e beijei Zaynab. Aconteceu que Atrevida, parecendo estressada e distante depois de sua turnê pelos Estados Unidos, tinha lhe pedido para levar seu agente de publicidade para o jantar daquela noite. Os augúrios eram maus. Zaynab foi firme em sua recusa. Era um evento íntimo, disse ela a sua entrevistada. Depois de tensas discussões, madame Auratpasand, como deveríamos chamá-la agora mas não conseguíamos, havia concordado em comparecer desde que a refeição fosse em casa. Seu agente de publicidade não queria que ela fosse vista num local público, a não ser que houvesse fotógrafos a postos e pelo menos outra celebridade presente.

Zaynab tinha pedido ao Eugénie Grandet's que preparasse uma refeição e a entregasse meia hora antes da chegada dos convidados. Além de Atrevida, a única outra pessoa convidada era Henri, que expressara o desejo de ver o monstro de perto.

Não era nem meio-dia, mas fui despachado para sair e comprar vinho. Zaynab estava nervosa, e a razão para isso era óbvia, pelo menos para mim. Ela havia, não sem motivo, desenvolvido muita simpatia por Atrevida e começara a vê-la exclusivamente como vítima. Minhas tentativas de desconstruir essa opinião haviam sido rebatidas. Henri também estava cético, e por isso fora convidado para o jantar.

Atrevida chegou atrasada, como convém às celebridades, mas foi sua indumentária que surpreendeu a todos nós: uma roupa de jogging de um tecido indefinível verde-escuro e na cabeça um lenço de seda branca, que ela arrancou e jogou com displicência no sofá. Sorrimos. Então eu a cumprimentei por suas roupas:

— É muito patriótico de sua parte vestir-se nas cores da Pátria.

— É deliberado, deliberado — disse ela com um sotaque engraçado, como se tentasse cultivar um som anasalado. — Meu agente de publicidade nos Estados Unidos também dá assessoria de imagem a políticos da Pátria. Disse que eu deveria vestir cores da Pátria. Só para mostrar que apoio a guerra do governo contra o terrorismo. Usei isso no programa de TV da senhora *habshi* Copra Freedom. Um programa muito popular. A Srta. Freedom me aconselhou a não usar sutiã branco sob top verde.

— Foi uma sugestão inteligente de mademoiselle Freedom. Então a senhora trocou por um sutiã verde no intervalo comercial, madame Auratpasand?

— *Oui, monsieur.* Copra tem sutiãs de todas as cores para o caso de a entrevistada estar usando um que possa transparecer. Muitas famílias e crianças assistem ao programa de Copra Freedom.

Quando nos sentamos para jantar, Atrevida pareceu constrangida, mas algumas restauradoras taças de vinho a relaxaram bastante. Quando Henri elogiou sua entrevista e sua coragem, Atrevida decidiu jogar sua primeira granada. Depois de uma breve pausa, ela perguntou polidamente:

— *Quelle interview, monsieur?*

Zaynab explodiu:

— Nossa entrevista, Atrevida!

— Ah, aquela. Pensei que fosse apenas informal, Zaynab. A propósito, Jean-Pierre Bertrand quer escrever minha biografia para uma grande editora de Nova York.

Antes que Zaynab pudesse falar de novo, eu me dirigi a Atrevida em panjabi. Ela se deliciou com isso e replicou num dialeto potohari da língua, muito mais doce e suave que a versão lahori. Eu mudei para potohari, a língua da minha infância, porque a preferia e ainda a falava quando visitava as regiões do norte da Pátria. Atrevida agarrou meu braço e arrastou-me da cozinha para a sala, onde a seguinte conversação se desenrolou, em dialeto:

— Ouça, meu caro senhor. Explique à senhora... Não posso deixar que publique a entrevista. Sei que concordei, mas nos Estados Unidos eles me adoraram. Escute, meu senhor, sou apenas uma moça do interior. Só frequentei a escola durante cinco anos. O capitão Lateef era um parente distante. Meu pai me entregou a ele porque não exigia um dote. Só quero ela, disse ele ao meu pai. Nunca me tratou bem. Voltava para casa do trabalho e me arrastava para a cama. "Abra as pernas, garota. Anda." Então montava em mim como um cachorro e depois que acabava ia tomar banho e fazer as preces vespertinas. Assim foi a vida com ele durante dez anos. Dois filhos eu dei à luz e então uma senhora generosa me disse que era melhor ligar as trompas. Ou esse homem vai fazer de você uma máquina de produzir filhos.

Perguntei quem era a senhora e o rosto até então impassível de Atrevida ficou coberto de ansiedade.

— Uma senhora muito bondosa. Sugeriu que eu aprendesse um pouco de inglês e ajudou-me na tarefa. Estou cheia de vergonha. Era a esposa do general Rafiq. Ele me viu pela primeira vez quando eu estava tendo aula de inglês com a begum Neelam. Um dia mandou seu carro para ir me buscar. Pensei que me levariam à begum Neelam. Mas fui parar em um pequeno hotel em Isloo. O general Sahib me esperava. Falou muito, fez muitas perguntas e então tocou nos meus seios e disse que eram bonitos. Então abri as pernas para ele. Lateef sabia. Ele disse: "Abra as pernas para o general, sua prostituta. É bom para mim."

Perguntei se suas pernas se tinham aberto para outros generais, e, caso tivesse, para quantos.

— Três, incluindo o grande chefe, mas Rafiq, que o céu o tenha, era o único general que falava comigo. Perguntava depois como eu me sentia. O que me dava verdadeiro prazer. Rafiq era realmente um homem muito bom. Os outros generais me fizeram traí-lo. E assim que o traí minha vida acabou. O que eu podia fazer? Foi quando conheci o francês.

Uma vez mais eu a interrompi e perguntei, com o máximo de delicadeza que consegui, se o francês também lhe havia pedido para abrir as pernas. Sua resposta foi acompanhada por risadas roucas.

— Não, não, senhor. Ele gostava de garotos. Trabalhava com afinco no bumbum deles. Mas era muito generoso comigo. Seu nome era Gibril, como o anjo. Por favor, senhor, peça à senhora e ao senhor francês que esqueçam a entrevista. Se for publicada vai acabar com minha vida.

— Você contou a alguém sobre essa entrevista?

— Só ao meu agente de publicidade americano, Mr. Jonathan. Ele disse que se a entrevista fosse transformada em livro seria o fim da minha carreira. Ficou muito zangado. Então eu disse que não havia contrato algum. Não tinha assinado nada. Então ele ficou feliz. Quer que eu vá a Israel, onde meu livro será publicado daqui a seis meses. Meu senhor, acha uma boa ideia?

— Uma ideia muito ruim. Ouça com atenção, Atrevida. Não exija nada do editor francês agora. Diga a eles que vai pensar no assunto e decidirá dentro de alguns meses.

Ela concordou. Tinha mandado a Lateef uma grande soma para seus dois filhos e fora convidada para uma grande reunião familiar no final do mês, mas seria uma visita particular. Sem nenhum tipo de publicidade. Antes de voltarmos aos outros, não pude resistir a uma última pergunta:

— Vi uma fotografia sua em Nova York. Alguém da fotografia lhe pediu para abrir as pernas?

— O sujeito da televisão francesa tentou de novo. Eu disse não. O escritor careca me perseguiu como um animal. Finalmente concordei, mas os comprimidos dele não funcionaram. Fez todo tipo de promessas para conseguir o que queria. Faria uma resenha do meu livro no *New York Book Review* e na *New Yorker Book Review* e muitas outras coisas.

De volta à cozinha, Atrevida fez como eu lhe havia sugerido e fingiu indecisão. O resto da noite correu pacificamente, exceto pelo seu celular, que tocava o tempo todo. Finalmente ela disse que seu agente de publicidade a esperava numa casa de vinhos com outras pessoas. E se foi.

Zaynab agora estava profundamente desiludida.

— Sua conversa com ela foi gravada. Henri sugeriu que gravássemos tudo.

Fiquei perplexo e os repreendi.

— Entendo muita coisa de panjabi — disse Zaynab —, mas em que língua vocês estavam falando? A maioria das palavras foi incompreensível.

Pessoas comuns medem a satisfação de várias maneiras. Um chef ciente de que esqueceu de incluir algum ingrediente-chave no prato que acabou de servir não ficará satisfeito com o resultado, por mais que seja aplaudido pelos comensais. Uma escritora pode deleitar-se com o próprio trabalho, não importa o que os críticos digam. Para as celebridades só existe uma medida: a quantidade de exposição que recebem numa determinada semana na mídia, o número de paparazzi à espreita em locais ocultos à espera de uma fotografia fora do comum; tudo isso alimenta o desejo insaciável de publicidade, que se tornou, para tantos, o coração transplantado de um mundo vazio.

Celebridades são a cúpula da ambição hoje, e são perseguidas a qualquer custo. É um mundo povoado por atores, esportistas, uns poucos escritores e certos políticos desprovidos de qualquer princípio exceto uma obsessão insensata por multiplicar sua fortuna e fama. Seus assessores de marketing e publicidade trabalham horas extras para garantir que nossos líderes ganhem bastante exposição em talk shows de celebridades ou na companhia de outros famosos compatíveis. O apelo da televisão reside no fato de insistir em que qualquer um pode se tornar classe A da noite para o dia. A brilhante paródia de Fellini do mundo dos jet-setters em *A doce vida* foi suplantada, mas em maneiras que não o teriam surpreendido de modo algum.

O exemplo de Atrevida era um caso singular e pontual. Quem pode culpá-la por ser seduzida pelo brilho e pela grana, quando outros uma centena de vezes mais inteligentes e já multimilionários consagrados estavam tão desesperados para se fazerem conhecidos no mundo mais amplo? Esse, eu sugeri a Henri, era o livro que ele deveria encomendar, com a entrevista como um apêndice de interesse para o público.

Henri travava uma guerrilha contra o espírito da época. Tinha publicado ensaios ardentes sobre a cultura política de seu país, alguns escritos por ele mesmo. Agora concordava que esse era o melhor jeito de publicar o livro, como uma combinação de polêmica e história oral. As duas partes teriam exatamente o mesmo tamanho, para enfatizar sua interdependência, e depois é que seria decidido qual delas viria primeiro. Zaynab não estava convencida. A entrevista teria que ser o coração do livro, e o resto, uma introdução ou um epílogo. Não havia como demovê-la dessa estrutura. Ela venceu a discussão. Acabou sendo uma noite festiva e produtiva, afinal.

Assim que ficamos a sós, a costumeira curiosidade de Zaynab assumiu o controle. Ela queria cada detalhe das conversas de Richmond. Para seu dissabor, eu só lhe fiz um magro resumo. Mas o papel de Neelam na saga da ascensão de Atrevida surpreendeu a nós dois e confirmou minha impressão dela como uma pessoa de coração bom e inteligente, ao contrário de sua mãe.

Zaynab começava a sentir falta da Pátria. A memória de Platão se mesclara com outros acontecimentos de sua vida. Ela queria ver como ele deixara a pintura que ela vira nos primeiros estágios e da qual não gostara. Ela havia encontrado, e guardara, um recorte da escrita de Platão, uma anotação num diário ou um lembrete. Não era comum Platão escrever, portanto devia ser sobre algo que ele queria pintar a certa altura.

*Sorriso fraco. Uma pequena conversa com I. M. Malik, março de 2001.*

*Malik veio com pinturas porque me recusei a ir ao seu estúdio limpo e arrumado, que sempre odiei. Lá costumávamos nos amontoar no meio da sala e ele iluminava o local com cinco grandes refletores e exibia suas obras. A maioria eram exemplos de arte de paisagem ruim: riachos de montanha com veados observando das alturas, pinheiros e colinas com macacos selvagens, retratos de famosos e de ricos e cópias de incontáveis outras pinturas que já existiam. Parei de frequentá-lo e, quando ele telefonou, pedi que levasse seus novos trabalhos até minha casa. Ele queria uma opinião sincera.*

*Malik era um crítico inteligente e sempre me perguntei como alguém como ele, que entendia o trabalho de outras pessoas extremamente bem, tinha tão pouca noção da própria arte. Seus admiradores, e eram muitos, alegavam que seu melhor trabalho havia sido feito na Lahore pré-Partição dos anos 1940, quando a cidade era conhecida como a Paris do Oriente e a vida intelectual e artística tinha chegado ao ápice. Mas de que valia aquilo agora?*

*Antes que ele abrisse sua caixa, falei: Malik, se são pinturas comerciais, não vamos perder tempo. Ele me xingou e insistiu em que os quadros eram bons e disse que eu deveria ver um deles em especial. Concordei. Vi. Realmente ruim. Puramente decorativo e provavelmente enfeitaria alguma parede numa casa vulgar da Defence. Olhou para mim. Sorri levemente. Ele disse: "Sei que você acha ridículo." Esperou minha resposta. Consegui abrir outro leve sorriso. "Não gostou?" Finalmente falei: "Não. É um quadro muito ruim." Ele ficou zangado. "O problema com você é que sempre adora estar em desarmonia com o nosso tempo."*

*Repliquei:*

*— Um artista nunca deve estar em harmonia com seu tempo, ainda que ele esteja de acordo com suas crenças. Um artista deve sempre olhar para a frente, viver à beira do abismo. Caso contrário, a arte se tornará previsível.*

*— Acha que todas as minhas pinturas são ruins?*

*— Não. Algumas das primeiras eram boas. Muito boas.*

*— Você sempre falou a verdade. Como um verdadeiro amigo.*

*Não respondi nada; o que foi um erro, porque isso o encorajou.*

*— Minha última pintura foi vendida por 50 mil dólares em Miami. Sou um pintor que reside em diferentes países cada*

*ano. Ganhei seis prêmios. Meu novo trabalho não é tão ruim quanto você pensa.*

*Sorri levemente.*

Este era Platão, e a lembrança umedeceu meus olhos. Lembrei-me de seu leve sorriso também. Ele detestava a pretensão sob qualquer forma. Mesmo em nossa mesa no café da faculdade em Lahore tantos anos atrás, se alguém começava a declamar parelhas de versos de poetas para enfatizar uma argumentação, um hábito comum a muitos naquela cidade, Platão sorria levemente, esperava que terminasse e então mandava sua réplica sarcástica. Por que ele teve que morrer? Zaynab veio e sentou-se no meu colo. Também sentia falta dele.

— Não volte agora, não — implorei enquanto lhe acariciava o rosto. — A Pátria vive o seu momento mais perigoso neste momento. Tumultos incessantes e uma violência sem paralelo, e seu irmão é um importante ministro do governo.

Ela prometeu pensar no assunto, mas eu sabia que, ao mesmo tempo que desejava deixar Paris por um tempo, não queria ir para Londres. Eu começava a entender suas mudanças de hu mor e seus caprichos. Sentia-se inquieta. Para onde queria ir? Ela não sabia, mas eu podia decidir. Ela gostava do mar? Só se fosse bravio. Não para nadar, só para caminhar pela beira da água a observar a fúria das águas. Expliquei gentilmente que aquilo seria uma tortura para mim. Estar perto do mar e não poder entrar na água era como ser casado com o Corão. Ela riu, sinalizando uma mudança de humor.

— OK. Um mar em que você possa nadar e que eu possa contemplar.

— Zaynab, você sabe nadar?

Seu rosto desapareceu por trás das mãos.

— Você pode aprender

– Tarde demais.

— Podemos ir a algum lugar onde tenha uma piscina e o mar. Vou ensinar você, não vai levar muito tempo. Seria um horror se o Corão caísse na água, mas se me der cãibras vou precisar que você saiba nadar.

Uma semana antes de partirmos para a Grécia, recebemos um telefonema agitado de Henri.

— Ligue no noticiário, estou a caminho.

Atrevida havia morrido. Seu rosto era mostrado em todos os canais. Tinha desaparecido de casa dois dias antes. Seu ex-marido e os filhos alertaram a polícia, pois seu passaporte e seus pertences tinham ficado em casa. Os garotos, ambos à beira dos 20 anos, sem barba e de camiseta e jeans, foram mostrados chorando copiosamente. O pai, de uniforme, parecia distante e estressado. O corpo de Atrevida fora encontrado naquele dia, cortado em pedaços e guardado num saco. O chefe de polícia disse aos repórteres que os assassinos deviam ter sido surpreendidos durante o ato, senão teriam queimado o corpo.

Lágrimas escorreram pelo rosto de Zaynab enquanto ela assistia à cobertura do noticiário. Outro episódio medieval na Pátria, mas não era um assassinato religioso. Isso era óbvio para qualquer um que conhecesse o país. Se fosse a obra de uma rede radical islâmica, teriam filmado o assassinato e distribuído as imagens como um aviso para outros que se sentissem tentados a seguir o mesmo caminho da pobre Atrevida. Henri chegou, visivelmente agitado. Para ele, os verdadeiros assassinos eram aqueles que a haviam recrutado para sua causa, mas antes que pudesse desenvolver seu ponto de vista, Zaynab o interrompeu:

— Henri, eu conheço bem o país. Não se trata de um crime político praticado por fanáticos religiosos. Parece outra coisa.

Não sei o quê, mas vamos descobrir. Tendo três generais como amantes dela, a inteligência militar vai querer respostas.

Henri estava agora convencido de que a entrevista concedida por Atrevida a Zaynab seria publicada sozinha, com as fitas de voz disponibilizadas para a mídia. As redes globais vinham dando uma cobertura maciça ao seu assassinato, sugerindo fortemente que era um crime de punição por algum grupo terrorista irritado com o sucesso de seu livro no Ocidente. O coronel Lateef, seu ex-marido, tinha adotado esse refrão em todos os canais de notícias. Os garotos, impassíveis diante do olhar de tantos jornalistas curiosos, disseram à televisão da Pátria que se a polícia fosse incapaz de rastrear os assassinos, eles, como seus filhos, vingariam a morte da mãe. Ninguém achou conveniente perguntar o que queriam dizer exatamente. Enquanto isso, pôsteres da martirizada madame Auratpasand eram colados em outdoors de toda capital europeia e camisetas com sua imagem apareceram nas lojas de duty free dos aeroportos da Pátria. Só faltava os Detetives Sem Fronteiras entrarem no país e pegarem os assassinos.

Enquanto esse tsunami de emoções e histeria afogava outras histórias na midiasfera, as Edições Montmorency, num release para a imprensa com palavras pontuais, anunciava o livro com a entrevista de Auratpasand. Isso desencadeou uma nova onda de interesse, mas Henri não estava preparado para vender os direitos de serialização, embora os pedidos viessem aos milhões. Era um editor das antigas, portanto queria que o livro fosse o único ponto de referência. E o mercado respaldou essa decisão: encomendas antecipadas na França alcançaram a marca de 100 mil.

Diante de tudo isso, o chefe de polícia de Isloo manteve uma dignidade calma, e a imobilidade de sua expressão facial tornou-se o assunto de comentários ácidos em grande parte da mídia global. Diante de uma tragédia tão pavorosa, como era possível que o principal investigador não demonstrasse nenhuma emoção? Seria a polícia da Pátria indiferente ao crime?

Então, exatamente duas semanas depois da tragédia, a injustamente interpretada polícia de Isloo convocou uma entrevista coletiva às 8h30 da manhã que foi transmitida ao vivo pelas redes locais e repassada diretamente à Al Jazeera, à CNN e à BBC World. Houve um silêncio atordoado quando o muito injuriado policial, numa voz calma e ainda sem emoção, começou a falar:

— Senhoras e senhores. No início desta manhã fizemos três detenções. O coronel Lateef e seus dois filhos, Ahmed Lateef e Asif Lateef, foram acusados de assassinato em primeiro grau e estão sob custódia policial. O Exército da Pátria autorizou-me a dizer que o coronel Lateef foi destituído de sua patente e exonerado. Ele não é mais considerado um oficial em serviço e pode ser julgado como civil. Nada mais tenho a acrescentar nesse estágio.

Como houve interesse mundial pelo caso, o comportamento impecável da polícia de Isloo surpreendeu e agradou à maioria das pessoas na Pátria. Nenhum dos três acusados foi torturado. A prova era circunstancial, mas fatal. Atrevida tinha assinado três cheques de 1 milhão de dólares para cada um dos três homens, mas mesmo com a conta bancária no seu novo nome, Yasmine Auratpasand, ela os havia assinado *Khalida Lateef*. Asif Lateef admitiu depois que quando ele questionara a mãe em relação à discrepância, ela jurara pelo Corão que era a única assinatura que o banco aceitaria. Acreditaram nela, mas Atrevida se mostrou mais esperta que todos eles. Teria por acaso suspeitado da trama criminosa que planejaram? Esse erro custou-lhes as vidas. Assif Lateef contou ao tribunal que o assassinato fora planejado em nome da honra. Sua mãe os havia desgraçado com homens demais. Eles a tinham convidado para voltar para casa simplesmente para eliminá-la.

— Nesse caso — perguntou um juiz —, por que estavam tão interessados no dinheiro? Eram seus únicos filhos, por isso teriam herdado tudo automaticamente. Uma vez que sua culpa não é mais questionada, é do seu interesse falar a verdade.

Mas os filhos não queriam implicar o pai. A versão dele era de que, ao chegar em casa, vira que a tinham matado e, como eram seus únicos filhos, sentira-se obrigado a ajudá-los. Provas da polícia contradiziam essa versão. Três diferentes facas foram usadas. Todas as três foram encontradas no saco e as impressões digitais do coronel Lateef foi identificada numa delas. Por que a tinham matado tão brutalmente? O coronel possuía rifles e duas pistolas em casa. Um único tiro teria bastado. Uma vez mais, foi Assif quem deu a explicação. Todos os três tinham que matá-la, e essa era a maneira mais simples. Uma bala era rápido demais. Queriam puni-la pela vergonha que ela impingira à família. A sentença foi proferida prontamente e executada na semana seguinte. Os três homens foram enforcados.

A exaustiva cobertura dada ao assassinato naturalmente contradizia todas as especulações anteriores, mas a memória dos ocidentais é curta. Verdades inconvenientes podem ser apagadas de qualquer ficção. Quando as Edições Montmorency publicaram o livro com a entrevista e contando com uma adstringente introdução de Henri, o volume foi praticamente ignorado, não recebendo muitas resenhas nos veículos principais da mídia. Ainda assim, porém, a primeira edição do livro vendeu mais de 200 mil exemplares e os direitos internacionais foram comprados como *gulab jamuns* quentinhos na Feira do Livro de Istambul, onde Henri organizou um leilão.

Algumas estações de rádio tocaram trechos da fita, e a isso se resumiu a publicidade no ar. Jean-Pierre Bertrand não foi encontrado em lugar algum. As celebridades que haviam cercado Atrevida em Paris e Nova York não queriam ser associadas a ela depois de sua morte.

Madame Zaynab Shah foi mencionada em *Marianne* como uma historiadora oral, o que era novidade para todo mundo, exceto para mim. O livro foi publicado em inglês, mas os amigos nova-iorquinos de Diderot preferiram ignorá-lo. Não saiu uma resenha sequer por lá, mas, assim como em Paris, as vendas foram estimulantes. O que surpreendeu a todos nós foi que Atrevida tinha feito um testamento antes de voltar à Pátria. No caso de sua morte, seus filhos herdariam seu apartamento em Paris e todo o resto. Se, por qualquer motivo, incluindo a eventualidade de morrerem antes dela, isso fosse impossível, todo o seu patrimônio seria legado às Edições Montmorency, com a condição de que, dentre os seus títulos publicados a cada ano, três fossem traduções do panjabi.

Fiquei surpreso e feliz de receber um telefonema de Neelam.

— Acabo de voltar de Pequim e soube da Sra. Lateef. Então comprei um exemplar do livro. É uma entrevista muito boa. Por favor, dê meus elogios a *khala* Zaynab. Que fim terrível o dela. Você sabe que fui eu quem lhe ensinou um pouco de inglês básico.

Contei a Neelam do meu encontro com Atrevida e de como ela me dissera a mesma coisa e fizera muitos elogios a Neelam e expressara remorso por ter ajudado a arruinar seu casamento.

— Vamos esquecer isso agora, tio Dara. Que seja feita a vontade de Alá. A boa-nova é que mamãe e eu voltamos a ser amigas depois de quase 15 anos. Eu contei a ela que você ficou em nossa casa e elogiou o café mesmo quando lhe pedi para não o fazer. Ela ficou muito contente. Quando vai visitar Isloo? Em breve, espero.

Lentamente tudo voltava ao seu lugar, algumas coisas da maneira mais horrível, outras de um modo que restaurava certo grau de tranquilidade a amigos e seus filhos. O que seria de Zaynab? Eu tinha poucas dúvidas de que nosso amor e amizade, por mais agradável e restaurador que tivessem sido, durariam muito. Eu tinha livros para escrever. Ela queria construir em Sind um museu de arte onde obras antigas e modernas pudessem ser expostas juntas. Mohenjo-Daro no andar térreo, Platão quase no topo. Tinha falado muito sobre isso, reacendendo meu velho fascínio por Mohenjo-Daro e pela civilização da qual a cidade fizera parte em 3.600 a.C. Réplicas de seus sacerdotes de rostos severos e dançarinas de formas graciosas olham para mim do alto de uma estante enquanto escrevo estas palavras. Sempre pensei em escrever um romance passado naquele período na região, mas os acontecimentos intervieram e finalmente o próprio estímulo se esvaiu. Seria hora de reavivar o projeto? Talvez; no mínimo para demonstrar que as instalações sanitárias e a distribuição de comida eram mais avançadas então do que na Pátria de hoje.

Zaynab sabia que museus estatais eram mal financiados, dirigidos por burocratas corruptos e que, em consequência, muitas peças já estavam em museus ocidentais ou coleções particulares. Estava decidida a construir o próprio museu. Pressionou-me repetidamente para ser o diretor, mas eu não podia fazer parte desse projeto. Não podia substituir Platão em sua vida. Eu lhe disse isso e ela me abraçou com força, mas não fez nenhuma tentativa de me convencer a aceitar. Ambos sabíamos que era hora de seguir em frente, e, embora nossa amizade estivesse garantida para sempre, quando nos encontraríamos de novo e o que faríamos eram perguntas que não podiam ser respondidas. Numa questão apenas ela foi intransigente. Tínhamos que ver a última pintura de Platão juntos. Quanto a isso não havia discussão.

— Seus primeiros instintos foram corretos, Zaynab — disse Henri a ela no jantar na noite em que o testamento de Atrevida foi tornado público. — Ela não era um monstro completo. Parte vítima, parte monstro. É o que esse mundo faz com as pessoas. Dara, o que podemos fazer para agradecer a ela a sua doação? Um Prêmio Yasmine Auratpasand parece explorador e falso.

— Deixe-me pensar.

Mais tarde naquela noite, enquanto Zaynab dormia pacificamente, pensei que uma escola para meninas na aldeia onde ela nascera, e em seu verdadeiro nome, para evitar publicidade estúpida, seria talvez uma boa solução, com bolsas para estudos no exterior concedidas às duas melhores alunas todo ano. Tanto Henri como Zaynab concordaram. Zaynab falaria com seu irmão para acelerar as providências. Henri consultaria um amigo quanto à melhor maneira de investir dinheiro para tal propósito. Enquanto isso, uma lista de obras em panjabi tinha de ser organizada para a editora de Henri e eu prometi sugerir seis livros: três clássicos e três romances modernos.

— Seria bom se pudéssemos chamá-la simplesmente de Escola Atrevida para Meninas — disse Zaynab, com um brilho nos olhos, depois que Henri havia saído. — Mas receio que isso poderia ser mal interpretado por alguns de nossos amigos barbudos.

# Dezessete

Querido Dara, anexei o relato de Jindié, conforme prometido, de seus primeiros três meses em Pequim e de uma viagem a Yunnan. Estou muito esperançoso, agora, de que vai ficar tudo bem a longo prazo. Lembra daquela música que você e Jindié botavam para tocar o tempo todo quando visitavam nossa casa: Muddy Waters cantando "Everything's Gonna Be Alright"? A música da minha vida é diferente disso, mas estou cantando de novo. O anexo que acompanha este e-mail fui obrigado a editar, pois senão encheria todo um livro, por isso deixei de fora longas descrições de Pequim, um relato satírico, cuja ferocidade tanto me surpreendeu como me deliciou, da visita de Jindié ao Parque Temático da Cultura Étnica, onde se entra a partir de um desvio da Estrada do Quarto Anel, sobre a qual, também, ela tem muito a dizer. As impressões de Jindié sobre o dia a dia de Pequim e sua descrição lírica de Dali e Yunnan merecem ser, e serão, sem dúvida, publicadas por seu próprio mérito, embora não na *National Geographic*, uma vez que não há um traço de exotismo no que ela escreve. Sem alterar ou adornar o estilo simples de sua prosa, eu meramente encurtei o texto para concentrar no desenvolvimento dos personagens que já conhecemos e no aparecimento de outros necessários para nossa história.

Tudo de bom,
Seu velho amigo Confúcio.

Querido Dara,

Não voltei a Pequim com meu irmão, primeiro passei alguns dias em Londres preparando-me para a viagem. Zahid conhecia alguns neurologistas, então marcamos com dois deles na mesma hora. Eles destacaram que em casos de lapsos de memória são normalmente as lembranças antigas que ficam submersas; se podem ou não ser trazidas à tona novamente, varia de pessoa para pessoa. Ficaram impressionados que Hanif (por favor, aceite o uso desse nome, embora vocês e seus outros amigos sempre pensem nele como Confúcio) se lembrava perfeitamente do idioma panjabi. Um dos neurologistas disse que nunca encontrara um caso assim antes. Aconselhou-nos a constantemente chamar Hanif por seu nome quando falando panjabi e chinês. A lembrança do panjabi, ambos enfatizaram, era um sinal de uma memória submersa. Exigiria tempo e paciência.

Hanif apanhou-nos no aeroporto de Pequim e nos levou de carro para casa, apontando os edifícios novos e dando o nome dos arquitetos. Ele mora num apartamento imenso e confortável construído há cerca de cinco ou seis anos, perto da área financeira. Sua mulher, Cheng Yu-chih, está com 40 e muitos anos, tem cabelos curtos, anda muito bem-vestida e é fluente em inglês e alemão. Trabalha como economista em algum departamento do governo.

Enquanto ele mostrava a Zahid o apartamento e depois o levava ao porão para ver a academia doméstica e a piscina, contei a Yu-chih nossa história. Ela não ficou tão surpresa quanto eu esperava. Hanif tinha contado a ela que éramos amigos que ele havia conhecido em Paris, mas que podíamos ser seus parentes também. Yu-chih explicou que ele estava lentamente tentando construir uma narrativa de sua vida antes do colapso e que desde que voltara de Paris dissera a várias pessoas que havia nascido em Lahore e que tinha recentemente encontrado sua irmã.

Ela também disse que ele falava durante o sono em línguas estranhas e que ocasionalmente usava palavras arcaicas em chinês cujo significado ela precisava consultar num dicionário. Agora isso começava a fazer sentido. Ela imaginava quem seria o casal de velhinhos que ele apresentara a ela certa vez como seus pais mas que nunca foram lá e que ele raramente visitara. Yu-chih achou que o marido tinha vergonha deles porque eram operários de fábrica aposentados. Isso era um fenômeno comum em todas as grandes cidades, por isso ela não o questionara muito em relação ao assunto.

— Quando um país muda sua identidade tão completamente, é de se surpreender que muitos de seus cidadãos façam o mesmo?

Gosto muito dela. É sincera e inteligente.

Quando os dois homens voltaram, eu disse:

— Hanif, gosto realmente de sua mulher.

O nome o surpreendeu.

Então Zahid o repetiu e ele se virou para nós.

— Por que me chamam por esse nome? Em Paris, um dos seus amigos me chamou de Confúcio, e agora vocês me chamam... Do que me chamaram mesmo?

— Hanif!

— Não é um nome chinês.

Assenti com a cabeça, mas não o pressionei mais. Depois Yu-chih me perguntou se nossa família era hui. Eu lhe disse que éramos hui de Yunnan, mas quando nos instalamos na Índia algumas pessoas de nossa comunidade adotaram nomes árabes tradicionais de nossos ancestrais também. Meus pais e eu tínhamos nomes chineses, mas eles decidiram chamar meu irmão de Hanif. Ela se sentou na cama e deixou cair a cabeça entre as mãos.

— Querida irmã, perguntei isso porque seu irmão está sempre xingando os hui de Pequim, às vezes usando palavras muito grosseiras. Eu sempre o repreendo, mas até sua linguagem corporal se torna agressiva. Ele jamais aceitará ser um hui. Será o maior choque para ele. Não ousei contar-lhe que minha família em Xangai é hui. Não somos religiosos de modo algum, mas meu pai, um cirurgião, se orgulha de sua herança. Às vezes eu o levo à Rua dos Bois porque tem o melhor macarrão da cidade. Fica na zona hui, e ele sempre olha para eles de modo estranho. Uma vez pediu ofensivamente carne de porco e recebeu uma réplica ofensiva de volta. "Vai foder um porco!", gritou, antes que eu saísse com o carro dali. Depois eu gritei com ele. Ele falou mais besteira. "O primeiro hui que veio ao nosso país disse que eles voltariam ao deles. Ainda estão aqui 12 séculos depois. Deveriam voltar para casa." Perguntei se todas as minorias deveriam voltar e lembrei a ele que os tibetanos estão desesperados para fazê-lo, mas não lhes permitimos isso. Sua resposta foi muito estranha. Disse: "Os outros todos podem ficar. Apenas os hui. Eles é que deveriam ir embora." Ele não se incomoda com os muçulmanos em Xinjiang. Podem ficar também. Somente os hui, no sul, o perturbam. Os casamentos inter-raciais no sul entre os hui e os han era tão fortes que durante séculos o único diferencial era o tabu do porco e as preces.

— Muitos han achavam que Maomé era como Confúcio para os hui. Talvez meu querido marido odeie o hibridismo. Simplesmente não sei. Nenhum de nossos amigos fala do jeito que ele fala.

Tudo isso me veio como um choque e fiquei muito magoada. Lentamente, desfiz minhas malas pensando o tempo todo em como abrir a mente de Hanif. Eu tinha levado comigo uma bela fotografia antiga de nossos pais com a Vovó Velhinha e a Vovó Mais Nova posando em frente à arma Zam Zam, que ficava pendurada sobre a lareira em nosso apartamento de Lahore. Agora eu a pendurei na parede da sala. Então coloquei uma foto de todos nós logo depois do meu casamento, com Hanif vestido com um *achkan*, ostentando um turbante e sorrindo, na cozinha. Yu-chih quase desmaiou quando viu a foto, mas nada disse.

Zahid conhecia alguns médicos chineses de conferências internacionais e por intermédio deles encontrou uma excelente neurologista. Contei tudo a ela, incluindo o surto de huifobia. A Dra. Wang concordou em vê-lo, mas só depois de um mês. Achava que, com estímulos adequados, sua memória poderia voltar. Se a língua panjabi fora destravada, então tudo era possível. Ela quis saber se tinha havido algum acidente e disse que eu deveria ir ao encontro do casal que ele pensava serem seus pais. Ela apenas o colocaria sob um scanner para ver se ele sofrera algum dano físico. O resto seria conosco.

Hanif e Yu-chih saíam cedo para o trabalho e Zahid fora a Isloo encontrar Neelam e as crianças para levá-los a Londres de férias. Tendo ficado sozinha, saí para explorar a cidade. A Rua dos Bois estava cheia de gente. Caminhei até a mesquita e dei uma olhada lá dentro. Ninguém se incomodou. Encontrei o melhor quiosque de macarrão de Pequim. Uma placa dizia *qing zhen* (*halal*); outra placa dizia "Não temos carne de porco". Era um macarrão muito bom. Quando falei para o dono, um rapaz de apenas 25 anos, que eu era uma hui da Pátria, ele foi muito acolhedor. Queria saber como eu tinha ido parar lá. Seu tio, um engenheiro naval chinês, estava naquele momento em Gwadur. Eu já estivera lá? Sacudi a cabeça em negativa. Ele me disse que era um marxista secular mas também hui e que observava os feriados da minoria para honrar seus ancestrais árabes. Disse também que, desde que o dinheiro do Golfo começara a chegar para reparar as mesquitas e construir algumas novas, havia notado um aumento na frequência às mesquitas. Piscou o olho.

— Acho que alguns vêm pela comida e pelas roupas de graça.

Yu-chih tirou um dia de folga e me levou de carro a uma parte antiga da cidade para encontrar o casal que Hanif achava que eram seus pais. Eles moram num amontoado de casinhas nos arrabaldes da Pequim pré-capitalista. Devem ter quase 90 anos. Acolheram-nos calorosamente e ofereceram chá e biscoitos muito doces. Contaram sua história abertamente; não houve nenhum subterfúgio.

Hanif tinha sido um amigo muito próximo de seu filho e os meninos volta e meia ficavam na casa deles, no final dos anos 1960. Os garotos eram membros de um grupo de Guardas Vermelhos que se chamava Grupo Proletário da Periferia para o Centro pela Revolução Mundial. Um dia houve um choque, ou com outro grupo ou com os partidários de Lin Piao em seu próprio grupo. Nunca souberam detalhes, mas no confronto o filho deles, Hsuan, acabou sendo morto. Hanif pegou o amigo e carregou seu corpo para casa. Ele tinha sido apenas ferido, sua cabeça sangrava, e ele ficou inconsciente. O velho casal, ao contar a história, começou a chorar ao se lembrar de Hsuan, e Yu-chih e eu os abraçamos e afagamos até que se acalmaram. Era seu único filho.

Eles, na época, chamaram uma ambulância e Hanif foi levado ao hospital. Lá ele recuperou a consciência, mas não tinha ideia do que havia acontecido. Foi mandado de volta para a residência do casal numa ambulância. Depois que a turbulência política amainou, ele entrou para a Universidade de Pequim, ganhando acesso à instituição como filho de um casal da classe operária. As próprias autoridades da universidade estavam se recuperando do caos daquele período. Tinham noção de que Hanif sofrera um severo lapso de memória e não o pressionaram para obter detalhes de sua escolaridade anterior ou qualquer outra coisa. Ele recebeu novos documentos com seu nome da Revolução Cultural, Chiao-fu. Era um estudante brilhante, sempre chegando em casa com boas notas. Então foi trabalhar em Xangai e Hong Kong e havia pouco voltara para Pequim. Assim que começara a trabalhar, mandava dinheiro para os "pais" todo mês, e muitas vezes também roupas e pacotes de comida cara. Nunca falou muito depois da morte de Hsuan, mas era sempre obediente. Foi

Hanif quem presumiu que eles fossem realmente seus pais. Nunca o corrigiram porque, de certo modo, ele havia se tornado seu filho. Uma vez ele vira uma foto sua com Hsuan com faixas vermelhas na testa e perguntara a eles: "É o meu irmão? O que aconteceu com ele? Por que morreu?"

Eles não sabiam nada sobre as origens de Hanif, senão teriam escrito para nós. Olharam na sua pasta e encontraram apenas um passaporte chinês com o nome que usa hoje. Nenhuma agenda de endereços, nenhum outro documento de identificação de qualquer tipo. Nada. Era assim na época da Revolução Cultural. Livrar-se de documentos de identidade era encarado como um ato de libertação. Agora temos o quadro mais completo que podemos conseguir até que sua memória volte.

Em casa, ele olhou para a foto na cozinha, aquela do meu casamento, e não se reconheceu. Nem Yu-chih nem eu dissemos nada, mas eu notei que ele olhava com empenho a outra foto, de nossos pais e avós.

Quando estou sozinha muitas vezes falo panjabi com ele e ele responde, geralmente com um sorriso no rosto. Uma vez disse: "É uma língua muito engraçada. Eu me lembro de uma piada que costumávamos repetir." Ele tinha usado as palavras "eu me lembro", o que me fez tremer de alegria, mas fiquei calma e lhe pedi que contasse a piada. "É bem boba, mas engraçada. Alguém diz ao *bichu booti* (aquela planta picante parecida com a urtiga; você deve se lembrar dela das excursões em Nathiagali): 'Por que você só aparece no verão? Por que desaparece no inverno?' O *bichu booti* responde: 'Levando em conta como vocês me tratam no verão, por que se surpreende que eu prefira ficar longe no inverno?'" Não achei engraçado, mas Hanif riu tanto que comecei a rir também. Ele se alterna entre esse humor e outro em que parece muito tenso, como se dragões lutassem dentro da sua cabeça.

Meu filho, Suleiman, chegou de Yunnan. Está morando em Dali, mas viaja por toda a província. Meu filho, que eu achava que tínhamos perdido para sempre para o mundo financeiro de futuros e derivados, voltou para casa. Hanif ficou tocado por sua presença e ouviu as histórias de suas aventuras em Yunnan com deleite.

Mas foi o início da vida de Suleiman como corretor de ações em Hong Kong que realmente interessou seu tio. Onde ele havia trabalhado, quanto dinheiro tinha feito e o que o levara a deixar aquele mundo. Tanto Hanif como Yu-chih acenavam bastante com a cabeça enquanto Suleiman descrevia como havia trabalhado muito, como não tinha tempo para pensar em nada mais exceto sair correndo para um bar depois do trabalho todo dia, para beber com os amigos, depois ver TV e ir cedo para a cama para conseguir acordar às 5 da manhã e estar no trabalho uma hora depois.

A sós comigo, Suleiman confessou que estava apaixonado e me mostrou a foto da namorada. Fazia pós-graduação, era poucos anos mais jovem e, assim como ele, estudava história. Alguma mãe fica feliz com a escolha do filho? Minha primeira reação foi que era bonita demais e que eu não podia julgá-la antes de conhecê-la. Havia uma foto dos dois num barco num lago, na qual ela aparecia rindo. Gostei mais dessa do que da pose de pin-up. Sempre achei que Suleiman se casaria com uma boa garota panjabi. Quando eu lhe disse isso, ele respondeu: "Sim, exatamente como o bom general panjabi que fez Neelam tão feliz." Perguntei tantas coisas sobre a moça que ele perdeu a paciência. Ela estaria em Pequim com a família na semana seguinte e eu poderia conhecê-la. Então, pensei, tudo isso foi bem planejado pelo jovem casal. Mas antes que eu conhecesse You-shi, houve um pequeno terremoto em nossas vidas. Os tremores já estavam ali havia várias semanas.

Uma manhã em que Suleiman e Hanif estavam juntos na cozinha, meu filho viu a antiga foto do casamento e explodiu numa gargalhada. "Tio, você fica legal em roupas panjabi. Olhe só você aqui." Hanif empalideceu. Olhou com atenção a foto. Saiu da cozinha e bateu à minha porta.

— Jindié, nossos pais já morreram?

Assenti com a cabeça e ambos sentamos em minha cama e choramos. Conversamos aquele dia inteiro. Não quis que eu lhe contasse a história de sua vida, preferiu fazer perguntas. Eu as respondia e ele perguntava mais. Estava juntando todas as peças na sua cabeça.

— Somos uma família hui?

— Sim — falei com firmeza.

— De Yunnan?

— Sim.

— Nosso antepassado foi Dù Wénxiù? — Ele começou a sorrir. — Acho que foi Platão quem me chamou de Confúcio; ou foi Dara?

— Platão morreu faz alguns meses, Hanif. Quanto a Dara, você o encontrou em Paris há poucas semanas. Foi ele quem nos avisou de você.

— Vou ligar para ele depois. Agora tenho que escolher entre três nomes. Hanif seria o melhor, acho, mas todos os meus documentos oficiais dizem Chiao-fu. E Confúcio me lembra os dias de juventude em Lahore.

O lodo na sua cabeça estava se desfazendo. Lembranças demais voltavam ao mesmo tempo. Subitamente ele começou a chorar de novo e disse que precisávamos ir à casa de seus pais adotivos. Dirigia rápido, xingando o trânsito de Pequim, embora seu carro, grande demais, fosse parte do problema. O velho casal ficou positivamente surpreso. Hanif entrou com ímpeto na casa e os abraçou.

— Eu me lembro de tudo. Meu amigo Hsuan, filho de vocês, morreu salvando minha vida.

E a história foi despejada. Os dois tinham sido atacados por uma facção rival de Guardas Vermelhos, que os havia denunciado como bajuladores e cães de guarda do revisionismo soviético, partidários do traidor Lin Piao e do imperialismo americano. Então eles provocaram Hanif. Você não é um Guarda Vermelho. Você não é um Guarda Vermelho. Você é um porco hui. Porcos não podem ser Guardas Vermelhos. Repita conosco: Sou um porco hui, não um Guarda Vermelho. Hanif se recusou a repetir isso e eles o golpearam com tábuas e lhe deram facadas. Foi atingido várias vezes na cabeça, mas quando o atacaram de novo o jovem Hsuan se colocou à frente dele e morreu de um único golpe de marreta na cabeça. Vendo o que tinha feito, a facção rival desapareceu. Hanif só se lembrava de colocar Hsuan nas costas e caminhar, caminhar, caminhar. O velho casal chorou. Dias cheios de lágrimas, aqueles. Então Hanif disse: "Por que estão vivendo aqui? Eu tenho um apartamento grande. Venham morar conosco. Ou vou achar um apartamento próximo de nós para vocês."

Eles se recusaram a sair. Orgulhavam-se de terem sido operários numa época em que era bom ser operário e, além do mais, era ali que Hsuan tinha nascido e morrido. Não queriam afastar-se dele. Tínhamos comprado comida de um restaurante na Rua dos Bois. Hanif descreveu a área: "Nossa gente morou aqui durante séculos." Teria sido essa repulsa causada pelos insultos ouvidos antes de Hsuan morrer? Quem sabe? Sentamos e comemos juntos. Não pude evitar perguntar aos velhos o que achavam de Mao. O velho falou primeiro: "Ele esqueceu de onde veio e partiu para um passado diferente." Sua mulher foi menos objetiva: "Quando olho para trás, Hsuan sempre dizia que o presidente Mao combatia os caronas-do-capitalismo. Estava certo em relação a eles, pelo menos." Olhei para Hanif. Ele sorria. "Vocês dois têm razão, meus pais. Ele estava certo também em combater os bandidos japoneses, bem como o Kuomintang. Nossas atuais lideranças preferem Chiang Kai-shek a

Mao, sem perceber que não estariam onde estão sem a Revolução. Mas posso entender por que sentem nostalgia de Chiang."

Na volta, enquanto dirigia, falou muito sobre Hsuan e estava cheio de autorreprovação por não ter feito mais por seus pais. Eu lhe disse que eles certamente não acreditavam que ele fora desatencioso. Os meses seguintes foram verdadeiramente cheios de alegria. Eu não me sentira tão feliz havia muito tempo, na verdade desde o início da noite nos Jardins de Shalimar em Lahore, 46 anos atrás. Yu-chih é a melhor cunhada que alguém poderia desejar. Ajustou-se à identidade de Hanif sem nenhum problema e até o envergonhou ao lembrá-lo, para sua mortificação, da huifobia que sua amnésia trouxera à tona.

Discuti a vida de Suleiman com eles e convidamos You-shi para jantar. Eles chegaram juntos. Ela ainda parecia excessivamente bonita e um tanto consciente demais disso para o meu gosto, mas à medida que sua timidez foi passando e ela começou a falar, eu me rendi. Fiquei feliz por eles, e Suleiman, notando a suavidade que subitamente tomara conta de sua mãe, sorriu a noite toda. Hanif perguntou se ela havia contado a seus pais. Os dois jovens começaram a rir. Antes da minha chegada, Suleiman muitas vezes passara a noite na casa dela, evidentemente na sua cama. Os pais de You-shi eram ambos professores universitários e aceitavam felizes tudo o que os dois decidissem.

— Vamos casar quando quisermos, mãe — disse Suleiman. — Não há pressão sobre nós aqui. Isso não é Lahore ou Londres.

Nada mais havia a dizer. Pouco depois Neelam chegou com os filhos e ficou uma semana. Ela também, ao que parece, adorou You-shi à primeira vista, e tornaram-se inseparáveis. You-shi cuidava das crianças e as levava a parques temáticos horrendos e feios, mas também à Cidade Proibida, que em breve será, tenho certeza, vendida para algum milionário como propriedade privada, assim que a crise amainar um pouco. Talvez Zhang Yimou possa comprá-la e fazer dela o centro de uma indústria de filmes pulp. Existem coisas que ainda me deixam zangada, o que surpreende Hanif, que sempre me encarou como apolítica.

Decidi deixar meu irmão e minha cunhada a sós por um tempo. A casa deles tinha se tornado um hotel. Suleiman e You-shi me levaram para Dali e depois para Kunming. No caminho para Dali contaram-me que moravam juntos num apartamento antigo com vista para o lago. O "apartamento antigo" é mobiliado com bom gosto e muito confortável. Eles vivem como se já fossem casados, mas nunca discuto essas questões com eles.

Contornei o lago muitas vezes, pensando no passado. Um dia, embora estivesse ensolarado e quente, comecei a tremer. Fui tomada pela emoção, lembrando as histórias da Vovó Velhinha sobre aquele lugar. Caminhei muito naquele dia, tentando imaginar como devia ser Dali quando o sultão Suleiman ainda era vivo. Olhei para as pessoas e fiquei me perguntando se seus ancestrais estavam entre aqueles que haviam saído às ruas e chorado no dia da rendição. Meus pensamentos eram constantemente interrompidos pelo barulho do tráfego e das buzinas de carros. Muitos turistas visitam essa cidade sem se darem conta do que aconteceu aqui há não muito tempo.

Depois de uma semana, fomos até Kunking e visitamos o museu. Ali outra surpresa me aguardava, algo em que eu nem mesmo pensara desde que escrevera um breve relato dos acontecimentos históricos nessa região para você. Naturalmente, a história da rebelião está toda aqui, mas apresentada em termos neutros. Muito factual, embora eu não pudesse deixar de sentir que os massacres de Dali que ocorreram depois de nossa derrota foram minimizados. Talvez o tempo e todas as mortes que a China sofreu desde então tenha embotado sua sensibilidade em relação ao passado anterior.

Parece diferente quando você vê a história a partir de muito longe do país onde aquilo tudo está ocorrendo. É comum, ao observarmos de alguma distância, vermos algumas coisas muito mais claramente, mas ao mesmo tempo perder de vista outras. Quando vejo o lago de Dali da janela do "apartamento antigo", eu o vejo tremeluzindo ao sol ou sua cor mudando quando o dia está nublado, mas até chegar ao lago você não consegue ver que ele ficou poluído ou divisar os peixes mortos que flutuam na superfície.

Quando deixávamos o museu, mencionei ao curador que éramos descendentes diretos de Dù Wénxiù. O rosto do velho se acendeu. Arrastou-nos até seu escritório. Literalmente tremia de empolgação. Eu só entendi completamente a razão disso quando ele abriu o livro de visitantes. Era normalmente reservado para dignitários em visita, de forma que nomes árabes enchiam as páginas. O que ele queria era que eu lesse a seguinte mensagem ali deixada:

"Nós somos os descendentes diretos de Dù Wénxiù. Nossa trisavô foi mandada pelo sultão Suleiman para a Cochinchina. Ela se estabeleceu lá como comerciante, com a filha que teve com ele, e estava grávida pela segunda vez. Todos sobreviveram. Se quaisquer outros descendentes visitarem um dia este museu e lerem estas linhas, por favor entrem em contato conosco na Cidade de Ho Chi Minh, onde sempre moramos. Existe outro ramo da família que se mudou para a Califórnia depois de abril de 1975, mas não mantemos nenhum contato com eles. Estes são nossos números de telefone e meu nome é vietnamita: Thu Van."

Agora eu tremia. O curador mandou servirem chá. Expliquei-lhe quais eram nossas raízes e ele pediu uma cópia de todas as fotos da nossa família, bem como a carta que a irmã do sultão na Birmânia tinha escrito para a Vovó Velhinha. Queriam exibi-las no museu. A notícia dessa descoberta inesperada causou grande comoção em

Pequim e Isloo. O impulso inicial de todo mundo foi pegar um avião para a Cidade de Ho Chi Minh, mas antes que qualquer coisa desse tipo pudesse acontecer eu precisava ligar para aquele número. Será que Thu Van falava inglês ou francês? Deviam ter deixado de falar chinês havia muito tempo. Eu queria Hanif do meu lado quando eu fizesse a ligação. Não sei por que, mas queria que ele nos ajudasse a decidir o que fazer. Suleiman ficou um pouco abalado e sugeriu esperarmos um pouco para absorvermos a notícia. Afinal, não havia nenhuma razão para apressar as coisas. Sabíamos onde eles estavam. Acho que ele também tinha medo de que choques demais não fizessem bem para sua mãe.

Zahid, quando liguei para ele, entendeu melhor minhas necessidades. Eu deveria discutir com Confúcio. Estranho como Zahid não o chamava de Hanif de modo algum e, secretamente, Chiao-fu preferiria ser chamado de Confúcio. Eu já havia notado como, sempre que havia uma chamada de Zahid (uma vez era você ligando), Yu-chih gritava: "Confúcio, telefone!" E vinha correndo com o grande sorriso que eu lembrava tão bem.

Então peguei um voo para Pequim e Yu-chih me buscou no aeroporto. Ela nunca vira Chiao-fu/Hanif/Confúcio tão relaxado e feliz. Queriam adotar uma criança e tinham começado a fazer pesquisas relacionadas ao assunto. O velho casal estava bem e eles o viam todo fim de semana. Mais do que isso ela não disse. Deixou Hanif contar-me que estava cheio do seu emprego. Não gostava de ser economista e ia sugerir a Henri que em vez de escrever uma crítica pontual em estilo acadêmico sobre as ciladas inerentes à economia chinesa, ou um estudo sociológico dos festivais, ele agora podia reconstruir o caminho de 1949 a 2009. Ele o intitularia *Caronas do capitalismo e a via certa*. Quando o encarei criticamente, ele sorriu. "Não telefone ainda para o seu marido ou para aquele que queria como seu marido. Não estou recaindo em nenhum maoismo maluco. Sei o que tudo aquilo custou a esse país, e desnecessariamente. Destruíram nossas esperanças. Sei disso melhor que a maioria. Por isso será muito crítico em relação ao Grande Timoneiro, mas também àqueles que vieram depois dele. Aqueles que mandaram nossos soldados atirarem nos estudantes em 1989, aqueles que esmagam os levantes de camponeses hoje exatamente como na campanha para livrar a China das pulgas durante o período comunista. E aqueles que compram intelectuais radicais como nós compramos macarrão na Rua dos Bois." Fiquei aliviada ao ouvir isso e acho que ele escreverá um bom livro. Certamente conhece os dois lados. Talvez Henri devesse ser alertado sobre a mudança de planos.

Perguntei se, caso Hanif deixasse seu emprego, se eles poderiam levar a vida a que estavam acostumados apenas com o salário de Yu-chih. Minha pergunta só provocou risos. Assim como Suleiman, Hanif tinha jogado no mercado financeiro e acumulado se não uma vasta, pelo menos uma riqueza suficiente para viver confortavelmente pelo resto da vida. Perguntei se ele teria seguido esse caminho caso não houvesse ocorrido um lapso de memória. Ele não sabia. Talvez tivesse voltado a Lahore e retomado a área da física. Como poderia saber?

Ainda sou antiquada a ponto de sentir uma leve repulsa por isso, mas tanto Suleiman como Hanif (engraçado como são parecidos em tantos sentidos, minha mãe também notava isso) insistem em que exploraram o sistema muito mais do que o sistema os explorou e que agora pagarão tudo de volta em projetos que ajudarão as pessoas. Suleiman, em especial, entrou num estado de choque permanente diante do que está vendo em Yunnan e em outras partes do país, os efeitos da industrialização tardia sobre a ecologia deste lugar. "Os animais estão morrendo, mãe, e as pessoas tratadas como animais, com exceção dos parques temáticos." Essa maneira apaixonada de sentir e expressar os sentimentos são comuns a tio e sobrinho.

Com Hanif sentado ao meu lado ouvindo na extensão, fiz a chamada para a Cidade de Ho Chi Minh. Thu Van atendeu. Perguntei que língua seria mais fácil para ela. Ela repetiu a pergunta. Falava cinco línguas, incluindo chinês, e trabalhava como intérprete oficial. Expliquei quem eu era e que telefonava em resposta à sua mensagem. Seus gritos podiam ser ouvidos em nossa cozinha. Então gritou a notícia para sua mãe. Queria pegar um avião com a mãe e vir imediatamente ao nosso encontro. Poderíamos ir vê-las no ano seguinte. Mas não havia como demovê-la, então descrevi Hanif e disse que as buscaria no aeroporto, mas lembrei-lhe de trazer o máximo que pudesse de fotografias antigas da família. Não nos deram o trabalho de ir pegá-las ou de hospedá-las. Chegaram três dias depois e ficaram num hotel onde sempre haviam ficado. Deixaram de lado quaisquer formalidades. Olhamos uma para a outra e não havia nenhuma semelhança. A mãe de Thu Van lembrava-me ligeiramente a Vovó Velhinha, mas isso podia dever-se à minha imaginação exageradamente sentimental e sobrecarregada.

Eu tinha trazido meu álbum de família para ajudar Hanif. Cada lado da família devorou as fotos do outro. Ao ver uma da minha mãe aos 24 anos, nossas duas parentes vietnamitas riram com deleite. Era muito parecida com a avó de Thu Van. Comparamos as duas lado a lado. Era a mesma família. Disso não podia haver nenhuma dúvida. Então elas desembrulharam uma grande fotografia, em sépia emoldurada, de "nossa honrada matriarca", nas palavras de Thong. Então Li Wan era assim. Já tinha alguma idade. A foto era de 1898. A locação era o estúdio em Saigon de um fotógrafo francês, Guillaume Boissier, cujo nome fora proeminentemente estampado na fotografia. Ela se aproximava dos 50 anos, mas a beleza e a autoridade eram muito visíveis. Essa cópia fora feita para nós e vou levá-la comigo de volta. Adoro seu rosto. O sultão Suleiman a conheceu quando ela tinha apenas 18 anos. Como devia ser bela então, e como devia ser madura para desempenhar o papel que desempenhou na época. Não havia nada assim em nossa família. Não tínhamos fotos da mãe da Vovó Velhinha. Minha mãe disse que algumas foram tiradas por um fotógrafo inglês em Calcutá, mas que desapareceram.

Hanif perguntou se havia outros documentos, mas as duas mulheres sacudiram a cabeça e os olhos de Thu Van e de sua mãe ficaram tristes. Ficamos sabendo que havia documentos, incluindo um manuscrito redigido pela própria honrada matriarca, um relato do sultanato de Dali e dos levantes em Yunnan, junto com sua viagem à Cochinchina e o que ela havia depois alcançado. Isso existia, mas estava em mãos da família na Califórnia. Como imaginei, eles haviam se separado durante a longa Guerra do Vietnã. Um ramo, aquele com o arquivo, tinha colaborado com os franceses e, depois, com os americanos. E não só colaborado, mas fornecido nomes da resistência e traído o paradeiro do tio de Thu Van poucos meses antes de Saigon ser libertada, na primavera de 1975. O tio era um líder da resistência em Cholon, um subúrbio de Saigon. Sabia a data do assalto final e muito mais coisas, mas não revelou nada. Foi torturado até morrer.

Isso conclui esse memorando de Pequim. O pós-escrito abaixo só diz respeito a nós.

**Pós-escrito**

Neelam me disse o quanto gostava de você, e foi bom ouvir isso. Ela disse também que você e Zahid estavam se reaproximando e que ela havia ouvido vocês dois rindo como dois meninos de escola panjabis. Hanif agora, sem dúvida, se tornará também parte disso tudo. Como ele deve ter dito a você que o grande problema em nossas vidas foi minha ausência de paixão, e essa era uma queixa regular, deixe-me agora confessar-lhe algo, e não fique chocado se isso desafiar a imagem que você tem de mim como Dai-yu, o que me foi também relatado por Neelam: ela me disse que concordava com você. Simplesmente para impedi-lo de agradecer a suas estrelas por poupá-lo de uma beleza etérea e espiritual que não sentia nada de físico e vivia em seus sonhos, deixe-me contar-lhe que tive dois amantes em épocas diferentes de minha vida. Um deles não durou muito e mal vale a pena ser mencionado. O outro eu desfrutei fisicamente muito e também gostei dele como pessoa, mas não o bastante para romper com minha família por ele. Este caso durou a maior parte do tempo que estivemos em Washington. Confio que você não passará essa informação para ninguém, nem meu marido, nem meu irmão, nem meus filhos. O segredo deve morrer com você, como morrerá comigo.

Você deve estar imaginando quem seria essa pessoa; vou lhe contar. Era um agrônomo da Tanzânia que conheci na biblioteca em Georgetown. Ficamos amigos e aprendi muito sobre a África com ele. Um dia aconteceu. E, caro amigo, eu só poderia descrever os cumes a que minha paixão chegou pelos gritos "Hsi-men, Hsi-men". Os outros eu posso desculpar, mas você sabia que *O sonho da câmara vermelha* não foi o único romance que li; você sabia que eu estava lendo o Chin Ping Mei ainda bem jovem; então por que sou Dai-yu? Por que não Meng Yu-lo ou outra personagem do *Quarto vermelho*? Eu lhe disse frequentemente que Zahid era um bom homem, mas nunca senti paixão por ele. O que há de tão incomum num casamento? É a história da instituição, não é? Ele se sentia atraído por jovens enfermeiras. Eu me senti atraída por um professor africano de meia-idade, mas desempenhei o papel de Hsi-men. Zahid, como nós sino-panjabis dizemos, conseguia enxergar uma abelha defecando a 60 quilômetros da cidade, mas tropeçava num elefante na porta de casa.

Espero que você não tenha acreditado nele, mas, sabendo como opera a camaradagem masculina num ambiente panjabi, não tenho muitas ilusões quanto a isso. Você poderia ter descoberto a verdade por si mesmo se não tivesse insistido em ter café ao desjejum. Aquela oportunidade, lastimavelmente, nunca mais se apresentará a nós.

# Dezoito

Mandei para Jindié um e-mail elogiando sua prosa e sugerindo um editor para suas reflexões sobre Pequim e Yunnan. "Quanto ao pós-escrito", escrevi, "fiquei contente em saber que você desfrutou a vida plenamente, embora eu espere que não tão plenamente quanto Hsi-men Ch'ing, apesar de você ter invocado seu nome mais de uma vez. De resto, só posso dizer que mais vale um agrônomo tanzaniano de meia-idade do que um escritor panjabi idoso que carece do vigor da juventude."

Zaynab tinha voltado à Pátria e me pedia todo dia que marcasse uma data para que a pintura de Platão pudesse ser trazida à casa e desvelada. Prometeu que isso só seria feito depois que eu chegasse. Deveríamos convidar mais alguém? O fato de Zaynab perguntar isso significava que ela já tinha alguém em mente, e, enquanto eu imaginava quem poderia ser, e de que continente, o telefone tocou.

— Aqui é Alice Stepford. É você, Dara?

— Zaynab convidou você para a casa de campo?

— Já escolheu uma data?

— Pense com cuidado, Alice. A Pátria está uma confusão total. Os americanos não estão seguros lá.

— Me avise quando decidir a data e o voo partindo de Londres e então podemos sincronizar os relógios. A gente se fala.

Uma troca frívola de e-mails com Zaynab seguiu-se a esse telefonema:

Boa ideia convidar outras pessoas. E quanto a Zahid e Confúcio, que eram chegados a ele, bem como Ally Stepford? z.

Você garante segurança para a Sra. Stepford? D.

Sua ex-senhora, você quer dizer. Por que largou ela? z.

Yu-chih podia ir também, já que ela precisa conhecer Lahore. D.

O grupo crescia a cada minuto. Zaynab telefonou uma hora depois.

— Mestre do Universo, já escolheu uma data?

— Mestra de tudo ao seu alcance, como está o tempo em Sind? Alguma tempestade se armando?

— Dara, pare de brincadeira. Recebi e-mails de todos os convidados agradecendo-me pelo convite e felizes de você ter convidado a Sra. Confúcio também. Ally, minha única convidada, disse que você foi declaradamente ríspido e grosseiro com ela.

— Existe um serviço de helicóptero do aeroporto de Karachi para Thanda Gosht Yar, ou se chama *Sain*ville agora?

Ela reprimiu um risinho.

— Comporte-se. Decida as datas amanhã ou eu vou realizar o evento sozinha.

E então chegou o dia em que estávamos todos em Karachi. O irmão de Zaynab havia gentilmente providenciado um helicóptero e fomos recebidos por lacaios. Os Confúcios já tinham chegado. Os lacaios pegaram nossos passaportes e nos escoltaram até a suíte VIP do hotel.

— Por que não VVIP? — perguntei a um deles.

— Permissão só para VIP hoje, senhor.

— E o VVVIP estava cheio?

Ele tentou não sorrir.

Na sala VIP, a Noiva do Corão em pessoa, com um ar arrebatador, nos deu as boas-vindas. Eu sentira falta dela. O sol lhe fizera bem, estava alguns tons mais morena. Abraçou Alice com uma demonstração de calor verdadeiro. Então deu a Zahid um *salaam* de longe e me ignorou completamente. Abracei Confúcio com alegria genuína e fui apresentado à Yu-chih, tão bem descrita por Jindié. O café da manhã nos esperava. Incluía um suco de laranja enlatado e ligeiramente mofado, que adverti aos outros para não tomarem, mas Ally me ignorou e engoliu um copo inteiro daquela coisa estragada. Uma hora depois ela exibia uma aparência nitidamente adoentada. O suco foi seguido por sanduíches de galinha deliciosamente passada, murchos devido ao calor da noite e não restaurados à vida graças à umidade da manhã ou ao fato de terem sido borrifados com água. Um farejo e era óbvio que terebintina fora usada como substituto da manteiga. Quando apontei isso, Zaynab rolou de rir. Perguntou se podíamos trocar algumas palavras a sós na sala de orações.

— Tem certeza de que o seu marido não está aqui?

Lá dentro ela perdeu o controle e simplesmente ralhou comigo:

— Quer se comportar, por favor? Sei que está no estado de espírito, mas mantenha algum decoro. Tente, ao menos.

Beijei-a por muito tempo. Ela se desvencilhou; nos ajeitamos e voltamos à companhia dos amigos. Quando o helicóptero ficou pronto para decolar, estávamos na ambiência normal da Pátria. Zaynab tinha a cabeça coberta e, fiquei contente em ver, Alice também. Parecia muito atraente num lenço sindi castanho bordado com estrelas prateadas. Coloquei meus óculos escuros. "Para esconder os olhos de zombaria", ouvi Zaynab sussurrar para Alice. O helicóptero estava bem preparado e recebemos uma garrafa de água cada, para o percurso de quarenta minutos até o heliporto do *pir* Sikandar Shah.

— Caso estejam estranhando a ausência de paraquedas, é porque não se pode saltar de helicópteros — falei, para ninguém em especial.

Quando as pás da hélice começaram a rodar, notei um ar de preocupação passageiro no rosto de Alice. Nesse momento Zaynab colocou seus óculos escuros. Conversar é sempre difícil em helicópteros, ainda mais naquele, porque os guardas que nos acompanhavam tinham esquecido de pegar os fones de ouvido, que amorteceriam o ruído. Tirei os meus de uma bagagem de mão e ouvi um concerto de violino que chegou ao fim justamente no momento em que o helicóptero pousou nas propriedades baroniais da família Shah.

O *pir* Sikandar estava numa reunião de emergência do gabinete em Isloo. Seu assistente pessoal e alguns serviçais avulsos nos cumprimentaram quando desembarcamos. Zaynab foi cercada imediatamente por quatro aias e, junto com Yu-chih e a coitada da Alice, se recolheu para os aposentos femininos, sem dúvida para massagem e banho. Criaturas de sorte. Nós fomos encaminhados aos nossos bangalôs de hóspede, sendo o meu o mais próximo da casa. Fui saudado por uma geladeira abastecida de cerveja Murree, mas pedi limonada fresca sem açúcar e suco de tamarindo com gelo e mel. Nós homens tomamos banho e então Zahid e Confúcio bateram à minha porta. Ofereci-lhes cerveja. Ambos preferiram o suco de tamarindo. Confúcio parecia ligeiramente aturdido.

— Espero que não sequestrem Yu-chih por muito tempo.

Zahid perguntou se eu já tinha estado ali antes; minha resposta foi não. Não conhecia nenhum dos irmãos de Zaynab. A maioria dos meus amigos sindi eram escritores, poetas, pintores, e lembrei a eles que era para ver a última obra de um deles que estávamos naquele lugar.

— Platão era um filho da mãe de um panjabi — resmungou Confúcio, na língua que ele próprio mencionava.

— Feliz de vê-lo de novo na luta.

Ele sorriu.

— Quero minha mulher de volta.

O almoço era aguardado com ansiedade por todos, especialmente por aqueles que tinham viajado pelas Linhas Aéreas da Pátria, mas até os dois de Pequim estavam morrendo de fome. Foi servido na sala de jantar do *pir sahib.* Sua mulher e seus filhos estavam na Europa, e Zaynab tinha de desempenhar o papel de anfitriã oficial. Um cavalheiro muito idoso se juntara a nós, um tio-avô que ajudara a criar a Pátria, mas que ninguém lembrava que ainda estava vivo. Não tivemos dúvida a esse respeito. Ele tomou duas cervejas e comeu uma porção generosa de cada um dos sete ou oito pratos muito bem preparados que foram colocados à nossa frente. Quando lhe perguntei a idade disse "92" numa voz vibrante. Ninguém ficou desapontado com a comida, mas a presença desse ancião teve um efeito levemente inibidor na conversa.

Toda noite ele conduzia as preces na minúscula mesquita da propriedade, para uma congregação de duas dúzias de empregados e cerca de cinquenta servos, arrebanhados para manter o velho feliz. À prece seguia-se uma exortação improvisada à assembleia para serem todos bons muçulmanos e fazerem suas preces; de vez em quando ele lhes pedia para não se relacionarem sexualmente com os animais. Tais atos não tinham sido sancionados e confundiam as espécies inferiores. Quando a cerimônia terminava, seu jipe o levava diretamente para casa, onde ele tomava um trago de uísque Patiala antes da ceia. Essa disjunção de teoria e prática parecia mantê-lo vivo. E não deixava de ser generoso. Uma das razões para os criados e servos não lhe darem grande importância é que ele era velho demais agora para exigir uma de suas esposas para a noite e, além do mais, distribuía dinheiro a todo aquele que se dissesse em necessidade.

Era, é claro, um tremendo chato, mas isso podia ser dito da maioria das pessoas que chegam àquela idade.

Durante a ceia naquela noite ele observou:

— A não ser que nossos políticos sejam reconduzidos a princípios decentes dentro de dez anos, vamos ter uma tremenda revolução comunista e estas propriedades serão distribuídas entre aqueles camponeses fodedores de mulas.

Confúcio não conseguiu manter o silêncio:

— O mesmo acontecerá na China, só que lá eles trepam com porcos, não mulas.

O velho tremeu de tanto rir. Geralmente ninguém falava com ele. Zaynab me fez sinais com os olhos, mas eu não tinha ideia do que ela queria. Depois me disse que era uma regra à mesa que ninguém deveria jamais responder ao tio-avô. Achei isso excessivamente cruel, mas ela ostentava aquele olhar do tipo não-discuta-isso-comigo. Eu lhe disse que sua injunção chocaria genuinamente o Sr. e a Sra. Confúcio, porque vinham de uma cultura em que os ancestrais eram literalmente adorados, incluindo muitos hui. Ela não se impressionou.

— Meu jovem — disse ele a Confúcio, que já tinha uns 60 e tantos anos —, eu achava que a China é que *era* tremendamente comunista.

— Não, senhor. Agora são capitalistas e estão conquistando o mundo com seus produtos.

— Tremendo trabalho. Eles chutaram os comunistas para fora?

— Nada disso, meu senhor. Os líderes comunistas se tornaram capitalistas.

Isso desconcertou o tio-avô, que, ciente de que sua presença irritava Zaynab, não voltou a falar até servirem a sobremesa. Era um sensacional pudim de arroz, na consistência exata. O tio-avô fez uma pergunta que nenhum de nós havia ainda feito:

— Soube que tem uma senhora inglesa em seu grupo. Onde está ela?

Zaynab foi forçada a dizer que Alice estava indisposta e se recolhera cedo. Eu tinha certeza de que aquele suco de laranja enferrujado em que nenhum de nós havia tocado corroera suas entranhas e que o mortífero germe da diarreia do deserto, permanentemente em busca de uma abertura, alcançara um triunfo majestoso.

O velho resmungou algo em solidariedade.

— Eu não fazia a menor ideia de que ela estava doente. Caso contrário, não teria vestido minha jaqueta de festa.

Nenhum de nós havia se arrumado para o jantar, não tínhamos levado roupas elegantes. Ao sairmos, um serviçal me entregou um bilhete. Dava me instruções para o resto da noite. Quando todo mundo tinha se recolhido, às 22 horas, e os guardas fingiam patrulhar os perímetros, duas das aias de Zaynab vieram ao meu quarto e me escoltaram sem dizer palavra ao quarto de sua patroa.

— Sou um homem arruinado, Zizi. Se formos descobertos serei morto e você será casada a 12 volumes do hadith como castigo. Paris é uma coisa, mas isso aqui é o mais sagrado do sacrossanto onde você se casou com o Sacrossanto dos Livros Sagrados, e só pode haver uma punição.

— Homem bobo. Tire a roupa e venha para a cama.

— Não vai dispensar as aias?

— Já viram coisas melhores em seu tempo de trabalho.

— Pensei que estivéssemos rompendo.

— Eu disse a Alice que ela não tem motivo para se preocupar. Tenho certeza de que vai ficar bem. E, por favor, pare de dar corda a ela. Sabia que ela era uma parente distante dos Napier?

— Estou tirando a roupa.

— Estou à sua espera.

— Os Napier da Estrada de Napier, em Karachi? Deveria se chamar Estrada dos Pecados.

— Que bom que você está aqui na cama.

— Sinto um poema subindo à minha cabeça. Onde uma vez havia uma vela para iluminar o Corão, um camponês entrou e trocou a vela pela sua própria...

As aias apagaram as luzes e retiraram-se para o quarto contíguo.

— Alice está com diarreia?

— Não consigo achar sua vela.

— Estou perfeitamente feliz.

— Vou voltar para Paris em breve. É irritante nunca sair de casa sem uma criada. Estas duas são bem treinadas. Uma delas foi casada com o camponês que trocou a vela, mas ele morreu há alguns anos.

Senti uma consciência aguda de que nossa relação estava para sofrer mais uma mudança.

Às 5 horas as aias nos acordaram, me ajudaram a me vestir e me devolveram a meus aposentos. Quinze minutos depois o muezim convocou os fiéis para as preces, mas o velho tio-avô não mexeu um músculo. Duas horas depois estávamos todos tomando o café da manhã.

# Dezenove

Às 9h45 seguimos para o grande pavilhão, uma estrutura incomum que se destacava isoladamente a uma pequena distância da antiga casa e dos novos anexos. Fora concebido originalmente como um mercado coberto para que o comércio de cavalos ocorresse à sombra e os animais pudessem ser detalhadamente inspecionados antes de serem comprados ou vendidos. Melhorias relativas a sua função posterior foram feitas no século XIX. Animais de toda sorte se reuniam ali então. Proprietários de terras locais, geralmente homens de temperamento violento, encontravam-se ali regularmente para discutir preocupações comuns, principalmente o banditismo de vários tipos que assolava o interior. Durante muitos séculos camponeses bandidos haviam constituído a única oposição séria ao domínio opressor de seus amos, que havia muito tempo tinham esquecido que as origens de suas fortunas, como no caso das grandes famílias por toda parte, residia em roubo e pilhagem em grande escala.

Quando esses proscritos eram apanhados e punidos, as pessoas comuns sentiam grande simpatia por eles; canções e baladas sobre seus feitos permanecem parte do folclore sindi. Eles haviam desafiado a autoridade e por isso eram honrados. Ainda corriam rumores de que esse pavilhão fora usado brevemente como uma câmara de execução, na verdade de estrangulamento: aqueles apanhados roubando eram levados até ali e sua vida era literalmente sufocada. Nem todos eram homens.

Este foi também o pavilhão onde a pequena nobreza proprietária de terras da região se reuniu no século XIX e decidiu que, como os conquistadores britânicos haviam ocupado o Sind com tamanha superioridade de forças, qualquer resistência equivaleria a um suicídio coletivo e seus herdeiros seriam punidos com a privação de suas propriedades. Assim, concordaram por unanimidade que a colaboração seria o único caminho a seguir. O avô do tio-avô fora a grande força por trás da decisão. Os colaboradores proprietários de terras tinham prosperado. Quando os britânicos se preparavam para deixar a Índia, aconselharam seus velhos amigos a transferir suas lealdades para a Liga Muçulmana e a nova Pátria. Eles o fizeram e continuaram a prosperar.

Essa era a locação histórica onde a última obra de Platão seria desvelada para um punhado de amigos seus. Chegamos pouco depois do café da manhã e começamos a olhar para as fotografias antigas que adornavam as paredes, incluindo uma muito encantadora do então jovem tio-avô a cavalo com indumentária de polo. Fomos interrompidos pela lenta marcha de uma equipe de dez camponeses musculosos, cinco de cada lado da imensa pintura, carregando-a para dentro. Eles a colocaram contra a parede. Outros serviçais acorreram para ajudar a descerrá-la. Platão teria achado isso ao mesmo tempo engraçado e repulsivo, mas homilias eram redundantes, pois estivesse ele vivo não estaríamos ali e a obra não teria existido na forma presente. Era o equivalente artístico de seu último desejo e testamento.

Zaynab estava ficando impaciente.

— Tirem o papel e o papelão e abram, abram. Andem, rápido.

Alice se recuperara um pouco, o suficiente para lhe permitir estar presente, e no caso de uma emergência havia seis toaletes anexadas ao pavilhão, uma para cada grande família que vivia ali nos velhos tempos. Zaynab queria desesperadamente que o

MoMA, de Nova York, sediasse a primeira exposição: daí sua determinação de trazer Alice até Jam Tanda Gosht e sua irritação comigo por "atormentá-la".

Yu-chih, sem dúvida querendo saber por que Confúcio a havia arrastado para aquele lugar quando podia estar fazendo turismo em outra parte, tentava não parecer entediada, mas não conseguia. O resto de nós esperava impacientemente a mensagem de Platão ao mundo. Assim que o papel e o papelão foram removidos, vimos que não se tratava de uma pintura, mas de um imenso tríptico. Cada painel era pintado em diferentes cores. Eu insisti para que víssemos cada um separadamente, com os outros dois voltados temporariamente para os ancestrais nas paredes.

O primeiro painel era aquele que Zaynab vira num estágio inicial. "O horror, o horror", fora sua primeira reação, e ela fugira para a Europa achando que Platão estava à beira da insanidade. O "horror" estava sem dúvida presente como o cerne da pintura, mas havia mudado muito desde aqueles primeiros esboços. Esse era o painel da Pátria, aquele que Platão me disse que poderia desencadear um levante no país. Os cânceres que o destruíam eram pintados como organismos vivos com conexões tentaculares que competiam umas com as outras para ocupar todo o corpo. Eu nunca vira nada assim antes, nem de Platão nem de ninguém mais. Era certamente original. As cores usadas para pintar os cânceres eram estranhas combinações de vermelho-sangue e amarelo-pus, mas cada uma ganhava feições individuais.

Zaynab queria que eu explicasse uma parte de cada vez, embora a mensagem de Platão fosse suficientemente clara.

— Pode ser tedioso, mas é necessário — ela havia insistido na noite anterior —, para que Alice entenda plenamente a complexidade da pintura.

Ally só conhecia o trabalho do jovem Platão, que nao era difícil de entender, nem mesmo no folio das gravuras de 1964. Por isso eu cedi, como geralmente fazia às exigências de Zaynab. O primeiro painel, eu disse, poderia simplesmente ser intitulado "Os Quatro Cânceres da Pátria". Eram descrições pictóricas lúgubres e surreais. Nenhuma sutileza, nenhum mistério a ser explicado. Platão adorava deixar pistas em suas obras mais obscuras, mas não se dera ao trabalho de deixar nenhuma naquele painel. O câncer maligno que havia feito brotar três irmãos tinha a forma de uma águia. Estrelas e listras num estado de deterioração cancerosa estavam tatuados nas costas de um Tio Sam, como muitos vergões. O rosto do Tio Sam, mirando a águia com um sorriso aprovador, era inconfundível. Era Barack Hussein Obama, o primeiro líder de pele escura da Grande Sociedade. O mais novo cacique imperial usava um button: "Sim, nos podemos... destruir mais países." A imagem de Platão era deliberadamente crua, pensei, mas seria exata? Alice, nervosa e agitada, rabiscava no seu bloco de anotações, uma clara indicação de que a flecha tinha atingido o alvo.

Seria a primeira avaliação crítica pelo mundo da arte? Eu podia ouvir os bajuladores entregues ao trabalho de tranquilizar a opinião liberal de que Platão podia ser solenemente ignorado. Era um pintor marginal, não uma celebridade com mais de vinte prêmios em seu nome. I. M. Malik, um artista muito maior e mais importante daquele país, já estava trabalhando num retrato que mostrava o presidente como São Jorge combatendo o dragão islâmico que exalava nuvens em forma de cogumelo. Encomendada por um colecionador particular, a obra já havia sido reservada para exposição em sete museus com base apenas na força da concepção e da formidável reputação de Malik. Mas qual pintura duraria? Essa é uma questão geralmente evitada por nulidades que só sabem viver no presente e para o presente a fim de não ficarem do lado errado da História. Ágeis em farejar poder em cada esfera, o que é parte do seu negócio, eles oscilam sem esforço de um posterior a outro. Platão nada tinha a recear de seu julgamento.

O segundo câncer, pintado em vermelho-sangue e cáqui, parecia saudar o primeiro. Ou seria simplesmente minha imaginação? Recuei. Eu estava certo. Ele não tinha perdido muito tempo no exército da Pátria e havia pintado os ditadores que o exército dera ao país em cores espalhafatosas. Eles devoravam nacos do país moribundo como se afastando a quimioterapia. Isso devia estar na cabeça de Platão, embora nem todos os presentes aceitassem minha interpretação. Zahid achou que era rebuscada, mas Alice e Zaynab concordaram comigo. Um dos déspotas estava se desintegrando e diferentes pedaços do material metastaseado flutuavam no ar. A quimio tinha desintegrado pelo menos um tumor. Era tudo um pouco demais.

As bolhas verdes com barbas em forma de bombas eram os jihadis, mostrados numa lenta separação dos dois cânceres anteriores e desenvolvendo vida própria. Mas quem eram aquelas cinco figuras inchadas com braços unidos, todas elas defecando moedas de ouro, com a mão estendida e em concha de cada figura sob a bunda do vizinho, de forma que os cocos enriquecidos caíssem sobre ela, até que se via a última figura, que comia a merda de ouro com uma entrega tão vulgar que seu rosto estava lambuzado com ela? Um nariz esquisito, uma mostra típica de dentes, uma onda populista identificava essa gangue como os muito desprezados políticos da Pátria.

As cores usadas nesse painel combinavam com a intensidade da obra. Observada de certa distância era deslumbrante, mas quanto mais nos aproximávamos, mais horrenda se tornava.

O que dava a essa seção verdadeira profundidade, porém, não era tanto a sátira, que era obviamente forte, mas a muralha de humanidade com que o pintor havia cercado o quadro. Zaynab não vira isso no primeiro esboço. Platão devia tê-lo terminado pouco antes de o levarem para o hospital para morrer. As pessoas nas beiradas eram parte cerca viva, parte cerca de madeira, homens e mulheres não muito diferentes dos dez que haviam carregado a tela para dentro do pavilhão cerca de uma hora antes e esperavam pacientemente no sol lá fora para a levarem embora de novo.

As pessoas na pintura também estavam à espera. Pelo que esperavam? O que estavam pensando? Retratando-as como uma muralha, Platão estava enfatizando sua força coletiva. Eles eram muitos, os cânceres eram poucos. O que estavam esperando? Que os cânceres interligados os pegassem? Cada rosto refletia uma diferente forma de dor, resignação, raiva, desespero. Fui lembrado do primeiro trabalho dele, as gravuras da Partição, mas isso é diferente, pois aquelas pessoas não eram simples vítimas. Sua passividade mascarava sua força. Podemos ser pobres, seus rostos pareciam dizer, mas nossos sonhos são puros, não existe sangue derramado em nossa consciência. Talvez devesse haver algum. Será que Platão sentia isso também, durante seus últimos dias, enquanto lutava contra o tempo para terminar sua pintura? Algumas figuras tinham uma das mãos às costas. Estaria o artista implicando a existência de armas escondidas? Será que a última tentativa de salvar a Pátria viria de baixo e varreria todo o mal para longe? Não sei, mas é o que eu prefiro pensar que estava em sua mente, um último grito utópico. Foi isso mesmo, Platão?

Existiam uns poucos rostos sorridentes na tela, representando inocência e esperança. Infantes sendo amamentados por madonas camponesas, uma delas com uma pequenina verruga abaixo do seio, destinada talvez a lembrar-nos, ou lembrar a mim, de Zaynab. Os bebês ignoravam o que viam, como tantos que uma vez pensaram que a Pátria era o futuro. Esse era o atordoante adeus de Platão à terra para a qual fora forçado a fugir como um refugiado mais de meio século antes.

Ficamos sentados em silêncio por algum tempo. Alice falou primeiro:

— Brilhante. Não há dúvida quanto a isso. Seu melhor trabalho. Muito brilhante mesmo. Alguns se atrofiam com a idade. Ele melhorou a cada ano. Problemas: o MoMA não vai acolher Obama-enquanto-câncer. Aceitaria se a tela fosse de um artista famoso, mas Platão só ficou conhecido nos Estados Unidos há pouco tempo.

— Não conte a eles — disse Zaynab. — Deixe que interpretem como quiserem.

— Não há outra interpretação. É aí que reside a força da pintura, Zaynab.

Yu-chih, que mal dissera uma palavra desde que chegara àquele arraial, entrou na briga:

— É universal. Qualquer galeria com um curador que sabe o que constitui o mérito artístico não rejeitaria essa pintura. O Ladrão de Cavalo é uma nova galeria muito grande de Pequim. Amanhã mesmo o quadro estaria exposto. Espero que estejam preparando slides.

— Ocidente ou Oriente, Zaynab? — perguntei-lhe num sussurro.

Ela olhou para mim com um ar de súplica. Virei o painel da Pátria contra a parede e exibi o seguinte. Era pintado nas cores clássicas de Platão. Toda a tela estava coberta por ondas de azul, turquesa e verde-escuro. Éramos confrontados com um oceano turbulento. Por favor, pensei, nada de sereias. Não faça isso, Platão. No centro da pintura havia uma grande ilha em forma de concha com seis homens cercando uma única mulher. Platão claramente teve de se reprimir para não a pintar como uma sereia. A tinta usada para cobrir a cauda estava numa tonalidade ligeiramente diferente e sua morte impedira mais retoques. Cinco das figuras, surpreendentemente, foram pintadas quase num estilo do Realismo Socialista. Somente uma, como o mar, era surreal. Aproximei-me para examinar os personagens e reconheci cada um. Os outros me seguiram e um jogo de adivinhação começou. Todo mundo conhecia Kemal Ataturk, embora seu retrato fosse o único surreal. O chapéu famoso, o sorriso críptico, o cigarro, o rosto inclinado eram todos seus, mas o que havia embaixo? Vestia malha de balé e suas pernas estavam dispostas numa pirueta fantástica. Rudolf Nureyev ou um dervixe rodopiante? A escolha era nossa. Eu não tinha a menor ideia de que Platão jamais houvesse se interessado por Kemal Ataturk, portanto isso foi uma surpresa — ou estaria implicando algo que é frequentemente discutido em Istambul, mas nunca escrito ou pintado.

As outras figuras também eram do mundo do islã, mas de uma época muito diferente. Dissidentes intelectuais, como o homem que os havia pintado, e, por esse motivo, heróis que haviam empolgado seu sangue de artista. Um poeta cego estava sentado ao pé dos outros. No seu colo tinha uma famosa obra que foi, na verdade, a única paródia já feita do marido de Zaynab, e isso, também, no século XII. O poeta, Abu Ala al-Maari, estava conversando com peixes e pássaros. Observando-o com expressões bondosas, divertidas e protetoras, víamos três homens de mantos e turbantes, cada um agarrado a sua obra mais conhecida, como se alguém ameaçasse arrancá-la deles.

Os três eram velhos amigos que eu havia apresentado a Platão trinta anos antes, quando ele estava na sua fase mais niilista em relação à fé dos seus antepassados: os grandes eruditos de al-Andalus e do mundo muçulmano: Ibn Hazm, Ibn Sina e Ibn Rushd. O último homem, e eu reprimi um riso de alegria, era o geógrafo siciliano Mohamed Idrisi, mostrando a todos eles o seu mapa do mundo. Apresentei essas figuras aos outros, com Zaynab acenando a cabeça com um vigor exagerado, como se já os conhecesse; um de seus poucos hábitos irritantes, porque ela só fazia isso quando, apanhada de surpresa, não queria admitir sua falta de conhecimento.

Inicialmente a única mulher me intrigou. Qual fora a intenção de Platão? Então notei que o braço levantado tinha uma manga de camisa com uma inscrição em árabe: *Alá, sou talhada para a grandeza e caminho a passos largos com grande orgulho/ Permito ao meu amante tocar minha face e concedo meu beijo àquele que tanto o almeja.* Mas era a mão que parecia estranha. Tinha seis dedos. Uma Seis-Dedos. Era Wallada! Uma poeta do século X, em Córdoba, cujo salão, não longe da Grande Mesquita, era o local de muitos debates acalorados sobre arte e literatura. Era onde os bisbilhoteiros contavam todo dia os últimos acontecimentos da cidade. Seis-Dedos era o insulto que ela lançara publicamente sobre seu amante, um poeta verdadeiramente grande, Ibn Zaydun, cuja poesia de amor é ensinada até hoje nas escolas e universidades árabes. Zaydun havia traído o amor de Wallada seduzindo a criada dela e depois se voltara para rapazes. O poema que ela recitou contra ele em público carecia de mérito literário — ao contrário do seu épico em defesa do mexerico, que só sobrevive em fragmentos —, mas era repetido interminavelmente na época, por seu valor de choque, e o pobre Ibn Zaydun ficou conhecido na cidade, na verdade até em cidades tão longínquas quanto Palermo e Bagdá, como o Seis-Dedos:

*Eles o chamam de Seis-Dedos,*
*Sua vida vai deixá-lo antes que esse nome o deixe;*
*Sodomita e arrombado você é, vamos acrescentar*
*Adúltero, alcoviteiro, corno e ladrão.*

Havia epítetos mais rudes também, mas "Seis-Dedos" ficou grudado ao poeta até que seu corpo amortalhado foi baixado à lama. Esse painel eram obviamente "O Bom Muçulmano". Percebi que minha atenção tinha se concentrado tanto nos personagens principais que eu havia perdido alguns detalhes importantes. Pouco abaixo da superfície do mar, a morte espreitava na forma de criações com a aparência de tubarão, algumas com longas barbas. Mas foi Alice quem fez a descoberta da tarde. O que eu imaginara que fosse apenas uma nuvem revelou-se o rosto de um homem. Alice jurou em voz alta que era James Joyce e repetiu o nome com incredulidade. Inspecionamos a nuvem de cada distância e, vista de onde ela estava postada, a poucos metros da pintura, ficou óbvio que tinha razão. Havia também um número, que Zaynab imediatamente entendeu.

— Seu primeiro e último presente para mim foi uma edição bem gasta de *Ulysses*. Os números arábicos obviamente se referem ao número da página.

Ela mesma teve de buscar o livro, uma vez que as criadas não conseguiam decifrar títulos ingleses. Todos ali presentes insistiram que tinham lido o livro, embora eu soubesse que Zahid e Confúcio estavam definitivamente mentindo, a não ser que Confúcio o tivesse lido durante o período do lapso de memória. Acabou que foi o que aconteceu, e Yu-chih informou-nos que havia duas traduções chinesas, sendo a mais antiga a mais fiel ao original. Levando em conta que algumas pessoas acham incompreensível a obra posterior de Joyce, fiquei a imaginar como seria a tradução chinesa. Como poderia JJ de algum modo funcionar em outra língua?

Uma Zaynab empolgada encontrou a página e perseguia cada linha. Então achou e gritou:

— É Stephen Dedalus. Ele está refletindo sobre a disciplina matemática dos árabes medievais e em particular sobre a álgebra, *al-jabra*, e seus símbolos. Ele os vê como "encapelados de bizarros quadrados e cubos", mas ouçam só isto: "... diabretes da fantasia dos mouros. Idos também do mundo, Averróis [Ibn Rushd] e Moisés Maimônides [Ibn Maymun], homens sombrios em gesto e ademanes, lampejando em seus espelhos deformantes a obscura alma do mundo, escuridade brilhando em claridade que a claridade não podia abarcar."

Como eu havia perdido isso? Estava ele em Trieste já quando o pensamento ocorrera? Pensando na história torturada do seu país, do seu continente e de sua religião, tinha se lembrado de outro mundo. Inteligente, Platão, inteligente. O painel ganhou unanimemente um novo título, "A Obscura Alma do Mundo". O tributo de JJ a uma civilização exterminada conforme recuperada por Mohamed Aflatun, falecido. Ele nunca mencionara aquilo para mim ou para ninguém mais.

O que a última seção do tríptico poderia conter? Havia uma sensação de expectativa quando nos amontoamos para examinar a tela de perto. Era muito diferente dos dois painéis anteriores. Era pessoal. Consistia de quatro painéis grandes e seis pequenos. Eram contos pintados. Dois pequenos autorretratos de Platão, um que o mostrava quando jovem, o rosto cheio de dor, e o outro como velho, com as feições devastadas pelo câncer do último período. Havia a mesa na faculdade de Lahore, em torno da qual estávamos todos agrupados à sombra de uma figueira, Confúcio sendo o mais facilmente reconhecível. A sátira infiltrara-se ali, com os tipos mais reflexivos de óculos, o triunvirato falante com a língua de fora, e eu limpando os óculos com uma lambidela. O retrato mais correto e no entanto mais engraçado, para nós que a conhecíamos, mostrava Zaynab coberta da cabeça aos pés, um olhar piedoso no rosto, sentada com as pernas cruzadas num *takhposh*. Ao lado dela estava o Santo Livro. Ela segurava uma vela apagada. O fato de estar apagada foi notado por todo mundo. Zaynab e eu não ousamos nos entreolhar.

— Deve significar algo, Dara — disse Yu-chih. — Você deve ter alguma explicação.

— Claro que existe — falei, puxando pelo cérebro e tentando não rir. — É óbvio. Ainda que não fosse religioso, Platão começava a entender nossa fé nos seus últimos dias. Você não pode mostrar uma vela acesa ao lado do Honrado Clássico. A luz que emana do livro é tudo de que se precisa.

Zaynab suspirou aliviada. O resto aplaudiu. Havia algumas pinturas clássicas de Platão. Numa delas, um anão com uma espada erguida guardava as partes pudendas de uma dama coroada enquanto um cavalheiro coroado se servia desabridamente do seu traseiro. Os panjabis presentes morreram de rir. Platão lembrava a si mesmo e a todos nós o famoso comentário improvisado que certa vez levara um teatro inteiro a uma onda de risadas e projetara seu autor para um quadro maior. Alice não conhecia a história, e, agora totalmente recuperada dos seus problemas intestinais, riu incontrolavelmente.

Uma miniatura satírica mostrava Jindié e eu em roupas mughal nos divertindo nos Jardins de Shalimar, sob a marquise de mármore, embora eu tivesse algumas feições chinesas. Estava deitado com a cabeça no colo de Jindié brincando com uma flor. Doces pássaros voavam acima de nós. O cocô de um deles vinha caindo diretamente no meu rosto. Um tocador de cítara, suspeitosamente parecido com Platão, dedilhava o instrumento a alguma distância de nós. Um dos seios de Jindié, algo que ainda estou para ver, era delicadamente exibido, causando certo embaraço ao seu irmão e ao seu marido. Então notei que não era simplesmente isso. Uma pequenina porção da minha anatomia espiava para fora, esperançosa. Zaynab lançou-me um rápido olhar, fingindo que tossia para disfarçar sua risadinha, e disse:

— Acho que esta é minha cena favorita do último painel.

— Ah, não — disse Yu-chih. — É óbvia demais. A vela apagada é aquela que realmente aprecio. É tão sutil.

Concordei, numa voz um pouco alta demais.

Os poetas favoritos de Platão estavam representados também e, ao contrário de seus amigos, foram tratados talvez com excessiva reverência. Ali estavam todos eles. Faiz, segurando firmemente o cigarro na mesma mão que estava próxima de sua boca, reprimindo a tosse que frequentemente interrompia suas leituras. A outra mão resistia às iniciativas de uma beleza da sociedade, enquanto ao fundo a muralha de humanidade de Platão fora miniaturizada a partir da primeira pintura; seus rostos, cheios de agonia, imploravam por alguma coisa. Uma homenagem ao poema mais famoso de Faiz, cujo primeiro verso, "Amado, não peça aquele velho amor de novo", é o prólogo para versos que explicam por que não deveria fazê-lo. Não porque o poeta encontrou outro amor, como o pobre Ibn Zaydun, mas porque "existem outros males nesse mundo além da dor do amor". Como a dor da opressão, sentida pelos pobres.

E ali estava Sahir Ludhianvi, da antiga cidade de Platão dos dias da Índia pré-Partição. Não foi reconhecido por nenhum dos outros e eu só o conhecia porque costumávamos recitar sua poesia o tempo todo quando éramos jovens. Era mais fácil entender do que a poesia de Faiz, didática, e tinha um toque brechtiano, embora tenha sobrevivido menos que o trabalho do grande poeta alemão. Uma explicação é inevitável. Por que Sahir estava de pé com as calças abaixadas? Ele olhava de frente para nós com um riso malicioso no rosto e um pequeno pênis arriado. Não podíamos ver suas costas nuas porque estava ocupado em mostrá-las para o Taj Mahal, que estava sendo fotografado por hordas de turistas. Um dos poemas mais aguçados de Sahir é uma resposta a sua amada, que sugere um encontro ao luar diante do Taj. A réplica do poeta é ao mesmo tempo comovente e brutal, denunciando o monumento como a indulgência de um imperador que usou sua riqueza como um instrumento "para ridicularizar o amor que nós, os pobres, sentimos". Quantos morreram construindo este absurdo, pergunta o poeta a sua amada. Já pensou neles? Nunca estiveram apaixonados? Eram suas emoções menos puras? No retrato de Platão, o Taj estava rachado de lado a lado, e as rachaduras, minúsculas bolhas impressionistas, foram pintadas em cores similares aos cânceres retratados na primeira pintura. Quanto ao pênis, Platão ali sugeria, exatamente, que o poeta sofria de uma doença igual àquela do homem que o pintou. Não mencionei isso, embora Ally e Zaynab tenham trocado um rápido olhar.

As últimas três figuras eram poetas panjabis dos séculos XVII e XVIII muito amados, apresentados como tribunos do povo. Era o triunvirato de Waris Shah. Bulleh Shah e Shah Hussain, mais sagrados para muitos panjabis que os mais devotos sacerdotes de qualquer religião. Nenhum retrato deles fora jamais pintado. Platão os pintou como angelicais camponeses panjabis: Waris Shah salvando Heer do palanquim nupcial; Bulleh Shah olhando carrancudamente para a mesquita e o templo e repreendendo um mulá e um brâmane, feitos em miniatura. E Shah Hussain, que ostentou publicamente seu amante hindu Madho Lal nas ruas de Lahore e escreveu canções de amor para ele, era mostrado nu em seus braços, mas não na cama. Eles se abraçavam nas ruas de Lahore enquanto um público admirador, similar aos rostos na muralha da humanidade no painel anterior, observava o par. A imaginação de Platão aqui repousou no fato. Quando Shah Hussain morreu, os mulás ordenaram que seu corpo fosse deixado para apodrecer ao sol, uma vez que havia rompido as injunções do Corão. Foi escrito que dezenas de milhares de admiradores do poeta desafiaram os mulás. Seu corpo foi banhado publicamente e envolto numa mortalha da cor vermelha que ele tanto amava e enterrado com grande fanfarra e cantoria.

O título desse painel não exigiu muito: "Minha Vida."

Acabara.

*Lahore — Pélion — Sardenha — Londres*
*2006-2009*

Este livro foi composto na tipologia Sabon Lt Std,
em corpo 10,5/15, e impresso em papel off-white
80g/m² no Sistema Cameron da Divisão
Gráfica da Distribuidora Record.